嗅 觉 通 灵

小　东◎著

文汇出版社

图书在版编目（CIP）数据

嗅觉通灵 / 小东著 . -- 上海 : 文汇出版社 , 2024.
10. -- ISBN 978-7-5496-4346-2

Ⅰ. I247.5

中国国家版本馆 CIP 数据核字第 2024PB4958 号

嗅觉通灵

作　　者 / 小　东
责任编辑 / 乐渭琦　周卫民
装帧设计 / 袁　伟

出版发行 / **文汇**出版社
　　　　　上海市威海路755号
　　　　　（邮政编码200041）
经　　销 / 全国新华书店
照　　排 / 上海歆乐文化传播有限公司
印刷装订 / 启东市人民印刷有限公司
版　　次 / 2024年10月第1版
印　　次 / 2024年10月第1次印刷
开　　本 / 890×1240　1/32
字　　数 / 260千
印　　张 / 11.5

书　　号 / ISBN 978-7-5496-4346-2
定　　价 / 46.00元

引 子

　　五星级酒店会议厅，豪华气派，格调非凡，此时已是高朋满座，嘉宾云集。各大媒体的记者早已等候在这里，架着各式各样的"长枪短炮"，仿佛面对一场即将发生的大战，准备记录下"惊心动魄"的时刻，只是如今国泰民安，四海清平，不会再有血雨腥风的战火，只有一场场财富的争夺战，资本疯狂地竞逐，让人内心难以平静，宛如又卷入战火纷飞的年代。会议厅悬挂着一长条横幅，上面是白底蓝字，明晃晃地显示着——自强科技上市路演新闻发布会。

　　会议厅里的喧闹声此起彼伏，有人对着手机大喊大叫，也有人在一旁低声耳语。主持人是券商人员，从没有经历过这样的场面，额头上已沁满层层汗珠。他三番四次地提醒大家保持安静，可惜收效甚微，无奈之下，只得回过头，用求助的眼神，望着身后的那个男人，这次上市路演的主角——自强科技董事长徐淮教授。徐淮看上去很淡定，神态自若地指指手表，示意还差两分钟，不急。

　　徐淮身高一米七五，身穿一套笔挺的浅灰色西服，花白的头发打理得一丝不苟，帅气有型，脸上一直微带着笑容，一看就知道是很有气质的知识分子。虽然年近六旬，却精神抖擞，背脊笔直，双目炯炯有神。他扫视了一眼场下的客人和记者。像这样的商业路演他已经驾轻就熟，经验丰富，从一开始的紧张，到此时的自信自如。他就是自强科技董事长，也是首席专家，他带领的研发团队开发出新一代自动数控中心，是工业自动化的顶级设备，其加工的部件精密度已达到了国际领先水平，但是其价格仅是进口价的三分之二，自强科技一跃成为国内自主研发数控中心的一颗璀璨新星。

十点一到，主持人说："新闻发布会开始，现在请自强科技董事长、首席专家徐淮教授，介绍自强科技的情况。"

徐淮微微一笑，接过麦克风，轻轻咳嗽了一声。突然之间，原本交头接耳的众人不再说话，会议厅安静了下来，大家将目光投向立在台上的徐淮教授。这声咳嗽，不知是他喉咙口痒，还是故意为之，意在提醒大家，他的发言马上就要开始了。

"谢谢大家的配合。"徐淮朝来宾和记者们微微一鞠躬，笑容恰到好处，开始了他的讲演。他打开准备好的PPT，开始侃侃而谈，神采飞扬地向大家介绍自强科技的核心技术和产品，以及技术团队。介绍完毕后，徐淮话锋一转："我们公司核心产品数控中心已投放市场，这次上市募集资金，将全部投入第二代、第三代智能化数控加工中心的研制和开发，或许明后年的这个时候，将会诞生全国第一个传说中的智能化无人车间。"

话音甫落，台下便爆发出一阵热烈的掌声，大家都用期待的眼神望着徐教授。

"我是华业证券的吴经理，非常荣幸成为自强科技上市的保荐人。今天是自强科技最后一次路演，我们相信自强科技，将成为自动化科技界的领军企业，投资自强科技一定会成功的。"这位自称是"华业证券经理"的男人站在徐淮身边，大声宣布道。他身材瘦小，皮肤黝黑，估计不足一米七，站在徐淮身边显得非常不协调。

华业证券吴经理的话音刚落，台下有位女嘉宾立刻大声问道："徐董事长，我参加过您的上一次路演，记得您一演讲完，有一家券商也说过是最后一次，现在换家券商又说是最后一次，会不会还有下一个最后一次？"

这个问题提得相当尖锐，对徐淮来说，可不好回答。在场众多投资人的眼睛也都在盯着他，如果说错半句话，那麻烦可就大了。吴经理被这个问题问得有点不知所措，一时间张口结舌，慌忙之中只好回头去看徐淮。谁知徐淮竟面不改色，从容地应对道："谢谢你的提问，我是搞技术的，不太熟悉上市程序。可我要解释一下，我们是科技公司，需要真心实意投资科技创新的投资人，而不是投机者。我们放弃原来合作的聚富集团，重新选择海城集团为战略投资人，这是因为我们两家企业的理念相同，目标一致，都是以振兴中国科技事业为己任，因此，我坚信与海城集团的合作，一定能取得成功。"

那位女嘉宾听了这一席话，愣了半天没有反应，当她回过神来，似乎还想提问，却被主持人抢去了话头。

"现在请海城集团战略部总经理刘浩鹏先生说几句！"主持人摊开手掌，朝着台下做了一个邀请的手势。

在众人的注目下，刘浩鹏缓缓走上台。不知是不是因为长着一张圆脸的关系，他看上去显得很年轻，应该不会超过四十岁，身材保持得也不错，宽阔的肩膀和挺拔的身姿，看起来像是经常泡在健身房里，唯一的缺点可能在身高上，目测也就一米七往上一点。

"我本来一直觉得自己能言善道，遇见了徐教授，我才知道自己是属于口拙的那类人。"刘浩鹏说到此处，忙作惊慌状，"能称得起教授的人，演讲能力当然比学生强，更重要的是徐教授科技才华领先我不知道多少倍！大家知道，在智者面前，只能尊称其为老师，而不能称之为老板。"

刘浩鹏一上来就半真半假地贬低了自己，抬高了徐淮，引得台下宾客发出一阵善意的笑声。

他也笑了笑，又接着说道："所以各位要问我们海城集团有没有信心，有没有能力做自强科技的战略投资人，那必须有！我在这里代表海城集团表个态，必须认真当好自强科技企业技术研发的铺路石、后备力量，全力支持徐老师带领自强科技，在创新发展的道路上再创辉煌！"

说完这番话，不等台下人有所反应，刘浩鹏自己带头鼓起掌来。他转身去看徐淮，只见后者喜笑颜开，露出一副对他的话很是满意的神情，便将举起鼓掌的双手，拍得更欢、更卖力了，似要把所有的掌声和赞美全部献给徐淮。

掌声渐止，刘浩鹏还想说说海城集团今后打算如何支持自强科技。就在此时，突然匆匆闯进一位身穿宾馆制服的工作人员，径直来到吴经理身边，附在他耳边窃窃私语了几句。只见吴经理脸色大变，向来人低声吩咐了几句。来人边听边点头，然后快步下台，走出会议厅。

坐在一旁的徐淮自然注意到了这一切，他侧身询问是何事，吴经理立即向他低声介绍发生的事，徐淮听了，也露出一副吃惊的神情，只是点点头，默不作声。

吴经理丝毫不顾及正说到兴头上的刘浩鹏，拿过话筒，对来宾和记者们道："各位，不好意思，我稍微打断一下，徐淮先生不仅是自强科技公司董事长，也是首席专家，还是研究所副主任，他要赶去参加一个重要的前沿科技研讨会，只能先行一步，由我继续介绍上市的安排。请各位起立，感谢徐董事长百忙之中光临会场，做这场精彩的演讲。"

在场众人无不惊愕，哪有路演到一半，主角走人的？但主持人和徐淮都已起身准备离开，不像是在开玩笑。大家只好起身，纷纷鼓掌，让出一条通道，目送徐淮离去。

站在徐淮身边的刘浩鹏也不傻，根本不信什么徐淮今天要参加学术会议的托词，一定是出了大事，于是他低声问徐淮："怎么啦？"

"出了一点情况。"显然徐淮不愿意多做解释。

"需要帮忙吗？"刘浩鹏又接着问。

"我自己会解决的。"徐淮摇摇头，然后大步朝台下走去。

刘浩鹏认识徐淮这么久，见他永远是处变不惊的样子，天大的难题都能从容面对，只这一次，他看见徐淮说话的时候，嘴唇不由自主地在颤抖。他心里明白，看来真是遇上大麻烦了！

徐淮将攥紧拳头的双手插入裤袋，然后又拿出来，甩开走路，尽量保持坦然自若的神态。他知道所有人的目光正盯着他呢！在这么重要的场合，千万不能叫人看出问题来。不过，他此时头脑一片空白，唯一能做的就是让自己镇定下来。同时，他心底产生一个疑虑——为什么偏偏在这个时候？太奇怪，太蹊跷了。

当他走出会议厅，门外立着三位身着检察院制服的人，两男一女。站在中间的女检察官身材高挑，瓜子脸上长着一副秀气的五官，梳了个马尾，给人很干练的印象。她快步上前，亮出证件，正义凛然地说道："徐淮先生，我们是检察院反贪局的，根据举报，你涉嫌职务犯罪，现已立案调查，请你跟我们到反贪局接受讯问。"

"我知道，我已多次被恶意举报，那都是卑劣可耻的诬陷。"

徐淮毫不避讳女检察官眼睛的逼视，淡淡地反驳，双手仍插在裤袋里，装出毫不在乎的神情，跟着他们离开。

徐董事长被反贪局当场带走，立刻引发一片骚乱，记者们纷纷挤出大门，举起相机，咔嚓咔嚓地拍起来，也有人用手机录下这段画面。徐淮阻止不了他们，他知道用不了多久他被反贪局调查的消息就会传遍大街小巷。他顾不了那么多，只能顺从地跟着检察官上了反贪局的警车。

风景如画的江边，在鳞次栉比的高楼大厦之间，有一片复古典雅的商业区。据说，这里原来是码头仓库，由于沿江地带限高，不能再盖摩天大楼，港务集团另辟蹊径，就对老房子进行翻修改造，打造了一条复古商业街，与高楼大厦形成错落有致、相得益彰的格局，引入名牌时装店、世界各地美食餐厅，极富休闲与活力，逐步形成老码头风情街，有一种超越时空的风情与韵味。华灯初上，这里流光溢彩，人流如潮，各家餐厅人满为患。在这条风情街上，有一家戛纳西餐厅，专营精致可口的法国美食，人气很旺，已成为网红店。

戛纳西餐厅的巴黎厅，一边是风姿绰约的江景，一边墙上挂着布面风景油画，描绘的是璀璨的巴黎夜景。整体装饰非常高雅，营造出非常温馨的就餐环境。桌子上丰富而精致的法国瓷器和银质餐具置于白色台布上。这些足以显示这里的人均消费不菲。包房里已入座七八位客人。坐在中间的是位上了年纪的男子，显然是今天的主人。在他身边站着一个穿着非常考究的深红色西装的人，他是西餐厅经理詹姆士，今天的客人点菜的规格很高，出手大方，必须由他亲自上场服务，以示敬重。

詹姆士举起一杯红酒，向主人介绍道："杜老板，这是波尔图右岸大河酒庄的红酒。这是餐厅刚引进的，酒香浓郁，味道甘醇，价格也适中。"

杜老板摆摆手，显得不耐烦地说："詹经理，我对你说过，来一瓶拉菲，你们店里有吗？"

"我们老板倒是存了两瓶。"詹姆士又凑到杜老板耳边轻声说，"就是有点小贵，十多万一瓶。"他不好意思地嘿嘿一笑。

杜老板拍了他一下说："詹经理，今天不要和我谈价钱，有，就快去拿，办喜事开洋荤，要上最好的酒，吃最贵的菜。"

詹姆士立马转身去拿酒。

"杜总，今天有什么喜事呀，开这么贵的酒？"席中有人忍不住问道。

这位杜总名叫杜富财，只见他轻轻摆手，笑着说："也就十几万一瓶，还不算贵嘛，没那么夸张，就是想让大家陪我开心开心。"

詹姆士拿着酒走进来给杜总看，说道："杜老板，这是正宗的九二年拉菲，口感特别好，市面上也没有几瓶。"

杜富财看也不看，一挥手说："斟上。"其实他压根不懂红酒，只是听说拉菲很贵，显摆一下自己有钱而已。

詹姆士打开红酒，小心翼翼地给客人们的杯子斟上酒。

"这一杯也要万把元，杜总，今天是否又觅得小娘子了，带过来欣赏一下。"那人追问道。

"换个小女人也算喜事吗？"杜富财瞥了一眼詹姆士。詹姆士很知趣，对着服务员使了一个眼色说："杜老板，你们先喝点酒，吃吃开胃菜，要上主菜叫一声就行。"然后带着服务员离开。

杜富财见没有外人，这才兴高采烈地说："我把挡我财路的人送进去了。"冲那人得意地一笑，反问道，"怎么样？这难道不值得庆祝吗？"

那人一听，带头站立起来，环视席上的众人说道："老话说，断人财路胜过杀人父母，把凶手送入地狱，当然值得庆贺。"他端起酒杯说，"大家一起敬杜总一杯，他日你发大财，也让兄弟分一勺！"

"老规矩，一切尽在酒杯中。"杜富财咧开嘴大笑起来，一仰脖子喝尽大半杯红酒，双下巴也随之颤抖起来，"先干为敬了，你们随意。"在座众人见杜富财一口闷，尽管这酒很贵，也只能跟着一起喝下。

杜富财的兴致来了，大声叫一声："来，再倒酒！"

一名女服务员笑意盈盈地走上前，又慢慢地给他们再斟酒，"慢慢喝，杜老板，主菜要上吗？"杜富财又一挥手："上吧。"女服务员听令退下。

在座有位头发花白的长者摇晃着酒杯说："杜老板，这喜酒是喝过了，不过我还是不明白，现在房产市场那么火，你开发房产一样赚大钱，好端端的，怎么会转向投资科技公司？更何况搞房产开发都是十个瓶七个盖，根本盖不过来。你也差不多，哪来的钱投资上市公司？"

杜富财今年五十多岁，年轻时从挖土方起家，再做土建包工头，还开过大浴场。进入二十一世纪，也是这位长者，建议他投资房地产开发，他听从了。他凭借在大浴场建立的社会关系，很快拿下几块地，先后开发建设好几个住宅小区。恰逢房价飞涨，一跃成为一代富豪。长者算是他的恩师之一。

他端起酒杯敬长者说："于先生，你是我开发房产的引路人，你说得对，开发房产最缺的是资金，银行只做锦上添花的事，不会雪中送炭的，我需要一个融资平台，上市公司就是最好的资金平台，现在房产公司上市很难，只有科技公司最容易上市，讲故事圈大钱。有家基金公司在全力支持我投资自强科技，一旦上市成功，不仅赚个盆满钵满，还会成为上市公司的大股东，过两年把不赚钱的科技研发项目剥离出去，再把几个在建项目装进去，这家科技公司就改造成以房产为主的上市公司。这是当下最时髦的曲线救国。如果我有一家上市公司还愁没有钱开发吗？"

于先生抿着小酒，赞道："没有想到杜老板进步很快呀，也懂得金融了。看来我老了，落伍了。"

"我和自强科技签订了战略合作协议，第一笔资金一个亿打过去，成为战略投资人，也搞过路演，就在申报前被换下，到最后时刻把我踢出局。你说可恨不可恨？"

就在这时，杜富财的手机铃声大作。

"喂……"他接起电话，眉头一舒，表情变得更加愉悦了，"放心吧。进了反贪局的人没有出来的，更何况证据确凿，他是永世不得翻身啊。什么？他女儿回国为他请律师，公司已经帮他请了大律师，那又怎么样，还能翻天？哼哼……你就放一百个心，放心好了……胆敢断我财路的人，不会有好下场的……"

话说到这里，杜富财的眼中闪过一丝杀气。或许是碍于席上人多嘴杂，他没有继续说下去。

于先生笑笑说："生意场虽是利益当先，也要讲点人情世故的，得饶人处且饶人，将来还有机会。"

桌上的其他客人没有吱声，大家心知肚明，这位杜老板是个敢说敢为的人。

"我跟你讲，一个错误的入弯点，会影响到整个入弯的路线，其中包括弯速、弯道中走线的内外，以及开油的时机。如何找到一个正确的入弯点是很难的。入弯太早，速度确实很快，但会影响到出弯道开油的时机，如果油门掌握不好，很容易冲到对向的车道，就很危险啦！当然，入弯太晚的话速度会慢，车身倾斜的角度加大，也容易影响开油的时机和出弯的速度，你明白了吗？"

正在说教的男人名叫鲍军，对于他来说，今天是值得庆祝的一天，不仅是因为他成功地将自己追了好多天的车模小玉约了出来，更重要的是刚买的杜卡迪摩托车第一天上路。可别小看这辆白色的摩托车，作为摩托车领域的传奇品牌，杜卡迪怪兽系列几乎所有玩摩托的人都知道，尤其是他胯下的这款车型，全球限量才30台。这可不光是钱的问题，想要拥有这辆车，还得有人脉关系。

鲍军人如其名，长相粗犷，眉骨前突，下巴很长，浑身都是腱子肉，一看就没少跑健身房，没少吃蛋白粉。他上身穿着一件黑色小背心，下面穿一条很长的迷彩裤，脚上蹬了双军靴，两条手臂上纹满了各种图案。

"哇，鲍哥，你懂得好多哟！"鲍军身后坐着一个年轻时尚的女孩，正是小玉。

小玉长了一张瓜子脸，皮肤很白，头发全都染成了金色，在阳光下很是亮眼。

"这都是小意思，你鲍哥我骑摩托车这么多年，不论是理论还是实战，都是顶呱呱的。我跟你讲，这还真不是自吹，好几次业余比赛我可都有名次呢！"

"真的吗？"小玉崇拜道。

"我会骗你吗？有这个必要吗？你鲍哥我最大的缺点，就是人太老实，喜欢说真话。如果我是个门外汉，怎么会把入弯和出弯的技巧，讲得这么详细？"

"鲍哥是最棒的！"

听到小玉用娇滴滴的声音这么夸赞自己，鲍军流露出了一脸得意的笑容。

小玉是个车模，在车展上与鲍军相识，很大程度上是想亲眼看看这款新的杜卡迪摩托车的风采，对鲍军这个人兴趣不是特别大，相比另外两位追求者，不论是外形还是经济实力他都差了一口气，还不能完全让她动心。不过呢，鲍军也不是一无是处，比如他车技好，这也算是个优点吧！尤其是像她这样对"速度"很有要求的女人。

黄灯跳转成了红灯，鲍军的摩托车停了下来，但发动机还在隆隆作响。小玉从背后抱着他的腰，问他："我们什么时候到啊？电影都要开始了。"

鲍军略有些不耐烦地回道："急什么！给我五分钟，五分钟肯定能到。"

小玉扑哧一笑："就知道吹牛。"

鲍军板起脸说："可别不信，你去打听打听，这一带谁的摩托车技术有我好？真是开玩笑，都说我是本市的车神好不好？"

小玉装着不相信地说："这是你自封的吧？"说完取出手机，点开了网络直播，大声说道，"技术怎么样，自己说的不算，得让网友们来评价。"鲍军说："危险！"让她赶紧关了直播。小玉却丝毫不在意。毕竟她还有一项工作就是利用车模积累的粉丝做网络直播，靠网友打赏增加收入。对于生活中的方方面面，不论好的坏的，她都会直播和网友分享，这已成为她生活的一部分。

正在此时，一辆黑色的宝马摩托车从身后缓缓驶来，停在了他们边上。鲍军瞥了一眼宝马摩托车上的那人，只见他戴着头盔，看不清面目和表情。但那人自始至终没有转过头看鲍军的杜卡迪，似乎有些不屑一顾，这让鲍军心里有些不爽。

小玉拍了拍鲍军的肩膀，凑近他说："你看边上那辆车，好像也不错哦！"同时将手机镜头对准了那个人。

鲍军冷笑道："确实价格不菲。不过啊，小玉，我和你讲，摩托车这东西很挑驾驶员，即便是你车再好再贵，驾驶技术不行，照样丢人。"

小玉低声问道："你怎么知道人家技术不好？说不定比你还快呢！"

鲍军嗔怒道："比我快？开什么玩笑？比我速度快的人，还没生下来！"

由于太急，鲍军说这句话的时候没过脑子，声量略响，似乎被边上驾驶宝马摩托车的那人听见了。由于戴着头盔，没人知道他此时此刻是什么表情。

这时，手机直播间已经有网友开始起哄，说让他们两个比试一下，不过也有人劝阻，说在马路上公然飙车，是违法行为。

红灯转绿的瞬间，宝马车主像是故意炫技般，突然发动摩托车，轰隆一声蹿了出去！那辆摩托车如离弦之箭，在路上划出一道闪电般的痕迹。

与此同时，小玉口中发出一阵短促的惊呼，随即喊道："好快啊！"

这句话听在鲍军耳中，极不舒服，于是他不甘示弱，猛地转动油门手柄，低头咒骂道："快个毛，我几秒钟就能追上他！"随着杜卡迪摩托车发出的一阵引擎声浪，车像炮弹一样弹射出去，直追那辆宝马摩托车。

宝马摩托车在路上飞快穿梭，宛如一条闪电，令人无法捕捉它的身影。就算是见过大场面的鲍军，都不得不暗暗惊叹，唯有摩托车的性能与骑手的素质都是顶级的，才能跑出这样的速度。不过心仪的女孩坐在自己身后，他又怎么能露怯？

对于鲍军来说，摆在他面前的只有华山一条路——追上前面的宝马摩托车！

两辆摩托车一前一后，在高架上追逐，引擎的轰鸣声尖锐而灼热，速度的疾驰感令人心潮澎湃。风声呼啸，引擎轰鸣，振动着身旁的其他车辆。

有好几次，鲍军都感觉要追上前面那辆车了，可就是一晃神，又发现差了好几十米。有那么一个瞬间，鲍军甚至在怀疑对方是不是故意戏耍他。但如果真是这么做，那么前面这人一定有职业选手的技巧才行。鲍军用力甩了甩自己的脑袋，他要把这些危险的想法从大脑中驱逐出去，否则还没上战场，就先泄了自己的气，这"比赛"还怎么进行？

小玉一只手紧紧抱住鲍军的腰，另一只手拿着手机，将镜头对准前方，嘴里大声呼喊道："朋友们，鲍哥表示不服，要向我展示一下他的速度！"她话音刚落，直播间观看的人数就开始噌噌噌往上涨，留言区也一直在跳数字，不一会儿就有上千人观摩，还有的人在加油打赏，粉丝涨得这么快，小玉的心情更加愉悦，不停催促鲍军加速，将两人的安全完完全全抛诸脑后。

两辆摩托车就这样在车道上疾驰，在汽车的间隙里穿行，好几次都几乎要剐蹭到了，真是险象环生！慢慢地，他们的差距越来越大，两车并非你追我赶的竞逐，而是宝马摩托车一直遥遥领先，杜卡迪摩托车仅仅是勉强跟上，好几次差点被甩掉。

伴随着摩托车掠过的风声，鲍军的心情仿佛也被带着飞快向前。他好久都未体会到这种感觉了，一个好的对手，甚至可以激发自己的潜能。而在他前方的那个人，其技术和能力，都远远超过他从前的对手。他唯有暗自惊叹，实在是太强了！

在前方的路口，宝马摩托车快速过弯，轮胎在路面上摩擦迸出火花，此时踏板离地面不足一寸，简直是神技！鲍军知道这样不减速过弯的方式，实际操作是多么困难。他现在开始后悔了，后悔自己在女孩面前夸下海口，谁知道竟然碰到个狠角色。这就好比抡起一脚，踢到了一块石头。

不过事已至此，硬着头皮也要追，追不上也要追！

"你到底行不行啊？我怎么感觉越追越远了？"小玉在鲍军身后抱怨道。

"少废话！别打扰我骑车！"鲍军进挡持续加速。

此时的他心里早就忘了什么美女，只是一心想要追上前面的摩托车。

"哼，凶我算什么本事？"小玉被他呛了一句，心里不好受，忍不住反唇相讥。

鲍军满头大汗，双眼直勾勾地看着前方。

他心里明白，这个骑宝马摩托车的家伙并非"善类"，一定是个车技超高的专业骑手，相形见绌，差距恐怕不是一星半点。他内心的情绪从愤怒转化成了羡慕，小玉在他耳边的讽刺，好像都听不见了，唯有对这位骑手驾驶技术的敬佩。

　　没过多久，那辆宝马摩托车终于消失在了他的视线里。

　　这场在市区高架上的摩托车互相追逐的戏码很快就在网上引起了轰动，尤其是在摩托车爱好者的圈子里，大家竞相转发这段直播录像。所有人都希望知道这位技术顶尖的宝马摩托车主的真实身份，甚至有人怀疑，这就是一位职业选手。

一

在城乡接合部，"火焰神摩托车俱乐部"的门口，有一个醒目的海报架。海报上绘制着各种炫酷的摩托车。再往下是一句醒目且直白的广告语——火焰神俱乐部，摩托爱好者之家！在广告语下方，有一小段俱乐部的简介，上面写道：

> 火焰神摩托俱乐部是一家极具个性的美式摩托车俱乐部，有摩托车维护保养，还配有咖啡馆、美式烧烤、酒吧等，时常会有美国乡村歌手到此演出。休息区里有酒廊、桌球、飞镖等娱乐活动，每到周五"电影日"播放精彩好莱坞大片，会员到这里自由自在，无限放松，尽情享受！

步入俱乐部大门，可以看到一排漂亮的摩托车陈列在大厅的中央，整个大厅足有三五百平方米，十分宽敞。俱乐部的整体装修复古别致，色彩也非常明亮。室内有两层楼，楼下喝咖啡饮茶，楼上有包房就餐。此外，俱乐部后面还有一个宽阔的后院，草地上可以搭帐篷，有时候还会举行篝火晚会。据说这家俱乐部的投资老板是个美国人。对美国人来说，摩托车是"自由"的代名词，是一种酒脱的生活方式，而国人更多的是把摩托车单纯地认为是一种交通工具。但如今摩托车这种自由洒脱的文化，正慢慢地影响着国内的年轻人。

在俱乐部一楼的一个角落里，有个略微肥胖的年轻男子正窝在沙发上，目不转睛地盯着手机屏幕，一帧一帧地播放这场"赛车比赛"，他是会员摩托车骑手，叫梁路，时常在俱乐部消磨时光，也算半个义工。忽然，他用手指暂停了某个瞬间，脸上现出惊愕的神色。没过多久，他开始冲着吧台的两人嚷嚷起来："这是 James 啊！你们快来看是不是！"

坐在吧台最左侧那位高瘦男子露出一副嫌弃的表情，对梁路说："梁兄喊什么喊！我不是跟你说了嘛，詹姆士今天出外办事，不在俱乐部。"

"桂老弟，我是说飙车的视频，你过来看，这人不就是詹姆士吗？"梁路并没有降低音调的打算，嗓门反而比刚才更大。高瘦男子将信将疑地走了过去，俯身去看梁路手机里的视频。视频的内容，使得他的表情从起初的疑虑，也慢慢转变成了惊讶。

看完之后，他立马冲还坐在吧台上的另一个人挥了挥手，口中嚷道："段韬，你过来瞧一瞧，这是不是詹姆士？"

坐在吧台边的男人看都没看他们一眼，似乎对他们的谈话没有兴趣，依旧自顾自地喝着手里的苏打水。

"得了，他不理我们。"梁路耸了耸肩。

"他就这副德行。"桂老弟也拿他没办法。

这位被他们叫作"段韬"的男人，穿着一件洗旧了的白衬衫，下面是一条磨损严重的牛仔裤。他有颇为英俊的侧脸，鼻梁挺直，剑眉星目，肩膀很宽，身板结实，肌肉突出，看得出是个经常锻炼的人。很奇怪，他虽然只是静静地坐在那里，浑身却散发出一种令人安心的气质。

梁路有些担心地问桂老弟道："你看这视频，把车牌都拍得清清楚楚，这下詹姆士要倒霉了吧？"

桂老弟冷笑说："倒霉？人家可是美籍华裔，是洋大人，中国法律能管得了他？"

梁路不服："怎么不能管？现在中国强大了，又不是清朝，外国人犯法也要接受中国法律的制裁！"

桂老弟继续嘲讽："太天真了你。詹姆士所属的可不是普通国家，是美国！"

两人你一句我一句，争执不下，段韬听着他们斗嘴的内容，不由得被他们逗笑，边笑边饮手里的苏打水。

"你笑什么？"梁路质问段韬。

"我在笑你刚才说的话啊。"段韬直接说。

"我的话有什么好笑？"梁路眨眨眼，表示不解。

"你说美国不是一个普通的国家，我倒想问问看，哪里不普通呢？"

"美国是强权国家，有'国际警察'的声誉，这点你不会不知道吧？记得二十多年前的海湾战争，伊拉克号称军事实力世界第三，拥有'钢铁洪流'般的坦克。结果呢？美国升级到立体战，两国根本不在一个档次，一周的精准打击美国就将其全部摧毁，只有缴械投降。萨达姆也被活捉绞死。至今世界上还没有哪个国家敢和美国抗衡，都有点怕的。"

"据我所知，有一个国家就不怕美国。"段韬笑着说。

"有吗？"

"当然有，就是中国。"段韬说得斩钉截铁，令梁路一时语塞，不知从何反驳。

这时门外响起摩托车轰鸣声，不一会儿俱乐部大厅的门被推开，一个身形与段韬相仿的男人，抱着摩托车头盔走进来。在一旁争论的胖瘦二人一见到他，立刻收住话题站起来，梁路叫一声："詹姆士，你来了？"桂老弟接过他的头盔，梁路提上一罐可乐。虽然都是俱乐部会员，层级上却差一大截，两人像他的跟班。

詹姆士用手弹去身上的灰尘。"怎么突然都不说话了？"他操着有点夹生的普通话，漫不经心地问道。他的相貌可以说和老外毫不相干，就是一个地地道道的中国人。但是说话语音语调有所不同。他的华语好像不是与生俱来的，是后天学的，就像中国人讲英语，没有那个味。不过现在也有人故意拿腔拿调，显示自己不是中国人，却要说中国话。这就是他们口中的James，美籍华人，当下流行英文名中国叫法，会员都叫他詹姆士。

梁路忙答道："没什么，我们正在和那家伙讨论国际问题。"

"国际问题？那我可有兴趣了。"詹姆士笑道，又看看坐在一旁的段韬。

"我可没兴趣谈了，聊不下去，聊不下去！"梁路快快地说。

段韬喝着苏打水，瞥了他一眼道："他们都说，你今天不到俱乐部来的！"

詹姆士笑笑没有正面回答，对段韬道："你那辆幸福牌摩托是worn-out stuff！"

段韬当然知道他是在开玩笑，于是也故意板起脸说："你喜欢你的，我喜欢我的，各有所爱，在我眼里，要比你那辆宝马好得多，我们不是比过吗，没有输给你几米呀。"

詹姆士打开可乐咕噜咕噜喝了一半，才开口说："那你是自欺欺人，我是故意让让你，你不知道吗？"

段韬哈哈大笑起来，反问道："你觉得我是那种人吗？"

"你来俱乐部也有段日子了，我们一起玩过车技，赛过速度，你的技术不错，开着破车也没输过别人，要想出成绩，就要换辆车，才能赢得冠军。"詹姆士喝下可乐，整个人的状态非常松弛，"当然业余骑手只是个玩家，只有消耗没有收入的，现在国内摩托车的费用越来越高，据说车牌已涨到几十万了。"

段韬依然笑着说："你从国外回来给老外打工收入很高，我为自己打工，收入有限，最多是个爱好者，业余骑手也算不上的。能在俱乐部与你们相聚相识也算是一种缘分。"

詹姆士挑了挑眉说："你这小子看上去五大三粗，说话倒是文绉绉，有点文化，我在经营一家西餐厅，欢迎光顾，可以给你打折优惠。"

"哇，原来你管西餐厅的！不过，我对西餐的三件套没有太多兴趣，寡淡无味的，既吃不惯，当然也吃不起呀。"

"你是个不爱尝试新东西的人？"詹姆士眯起眼，把上身凑近段韬问道。

"那要分是工作还是生活，在工作上男人都是渴望挑战，越新鲜越能激发斗志，当然还要能赚钱的。"

詹姆士笑着点点头说："不赚钱怎么行？当下第一要务就是赚钱发财嘛。否则连辆摩托车都养不起呀。"

这时梁路拿着手机朝他们走来。他走到詹姆士身边时，将手机屏幕对着后者晃了晃，说："你飙车被人拍了，知道吗？"

詹姆士瞧了一眼，面上笑容依旧，慢悠悠问道："那又怎么样？"

坐在沙发上的桂老弟对梁路说："你看，我没说错吧？詹姆士根本不在乎！"

梁路像是受到了挑衅，略微提高了声音，进一步对詹姆士道："又怎么样？你知道在高架上飙车，可是违法犯罪行为啊！弄不好要判刑的，你别以为我在开玩笑！"

"判刑？没这么夸张吧……"詹姆士笑笑摇摇头。

"危险驾驶罪。"段韬突然说道。

"什么？"詹姆士像没有听清楚，回过头去看他。

段韬继续说了下去："根据刑法的补充规定，在道路上，驾驶机动车相互追逐竞驶，属于危险驾驶罪。所以梁路没唬你，真是犯罪行为。"

也许是段韬严肃的表情，让詹姆士感到问题的严重性，笑容开始从他的脸上慢慢消失。

这时，詹姆士的手机铃声突然响起，他接通电话，说了几句，面色变得更加难看了。

"怎么了？"梁路赶忙问道。

"是交警大队打来的。"詹姆士垂头丧气地说，"他们让我去一趟，配合一下调查。估计也是看到网上视频了。"

梁路对坐在沙发上的高瘦男子得意扬扬地说："你看，我说什么来着？"

"我现在不能去交警大队啊，等会儿还要去机场接朋友呢，都答应过别人了。"詹姆士把视线投向段韬，像是在寻求他的建议。

段韬低头沉思了一会儿，对他说："高架飙车，不仅是危险驾驶，还可能涉嫌危害公共安全，这是当下重点打击的对象。现在交警看到网上这段录像，通过车牌找到你，我看你应该投案自首，争取宽大处理。"

桂老弟从沙发上一跃而起，跑到詹姆士身边，神情严肃地说："詹姆士，这可不能去啊，你这一去，那可是羊入虎口。你不是美国人吗？赶紧买张机票回美国躲一阵子。"

梁路赞同道："可不是，回美国，他们就拿你没辙了呀！"

詹姆士摇摇头说："我眼下的事情都在中国，怎么可能回美国去？再说，回去又能躲几天呢？一天、两天，还是一年、两年？"

桂老弟眼珠一转想了想，又出了个主意："不如找个人顶包！"

"顶包？"詹姆士可能一下子没听明白，嘴里又重复了一遍。

"是啊！顶包！"桂老弟激动地挥舞着手臂，"你戴着头盔监控看不清你的脸，你就找个人给他钱，让他承认借了你的摩托车去兜风，这叫花钱消灾。国内有些娱乐圈的明星做过这样的事。在业内，也见怪不怪。"

詹姆士长期生活在国外，可能是头一回听到这样的操作，吓得连连摆手："这可不行！"

段韬见他们越讨论越离谱，梁路和桂老弟尽出馊主意，便对詹姆士说："本来只是一件小事，还想惹出更大的麻烦吗？现在大街小巷都是摄像头，你认为躲得过吗？逃不了的。再说像这样的案子，也没必要逃。回到美国躲起来，留下案底你还能回来吗？哼哼！"他最后这声冷笑，是故意发给胖瘦二人听的。

詹姆士点点头："我虽然不是中国国籍，在国外也是个守法公民，现在同国内生活工作，理应遵守国内的法律。交警大队我肯定会去的，不就是罚个款吗？"

段韬笑道："虽说事不大，但可不是罚款这么简单，飙车是危险驾驶的犯罪行为，刑期不长，最高也只有六个月。"

詹姆士一愣，蹦了起来："什么？要关一百多天呀！你好像对中国法律很了解，难道你从事的工作和法律有关？"

段韬笑了笑，说道："事到如今我也没必要隐瞒，我是个执业律师。"

詹姆士明显愣了一下，而他身边的另外两个人则发出一阵短促的惊呼声。

梁路激动地嚷嚷道："原来你是大律师啊，怪不得架子不小啊！既然都是俱乐部的会员，我以后找你打官司，是不是可以免费？"

桂老弟也不甘示弱，插话道："是啊，我公司的合同能不能免费帮忙审一下？"

听他们俩这么一说，段韬只觉得好笑。他解释说："我是当律师的，不是做慈善的，我也要生活的好不好？免费是不可能的啦！两位高抬贵手，放过我吧！如果两位有事想委托我，打个折优惠一下倒是可以考虑。"

詹姆士没心情搭理他们，转而用一种真诚的口吻对段韬说："这件事，你能不能帮我处理？我付给你律师费。"

段韬严肃地点点头道："如果你真的委托我，你就是我的当事人，要按我的方式来做。"

"什么方式？"詹姆士问。

"我问你的事情，你要如实地回答，万万不能骗我。"

"那是当然。"

"好，那我问你，他在后面追你，你知不知道？"

詹姆士犹豫片刻，还是点点头，说："我知道，只不过我不明白他为什么要追我，搞得我又奇怪，又害怕，所以只想着快点把他们给甩掉。"

见詹姆士如此坦诚，边上的梁路急了，忙说："怎么可以自己承认呢？我倒是有个办法，你想不想听？"

"什么办法，你快些说呀！"詹姆士催促道。

梁路神秘兮兮地说："你就讲你不知道有人在追你，这样就不算竞相飙车了。你就讲是自己开得快，不知道后面有人追你。"

"这个办法好！"高瘦男子拍手赞赏。

正当两人准备庆祝"胜利"时，段韬来泼冷水了。

"好什么好，你们以为交警都是吃干饭的？这种伎俩还想骗他们？摩托车是有后视镜的，你不需要回头也能看见有人在追你，怎么能说不知道呢？这样说，警察根本不会相信你，对既定的事实要敢于承认。"

"承认飙车，就认罪了，还要你这个律师做什么？"梁路没好气地说了一句。他原本就有点瞧不上段韬，或者说对他很有偏见，主要是在俱乐部里的年轻人，座驾大多是比较昂贵的摩托车，而段韬驾驶的那辆破摩托，在他眼里就是一堆破铜烂铁。与这样的会员为伍，拉低"俱乐部"的档次。

段韬将手里的苏打水瓶放在吧台上，认真地答道："既定的事实是铁定的，没什么可讨论的，就像太阳永远从东边升起，当然，你也可以说还没到明天，怎么知道太阳一定从东边升起，这就是狡辩。对客观事实最关键是要做出合理的解释，律师就是从客观事实中，发现有据可查的情节，找到合理合法的辩护理由。"

"愿闻其详。"詹姆士似乎来了兴趣，端正了坐姿。

"那我问你，你认识追你的人吗？事先有没有约定？"

詹姆士断然说："我当然不认识他们，更不可能有什么约定。"

"对方有没有追上你？"

梁路听了，在一旁插话说："詹姆士的车技在俱乐部是一流的，能超过他的人不多，我看过视频，那小子始终没有超过他。"

段韬说："这些都是客观事实，我相信对方也不知道你是谁。那么你可以大胆承认被追逐的事实。你只要坚持，并不认识追逐的人，更不清楚他们追逐的原因。在那一刻身为一个普通人被人追击，第一感觉是害怕，要竭力摆脱。作为一个摩托骑手的第一反应是加速度摆脱追击。由于对方始终没有追上你，超越你，那对你而言可能构不成竞相追逐。"

詹姆士连连点头，还蹦出一句英文："你讲得太好了，有理有据。"

段韬进一步解释说："在公路上竞相追逐属于故意犯罪行为。你没有飙车企图，也没与对方有飙车的合意，只是为了逃脱，应该不具有犯罪故意，因而不构成故意犯罪行为。俗话说不知情不为过嘛，当然这都是建立在现有的事实基础上分析判断。警察手上还有什么证据，你我都不清楚，所以你一定要去交警队投案自首，也是尊重交警，获得同情分，争取从宽处罚。如果逃跑或者找人顶包，那就罪加一等，从严处罚。"段韬分析得有理有据，让一旁喜欢抬杠的梁路和桂老弟两人都哑口无言，内心已承认了他的专业性。

詹姆士也被说服，露出一脸信任他的表情，恳切地说："我正式委托你做我的律师，陪我去一趟交警大队！怎么样？"

"有生意上门，我肯定乐意啊。不过律师费不能免哦！"段韬半开玩笑半认真地说道。

詹姆士立刻说："只要你替我摆平这件事，钱不是问题。这样吧，你那台破国产摩托车也该到退休的年龄了，我替你换辆车，就当是律师费，怎么样？"

"虽然我很贪财，不过不属于我的东西，拿了也心虚。况且我刚入行没多久，律师费也没这么昂贵。"段韬摆了摆手说，"这样吧，事情解决后，你请俱乐部的朋友一起吃顿饭，就当是我的劳务费了。"

此言一出，梁路和桂老弟高兴地拍起手来，直夸段韬讲义气，够兄弟。

"就吃顿饭？"詹姆士笑了笑，"你忘记我是管餐厅的了？小事一桩！"

段韬将杯中的苏打水喝得一滴不剩，然后放回吧台："好，那我们出发吧，去交警大队走一趟！"说完，起身往门外走去，詹姆士紧跟其后。

段韬刚走两步，忽然停下来，转身嘱咐道："你那辆宝马先别开了，坐我的幸福老车去。"

"为什么？"詹姆士不解其意。

"因为你那辆摩托车太招摇了，会给人留下不好的印象。你要记住，我们是去平息事态，开辆旧车容易博同情分。"

段韬的理由很充分，詹姆士点头表示同意。

不过梁路与桂老弟在他们身后开始起哄说，大名鼎鼎的詹姆士，坐一辆国产旧车大跌身价呀。詹姆士心里有谱，对他们的话全当耳边风，毕竟相比这两个只会唱反调的，段韬更专业，更靠谱。他坐上幸福摩托车紧靠在段韬背上。

二

这辆幸福摩托，虽然有一定的年头，可机身擦得油光锃亮。当引擎发动后，声音很响，有点异常，通常是因为摩托车使用时间过长，引擎老化了。詹姆士不信段韬没有察觉到这个问题，毕竟从驾驶技术来看，段韬无疑是个老手。而且在行驶过程中，还时常会闻到一股异常气味，像是离合器摩擦片、制动蹄片、橡胶或绝缘材料发出的烧焦味。种种迹象都表明段韬这辆摩托车都到了快要报废的时候了。

"为什么不换一辆呢？"詹姆士实在憋不住了，"因为钱吗？"

"你说这辆车？"段韬问。也许是行驶速度比较快，风又大，段韬想要听清楚詹姆士说的话，必须微微侧一下头。

"是啊！"詹姆士坐在后座，双手抓牢段韬的腰部，这么做是防止摩托车在加速的时候自己会掉下去，"你该换辆新车了。"

段韬说："对我来说，这可不是一辆普通的摩托车，是我的亲人。"

他的回答，让詹姆士很是糊涂。一辆破旧的摩托车，为什么会是亲人？

段韬驾车来到交警大队。

交警大队的讯问室里，坐着这次"摩托车追逐战"的另一位"主角"鲍军。他身穿一身名牌，戴着金项链，耷拉着脑袋，没精打采地坐着，仿佛浑身的精力都被抽走了。这和在马路上驾驶杜卡迪摩托车展开追逐时判若两人。

"我再问你最后一次，你为什么要追前面的摩托车？你们是约好的吗？"

一位中年警察正在对他做讯问笔录，不过看这架势，鲍军似乎不太配合，满不在乎地说："我说过不认识他，这小子牛，他超我车就想追上他，打他一顿。"

"在市政道路追逐飙车，是犯罪行为，你不懂吗？"

中年警察的语气非常严厉，鲍军低着头不作答，不一会儿自言自语地说："我老舅会救我的。"

"别以为不说话就可以，凭现在的证据，定罪量刑没有问题，谁也救不了。一会儿进了看守所好好反思。"

这位中年警察理了理衣领，起身推开门，离开讯问室。像这样不畏惧的法盲，一年不知道要见多少个，他早就把这群人的心态摸得清清楚楚，典型的不见棺材不掉泪。只有关进看守所，强制接受法制教育，才知道违法犯罪的后果。他通知其他干警准备拘留文书。一位交警告诉他另一个当事者也到了，正在讯问室等候。他推开另一间讯问室的门，看见屋里坐着两位青年人。

詹姆士主动站起来说："警官，我就是宝马车的骑手，接到你的通知我就赶过来了。这位是我的律师，我是美籍华人，如果事关违法行为，习惯带上自己的律师。"段韬配合地出示了自己的律师证。

警官吃了一惊，没想到遇到个外籍人士，那要慎重对待。他看了一眼段韬的律师证说："有位律师在场也好，证明我们对待任何人都是一视同仁，依法办案。我姓王，我开始讯问。告诉你，我们有全程录音录像的，你同意吗？"

詹姆士点头表示同意。

王警官说："你能主动来，这很好。那我就开门见山，你叫什么名字？"

詹姆士老老实实地说："我的中文名顾金贵，英文名James，大家习惯叫我詹姆士。"

王警官取出手机，指着屏幕上詹姆士与鲍军追逐的影像，问道："驾驶宝马车的人是不是你？"

"是我。"詹姆士点点头。

"说说你们为什么要在高速路上相互追逐。"

王警官抛出这个问题后，就静待詹姆士上钩。他猜都能猜到，詹姆士必然会一口否认，借口无外乎"在赶时间""不知道后面有人""完全没有注意"之类的话。毕竟像这样的案子，肇事者通常都会用俗套的借口为自己开脱。

詹姆士并没有立刻回答警察的问题，而是低下头，仿佛在思考什么，表情显得十分犹豫。

王警官笑了笑，说道："你是不是想说，不知道身后有人追你？"

"不是。"詹姆士很果断地否认了。

他的回答显然出乎王警官的意料，后者微微一怔，随即又问："你知道有人追你？"

"是的。我从后视镜里看见有人追我，所以我才提速的。我不认识他们，更不知道他们为什么要追我，我在美国长大的，回国后在一家西餐厅打工，一直遵纪守法，从没遇到过这种情况，我很害怕。只想尽快摆脱他。"詹姆士的声音有些颤抖。

"你说你感到害怕？"王警官似乎不信。

"我记得在路口等红灯时，见过那个骑手，带着个女人，样子很凶的。看上去不好惹，从穿着打扮上看，有点像纽约的黑帮人物，他要追我，怎能不害怕呢？好在我受过专业训练，没让他追上我。"

"那你知道你超速了吗？"王警官问道。

"知道。"詹姆士点点头，"具体超速多少不清楚，但是一定超过 120 迈。"

詹姆士乖乖按照段韬所教的回答，就是加了一点感情色彩。每句话都显得非常真诚，给警察留下好印象，也不会留太多把柄。他看了一眼段韬，怕说些不合时宜的话，段韬微微点头表示满意。

王警官回忆起鲍军的穿着和气质，与詹姆士所说的差不多，虽说不是什么黑社会成员，样子却有点唬人。他在讯问之前已经调查过詹姆士的驾车记录，除了有几次驾驶压线被扣了几分外，基本上没有行政处罚记录，还算是个规矩人。他不仅敢于承认全部事实，还给出一个合理的解释。他扫了一眼段韬，估计都是律师出的主意。

段韬微笑道："王警官，我的当事人找到我告诉我这件事，我非常严肃地批评他，在市政道路上追逐属于危险驾驶行为。就让他赶紧到交警大队来，主动交代全部违法事实。他的供述是不是全部事实？如果基本属实，应该属于投案自首行为，应当从轻减轻处罚。"

王警官点点头，说道："你的律师给你出了个好主意。想躲是躲不过的。那个骑手找人来顶包，被我们一眼识破，都被依法拘留了。"

詹姆士吓一跳，问道："什么？只是追个车还要关起来？"

王警官说："那当然，他们不仅被拘留，还要被判刑的，要知道，危险驾驶的犯罪行为是我们打击的重点。"

段韬说："王警官说得很对，在高架上相互追逐，是极度危险的驾驶行为，是故意犯罪行为，应受到严惩。王警官，你认可我的当事人供述的是全部事实。也就是说，两个骑手并不相识，也没有相约，只是后车在追逐前车。我的当事人因为害怕而加速逃脱。他根本不想与后车驾驶人相互追逐，他是赛车手，有比较好的驾车技术，才成功摆脱追击。因此，他没有竞相追逐的故意。从法律角度分析不构成故意犯罪行为。不过我的当事人在明知后面有人追赶的情况下，不停车靠边，继续超速驾驶，当然是违反交通法规的行为，应当按照交通法规进行处罚。"

詹姆士垂着头，露出一副愿意接受处罚的神情："我愿意认罪认罚，请王警官给我一次从轻发落的机会。"

王警官看着眼前这个年轻人可怜巴巴的模样，长长叹了口气对詹姆士道："超速驾驶会引发交通事故，每年死亡的人数也不少，开汽车是'铁包骨'，开摩托车是'肉包铁'，死亡率更高。你出事走了，什么也不知道，可你的父母和家人怎么办？你要好好想一下，珍惜生命，宁可慢一秒钟。"

"谢谢王警官提醒，如果让我妈知道我超速一定会吓死的，我保证不会再犯。再遇到这种情况一定靠边，让他过去。今后一定老老实实地遵守交通规则行驶。"詹姆士像个小学生诚恳地做着保证。

"我希望我今天没有白费口舌，你真得汲取教训。"说完，王警官又重重叹了口气，"鉴于你能主动投案自首，承认全部事实，真诚地接受处罚，我会把你的理由和你律师的意见一并上报领导，请他们酌情处理，今天你先回去，要随叫随到。"

段韬和詹姆士赶紧起身向王警官鞠躬致意，感谢他的宽宏大量。

两人离开交警大队讯问室，詹姆士知道自己算是躲过一劫，段韬对事情的分析判断与警官一致，采取的措施也非常到位，被警官接受。他对段韬的信任度上升了一个新台阶，感觉这是个可以深交的朋友。

"这件事暂告一个段落，律师费怎么付？"詹姆士认真地问段韬。

"律师费？不是说好请大伙吃顿大餐吗？第一次算优惠，第二次全价呀。"段韬显得轻描淡写，随后又嘱咐一句，"你随时注意手机上的信息或警官的短信，我相信你不会再有第二次。"

"我要去接我女友。"

"哟，看不出啊，你这么快在国内就有女友了？"段韬笑着问。

"拜托，我回国也不是一天两天，很久了好吧！更何况我的女友也不是在国内认识的，我们在美国念书时就好上了。"

"她父母能接受她找个 ABC 吗？"

"什么 ABC，我只是国籍是美国，地地道道的中国人嘛！现在什么年代了，还那么老土？她父亲是个高级知识分子，思想很开明的，会接受我们的。"

"看你得意的样子，女孩一定长得很漂亮，祝愿你早日抱得美人归！”段韬打趣道。

詹姆士说：“这事要不是你给摆平了，就要拜托你去帮我接女朋友了。”

“哎呀，那倒是件好事，早说，就让你关两天，我先睹为快，下次再遇到就不会那么客气了。”段韬挥了挥手登上自己的摩托车，“对了，我有事，就不送你了。”

“不用了！我自己用App打车就行，你忙你的吧！”詹姆士拿出手机，在段韬面前晃了晃，“回头俱乐部见，我请你吃饭！”

段韬一连发动几下摩托车都没有发动起来。

詹姆士笑着摇摇头道：“这辆破车早就该换了。”

段韬猛地一踩，终于发动起来了。他翻身上车，朝詹姆士挥挥手，一溜烟消失在大街上。

三

　　这辆幸福牌摩托是段韬的心爱之物。他父亲原是汽车兵，在他出生后不久就送给他一个汽车模型，加之男孩的天性，就此爱上汽车。当时车模价格不贵，他大大小小拥有过几十个，还有十几个各式各样的警车模型。段韬看到警察开着摩托车十分威风，最喜欢的就是警用摩托车。他上学时，父亲还在当兵，没时间管教他，基本属于散养，在学校算是个出名的小捣蛋，读书成绩一般。父亲从部队转业到政府机关工作，因为为人耿直，一直在后勤部门当个无权无势的管车小科员，母亲在一家企业工作。生活不算富裕，买不起摩托车，父亲花了一个月的薪水给他买了一辆运动自行车。那时，在同学中已经很时髦了。他喜欢骑车，时常和同学竞赛，展示自己的车技。高二时，在一次自发的自行车竞赛中不幸摔断了腿，休学三个月，到高三模拟考试时成绩不理想，他选择像父亲一样参军入伍，当上武警战士。因车技不错，被分配到特警机动连，交给他这辆警用摩托车，就此开启他摩托车手的生涯。也是这辆摩托车伴随他度过五年的军旅生活，执行过无数次任务，还带着它参加过武警特技大赛，从基层一直打到全国大赛，拿下全国二等奖。第五年武警开始更换装备，这辆车原本应该淘汰，可是他坚持精心维护保养，更换零件，还是完好如新。战友们嘲笑他，说这辆摩托都成了他的心肝宝贝。

在一次执行任务时，为了阻止嫌犯逃脱，他追上去用脚踢翻嫌犯的车辆，没有想到用力过猛，导致旧伤复发，再次骨折。虽然出色地完成了任务，荣立三等功，却因伤势过重，不得不复员回家，就此结束军旅生涯。在复员时他只有一个请求，让这辆摩托车跟他一起退役。经过批准，他花掉退伍费终于得到这个宝贝。他只是将武警专用的黑色，改成自己喜欢的深蓝色。

段韬复员回到家，原本凭着残疾证可以得到政府安置照顾，分配个好一点的岗位，甚至会像他父亲一样进机关当个公务员。可是他没有要求政府照顾，而是选择继续读书，在部队五年，他最深刻的感受是读书太少，只是凭借自己的力量和技术求得发展。他在武警部队接触过许多法律事件，学习过法律常识，就此与法律结下不解之缘。他想了想，决定报考法学院。他参加了当年的高考，成绩差了几分，但是凭他的军人履历和荣立三等功的荣誉获得加分，如愿被法学院录取，得以重返校园，重温学生生活。大学毕业前，参加法律职业资格考试，获得律师执业证书，入职本市著名的律师事务所，开始了律师生涯。

进事务所后，虽说师从著名的刑辩大律师邵普元，不过邵大律师的刑事团队有十几位律师，个个都是执业七八年的年轻人，有的是硕士学位，也有的有海外留学背景，经过几年执业已是刑辩高手。他只是实习律师，只能听邵律师助理的指挥，查个工商资料，送个法律文书，跑个腿打打杂，基本上没有合作办案的机会。好在挤进邵大律师团队后，能参加一些刑事案件的讨论，聆听邵大律师对刑事案件的分析和刑事辩护思维，有了很好的学习机会。但是作为律师要想在事务所站住脚，就要多办案件，争取多创收。既然从邵大律师那里分不到案件，只能自己想办法。好在他是个摩托车骑手，有一些摩托车爱好者朋友，他们和他周边的人有时会遇到交通事故或者交通违章，甚至酒驾、醉驾等，就像这次詹姆士遇到的飙车事件等，都会请他帮忙处理。他很快成为处理交通违章事件的专业户。虽说都是小案件，但过小日子还是可以的，不过他一心想成为刑辩大律师，岂会甘心做这些小案件。

国华律师事务所在市中心的高档商务楼三十三层，属于本市最顶级的律师事务所。他家在郊区，驾摩托车要半个多小时，如果路上堵一堵，就得一个小时，更重要的是家里的老娘天天催婚，老爸想抱孙子，可自己还没有混出个样子，事业无成，手上没有几个钱，没间像样的房子，每次相亲都需要和对方解释半天。遇见善解人意的还好，遇见头脑不清爽的，基本告吹。有一次，老爸安排了一次相亲，对方是一个大学毕业的女生，说话痛快，直戳他的痛点问："三十多岁大学才毕业，是不是智商差点？"他又好气又好笑，最后干脆点头承认，女孩儿倒也不含糊，直接买单走人。几番下来，他实在吃不消父母的催婚，干脆在市区租一间老式公房，开启愉快的单身生活。

当下年轻人都喜欢夜生活，九点后泡酒吧、唱歌、蹦迪、吃夜宵。可他非常另类，也许是在部队养成的习惯，他一般晚上九点回到家，整理一下一天的工作材料，十点看新闻，然后洗澡，在洗澡前必定做完一百个高强度的俯卧撑，以保持各块肌肉不走形。然后一觉睡到早上六点，很多年轻人还在睡梦之中，他已经起床开始了五公里的跑步，跑完再带点早点回来。一边吃饭，一边看手机，浏览一天的时事新闻。八点二十，准时出发，骑摩托车到事务所上班，大约十五分钟路程。事务所在新世界广场。那里寸土寸金，地下停车场二十块每小时。他每月工资收入不到六千，租房吃饭基本月月光，这么昂贵的停车费根本付不起，只好再多走一千米，停到一个老旧小区里。因为是摩托车，不占地方，和保安打好招呼，一个月给个两百，随便停。他偶尔也会停到事务所的车库。

段韬九点不到就到律所。律师的工作时间很自由，没有打卡的要求，除了行政人员和几位像他一样的实习律师，大多数律师会在十点后才陆续到来，有的律师一忙起来，甚至一周都不进办公室，只是像他这类小律师接的都是交通事故的小案子，需要借着事务所的形象助力，可以提高一点律师费，因此大部分时间要在办公室接待当事人。他习惯早点到所，还会帮着邵老师的助手擦一下桌子，整理一下案卷，如果见到邵老师就主动打招呼，露个面。或许有一天，邵老师会让他加入合作办案团队直接参与办理刑事案件。

邵律师接的大案子一个又一个，刚办完一个富二代杀害妻子的案件，被有的媒体吹捧为中国"辛普森案"的大律师。前几天，邵律师又接到一起在网上热传、社会关注度颇高的徐淮董事长的职务犯罪案件。这对于立志做刑案律师的段韬来说，是个千载难逢的机会，他坚守在工位上，期待能得到邵老师的召唤。然而希望还是落空了，邵律师还是带着自己的关门弟子一起办，他的助手个个忙得不亦乐乎，却没段韬什么事。邵律师发出号召，一个月里让徐淮取保候审。这一切都与他无关。他自知还不到火候，甘当邵老师助理的助理，心里并无怨言。他想起指导员曾对他说过，机会一定是留给有准备的人的。

四

　　中午十二点半，段韬刚在楼下的米粉店里坐下，准备吃午饭，手机突然响了，是邵大律师的助理冯涛涛打来的，请他帮忙去工商局查一份企业档案资料。

　　"有点急，"冯涛涛强调说，"工商局下午一点上班，需要你现在就过去，查到了，先用手机发给我。"

　　"没问题。"他立即走出米粉店，赶去工商局。

　　这已经是他第N次去工商局查资料了，可谓轻车熟路，很快查好扫描好，立即发给冯涛涛。这时已经是下午四点多，他的肚子早就饿得咕咕叫，就近找了一家面馆吃碗面。

　　面馆临街，还没到饭点，只有他一个顾客。他选择一个离门最近的靠窗的位置坐下，这里视野最好，可以看到街上发生的事，甚至还可以利用玻璃的反射观察到身后的情况，如果有意外最方便撤离。这是他在特警部队训练出来的观察动向特有的方式和敏锐的观察力，在不经意间便会注意到普通人无法察觉的异常。他一边吃面，一边打量路上的行人动向。

　　他无意之中发现有位老汉的行为有些反常。老头儿穿着快递员的蓝色工作服，戴着头盔，看着像快递员，但他扶着电动车停在路边。真正的快递员从来都是争分夺秒的，很少会中途停靠。段韬推测老头儿要么是新手，要么根本不是快递员。如果是新手，也可以解释是累了在休息，或者车坏了，在等待修车的，但老头儿停靠的位置又不合理。刚才还艳阳高照，这时突然乌云密布，天色灰暗，马上要刮风下雨，老汉却一直站在路边，丝毫没有躲避的意思。老头儿前面是一个丁字路口，段韬也想过或许他是在等红绿灯，但绿灯亮了两次，老头儿也没有过马路。段韬看到这里，猜到了老头儿的想法。他下意识地拿出手机，准备抓个街拍。

雨还没下来，一辆银色的奔驰轿车从右面转弯过来，只见老头儿推着电动车便冲了上去，擦着左侧保险杠挤到奔驰的前面。奔驰急刹车停下来。老头儿顺势一推，连车带人倒在地上。他先是四仰八叉地平躺，可能因为地面温度有点高，他明显怕烫到了，迅速蜷缩起身体改成了侧躺，又飞快将头盔垫在脸下面，防止脸着地被烫伤。段韬被老汉拙劣的演技逗笑了，这种情况根本不可能骗过警察，只要奔驰司机报警，警察分分钟能揭穿老头碰瓷的真面目。

段韬一边吃面，一边继续看热闹。

从奔驰车里慌慌张张钻出来一位年轻女性，穿着一身白衣服，戴着灰白色的帽子，戴着墨镜，从表情上看很紧张，因背对着段韬，看不清她脸上的表情。白衣女子急切地蹲在老头儿身边想拉他起来，又和老头儿说话。由于距离太远，段韬听不到声音，但他猜测白衣女子一定以为是自己撞了人，在询问老头儿的情况。这时，白衣女子站起来，小跑着回到车上，段韬以为她是要拿手机报警，结果她提着小包从手提包里拿出来的是钱。段韬有点看不下去了，想打抱不平，而且这个白衣女子身材修长，举止文雅，看上去很有修养。看来，她相信了老头儿说的话，也很尊重故意肇事的老人。

段韬放下筷子，示意服务员自己出去一下，快步走出面馆。他认为在自己的城市，不能让文明人被戏弄，他应该出面管一管。

事故现场旁边已围过来不少人。段韬赶到时，肇事的老头儿已经坐了起来，手里拿着白衣女子递给他的钞票，眼睛依旧紧紧盯着她："就这么点呀，我还要看伤养伤呢。"意思很明显，钱还不够。

"我的现金就这么多，"白衣女子略显尴尬，又从钱包里拿出几张绿色的纸币，"美元可以吗？"

"不要，不要，我不认识什么美元。"老头儿说话带外地口音，中气十足，中间不忘呻吟两声，"哎哟，疼死我了，我只要人民币。"

旁边有人嘲笑老头儿傻，美元更值钱，老汉也不为所动，指了指路边的银行，给白衣女子支招："要不你去银行取点？"

"对，对，您等我一下，我这就去。"

白衣女子急得满头大汗，转身想去银行，段韬一把拦住她，插话说："要我说，根本不用去取钱。"

白衣女子和老头儿同时愣住了。

老头儿瞪圆了眼睛问段韬："你什么意思？"

白衣女子也看着段韬，等待他的解释。

"我刚才都看见了，根本不是人家撞的你，而是你撞的人家。"段韬走过去，扶起老头儿的电动车。

老头儿明显急了，大喊："你别在这儿胡说八道……哎，你别碰我的车。"

"你别着急，我只是帮你把车扶起来，这样看得更清楚。"

"看什么看，不用你在这儿多管闲事儿。"老头儿打算站起来过来阻止段韬，刚起身，想起来自己受伤了，又赶紧蹲下，捂着肚子呻吟，"哎哟，疼死我了。"

段韬并不理会老头儿，指着奔驰保险杠上的划痕向女司机和围观的群众仔细说："你们看，这里的痕迹是前面浅，后面深。再看电动车，是前面深，后面浅。也就是说，其实是电动车主动撞过来，汽车赶紧刹车，因为惯性，又划了一下。"群众纷纷点头，有人说："那就是碰瓷喽。"

"你放屁，我没碰瓷，凭什么说我碰瓷，我是正常过马路，"老头急眼了，有点语无伦次，翻着白眼，重复了几遍自己是正常过马路，然后才想到后面的话，"我过马路，她突然拐过来，吓了我一跳，对，吓了我一跳，我有心脏病的，哎呀，我胸口疼。"这一回，老头儿再也顾不上地面太烫，捂着胸口，躺到地上。

白衣女子心软，想过去扶老头儿，段韬伸手拦住她，继续对老头儿说："你是不是正常过马路，那边有监控，车上应该也有记录仪，叫警察来，看看就知道了。"

"叫警察就叫警察，我怕什么？"老头儿虽然嘴上这么说，但明显怕了，又坐起来，无助地挠挠头，看着白衣女子说，"如果叫警察，就不光是要赔钱了，你还要带我去医院，我要做彻底的检查……"

白衣女子打断老头儿说："大爷，你别急，我们不用叫警察。"然后，又对段韬说，"谢谢你，我还有事儿，不想在这儿耽误时间，我还是去取钱算了。"

白衣女子又想去取钱，段韬再次把她拦住。段韬能理解白衣女子，看她开的车，她的穿着打扮和言谈举止，就知道她不仅有钱，而且有教养，对于这类人来说，时间才是最重要的。既然当事人已经这么说，段韬其实没有理由再阻止，但他的正义感不允许老头儿太过分。

段韬告诉老头儿："就算不叫警察，也不能再给你钱了，你也差不多了，得了，赶紧起来走吧。"

老头儿不服气地问："为什么？"

"刚才她给你的钱有一千块吧？"

老头儿说："那你管不着。"

"我是管不着，但警察可以管。也许人家现在赶时间，不愿意和你计较，可万一人家空下来，回过味儿来，想追究你的责任，给你的钱少，是碰瓷，数额达到一定金额，你就是欺诈，少说是行政拘留，要多了那情节严重，可能就要坐牢。到时候你不仅要把钱退回去，还要赔人家修车钱。我劝你少要点，其实是为你好。钱不多，人家不追究，这事儿也就过去了。"

老头儿将信将疑，问他："凭什么我就信你？"

"我是律师，像你这种案子我每个月都会碰到。反正我话说到这儿了，还要不要钱，你自己看着办吧。"段韬又看向白衣女子，提醒她，不管给多少，最好拍个照片，留个证据。

老头儿想了想，绕开段韬，对白衣女子说："我不是碰瓷，我是真的被撞了。只不过，我刚才歇了一会儿，现在感觉没那么疼了，应该也没那么严重，就算了，我吃点亏就吃点亏，你走吧。"

白衣女子谢过段韬，上车赶紧离去。

五

段韬准备回面馆，走到半道，听见有人在身后喊他："那个律师，你等一下。"回头一看，碰瓷的老头儿推着电动车跟了上来。

段韬问："你喊我啊？"

老汉神情沮丧，身上的衣服都被汗水湿透了，没好气地说："我不喊你喊谁，你说你是律师，是真的吗？"

"如假包换。"

老头儿的态度有所缓和，问："那我能咨询你个事儿吗？"

段韬摆出一本正经的样子说："律师咨询可是按小时收费的。"其实他是开玩笑的，但老头儿并没有这个幽默感，嘟囔了一句"又是个见钱眼开的"。他推车往回走，边走边说："果然像电视剧里演的，律师没一个好东西。"

段韬并不生气，叫了一声"站住"，他仔细打量了一下老头儿，发现他的神情除了沮丧，还有迷茫，双眼浑浊，身上散发着酸味，是个坐了很久火车的外地人。老人家一定是遇到什么事情才来本市的，又因为没钱才铤而走险，想碰瓷来获得一笔快钱。段韬心生怜悯，喊住老头儿："马上要下大雨了，到面馆避一避。"老头儿跟着他走进面馆，可能是饿了，看着面直咽口水。段韬看得出老头儿还没有吃过饭，也不好意思只自己吃，再说面也凉了，就重新叫了两碗。

"别再说我们律师都不是好东西，都是见钱眼开的人。"段韬提醒老头儿。

老头儿没有言语，只是闷头吃面，速度飞快。很快扫荡完那碗面，老头儿还抱怨说："你们南方的面不行，太细太软，没有嚼劲儿，还是我们老家的拉面好吃。"

段韬顺着老头儿的感叹随便追问下去，了解到他叫黎万年，第一次来到这个城市，前两天就到了，不舍得花钱住旅店，就在火车站打地铺过的夜。

段韬问："那你为什么来这里？"

"还不是为了我儿子。"黎万年摇头叹息，眼圈不禁有些发红。

"你儿子出什么事儿了？"

黎万年的脸涨得通红，犹豫了半天才开口说："反正你是律师，见得多了，说出来也不怕你笑话，我儿子犯事儿，进去了。"

段韬已猜个八九不离十，不是打架就是偷东西，又继续问道："是啊，我常与关在里面的人打交道。你说说，犯的什么罪？"

黎万年开始讲他的儿子，恨不得从出生说起："上小学的时候成绩也不错……"段韬不得不打断他，请他拣重点说。

黎万年这才拐到重点："我儿子叫黎田，中专毕业后，跟着同学到这里打工，做快递员赚点钱。前几天我突然接到警察的电话，说他犯盗窃杀人罪被拘留了。开始还以为是诈骗电话，后来收到公安的书面通知，才知道是真的。老伴身体不好，听到这个消息就晕倒了。我赶来去问警察，我儿子的情况严重不严重？警察说很严重，最好能找个律师。"他停了停，又说，"我在儿子工友的帮助下找了一家律师事务所，一问，律师开价三万，我吓得赶紧跑出来。全身只有一万块钱，还是一家人的全部积蓄。毕竟我只有这么一个儿子，虽然不争气，也不能眼睁睁看着他被枪毙啊，岂能不去救他？可是又去哪儿弄钱呢？我到儿子的出租屋收拾东西，也没找到什么值钱的财物，只有这辆电动车，还算值钱，推去车行卖掉，人家只给千把块。我没办法只能哭了一场，救不了儿子，活着还有什么意思，要不干脆投江算了。那天站到江边，想起电视新闻里有人撞车讹钱的场景，突然想通了，反正也是一个死，不如试一下。没想到遇见了你，只撞到一千元。怎么够呢？"说完，黎万年仰天长叹不已。

段韬说："碰瓷很危险的，搞不好还会断胳膊少腿，到时鸡飞蛋打，损失更大。"

黎万年对段韬说："只要能救我儿子，再危险也要试试。我知道儿子从小胆小，看到我杀鸡也躲得远远的。他偷东西是可能的，绝不敢杀人。你是律师，和你也算不打不相识，你也挺能说的，能不能帮帮他？律师费能不能少一点？"

段韬说："律师费和帮到你儿子是两个问题，我先回答你第二个问题，不光是我，就算是我们主任，也无法打包票帮你儿子脱罪的。"

"不明白，"黎万年愁眉苦脸地直摇头，"如果律师不能帮我，我还请律师干吗？"

段韬想了想说："这么和你解释吧，比如老师是不能帮你儿子提高考试成绩，帮你儿子考大学的，成绩能不能提高，能不能考上大学，并不全靠老师，主要看他自己是否努力。"

黎万年似懂非懂地说："我儿子没考上高中确实不能怪老师。"

"一样的道理,你儿子有罪无罪,不是看律师,而是看他的客观行为,是否构成犯罪,犯的什么罪。"

"你这么说我就懂了。然后呢?"

"然后再说回第一个问题,能不能减免律师费。我告诉你,律师是有偿法律服务,就像你们赶集卖菜一样,都是明码标价。律师在侦查阶段收取三万元,这是政府指导价,估计到你儿子一审判决,律师费大约十万元。"

黎老汉更是吓一跳,叫了起来:"要十万元呀,就是把家里的房子卖掉也凑不齐呀!你这位律师请我吃碗面,太过分了。"站起来要走人。

段韬拉着他坐下,安抚道:"事务所收费是有规定的,我是个小律师,也没有这么多钱救济你,但我可以给你指一条既能请律师又省钱的合法之路。"

黎老汉一听能省钱立马坐下,摆出一副愿意听段韬的指教的样子。

段韬指着不远处的司法局大楼:"那里有个法律援助中心,像你这样的贫困家庭,可以申请法律援助,政府提供免费的法律服务。"

黎万年露出不敢相信的表情,问:"真的假的?"

段韬笑道:"千真万确。"接着,他又费了一番口舌讲解法律援助的政策和流程。

黎老汉非常感动,拉着段韬的手连声说:"谢谢,谢谢,你是好律师,我就想请你,相信你能帮我儿子。如果能救出我儿子,我一定报答你的。"

段韬淡淡一笑,递上自己的名片:"你到了法律援助中心,就说是我推荐来的，希望他们指定我代理你儿子的案子。"

段韬这么做的主要原因是可怜黎万年，同时也有点小私心，年轻律师都要做点公益，完成每年一件法律援助案件的指标，一举两得。

黎万年捏着名片，依旧面带疑色，迟疑地说："要不还是你带着我一起去吧？"

"你放心，肯定没问题，有什么问题你给我打电话，我现在要回所里上班了。"

六

在回律所的路上，段韬接到詹姆士的电话，詹姆士要请他吃饭。

"我建议来我的餐厅，"詹姆士说，"也许吃完，你会改变对西餐的看法。"

"你的餐厅在哪儿？"段韬问。

"长风路 99 号，名字叫戛纳西餐厅。"

"叫什么？"路上车水马龙，段韬没听清楚。

"戛纳西餐厅。"詹姆士又说了一遍。

"戛纳西餐厅竟然是你开的？"段韬吃了一惊。

"也不能这么说，是国外大老板开的，我只是个高级打工的，负责日常经营管理，吃个饭，还是有权签单的。"

在本市，但凡用过大众点评的人肯定都知道戛纳这个名字，西餐行业常年占据着各种美食榜单的第一名。按服务排序，榜首是戛纳；按口味排序，榜首是戛纳；按价格排序，还是戛纳。段韬第一次刷到时被人均消费吓了一跳，迅速算了一下，即便是自己一个人去吃，花一个月的工资也吃不饱，所以给他留下了极其深刻的印象。"哦，明白。"段韬忍不住咽了口唾沫。

"你要是实在不喜欢就算了，我们也可以换一家。"

"不用换，我觉得我可以挑战一下。"段韬笑着说。

"那就晚上七点，要喝点红酒的，不要骑摩托。"詹姆士特意强调一句。

段韬六点下班，夏纳西餐厅距离律所不远，走路过去也就十五分钟。他并不着急赴约，在工位上看了一会儿手机。这段时间的法治新闻，主要报道的是自强科技董事长徐淮因贪污被拘留的消息。他浏览下来感觉还不如从律所里听到的消息多。据说徐淮已从最初的矢口否认到现在认罪服法。他的老师，邵普元大律师正在为向检察院申请对徐淮逮捕必要性审查举行听证会，率领团队全力奋战，力争徐淮获得释放，取保候审。

黄昏时分，雨过天晴，暑气慢慢消散，街上的行人也多了起来。六点半过后，段韬离开办公室。在路口看到外卖员身影，段韬又想起黎万年，念头刚起，手机就响了，正是黎万年打来的。黎老汉说："段律师，我的事情都办好了，法律援助中心的人表示可以考虑指定你作为我儿子的辩护律师，但要征求你本人愿不愿意接。我们能不能再见一面？"

段韬连忙说："不用了，等到法律援助中心的通知下来，再请你到事务所来面谈。"他又提醒说，"天气预报说今夜还有暴雨，你要找个地方好好睡一觉。"

黎老汉说："我不走了，就住在儿子的出租屋里，接替他送外卖，保留着他的工号，等他出来还有份工作可做。"

段韬挂了电话，心想也许这就是父爱，千辛万苦只为儿子着想。

戛纳西餐厅在老码头风情街上，这里聚集着各式各样的名牌商店和各种风味餐厅。到了吃饭时间，人流涌动，灯火辉煌，整条街明亮又有人气。

段韬找到戛纳西餐厅，这是一栋二层小楼，配备有现代舒适的设施。门口迎宾员是两个帅气的小伙儿，身高都在一米八以上，穿着黑色套装，满面带笑，问他有没有预约。他报了詹姆士的名字，一位迎宾员用对讲机和店内确认，过了几秒钟，迎宾员为他开门，领着他走进餐厅。进门是一条狭长的走廊，两边挂着色彩鲜艳的油画，大部分是风景和建筑，但不知道为什么，看了之后让人很有食欲。出了走廊，段韬以为应该是餐厅了，结果里面还有一座小花园，红花绿树，给人自然清新之感。段韬觉得好奇，忍不住问迎宾员："这些植物是真的假的？"不等迎宾员说话，有人替他回答："当然是真的，都是我自己设计的，也是我亲自采购的。"说话的人从花园的另一边绕过来，段韬打量了几眼，才认出是詹姆士。

詹姆士和那天在摩托车俱乐部的打扮完全不同，梳着典型的美式油头，戴金丝眼镜，衣服是英伦风西装三件套，海蓝色的领带上别着一只金色的甲虫领带夹。

段韬手指着眼前的花园和他开玩笑："原来以为你只是个厨师，没想到还是个园艺师。"

"有句话怎么说的，不会做菜的园丁是骑不好摩托车的。"詹姆士热情地招呼段韬，带着他逛花园，给他做介绍，"这个状如片云的假山是我从拙政园里借鉴来的……这几株艳丽典雅的牡丹是从洛阳买的……这一簇簇或红或蓝的绣球，可不是普通的绣球，是我云南的朋友新培育的，还没上市，只有在我这儿能看见。"

逛完花园，詹姆士领着段韬上二楼，这里才是真正的餐厅，没有散座，都是包间，在餐厅内侧可以看到楼下的五彩花园，外侧可以欣赏江上的璀璨夜景。"我们餐厅的理念是，无论在哪个位置用餐都必须能看见好的风景。"詹姆士预留的是江景包间，很合今晚意境。两人落座后，继续聊天，段韬打趣詹姆士："怎么接到女朋友不陪她陪我？女朋友不会生气吗？"

"我的那一位是个独立女性，这里是她的故乡，自有要见的人，要做的事，"詹姆士做出无奈的表情，"所以我才有时间找你喝酒，不过和你说一下，如果中途我女朋友唤我，我肯定是见色忘义，马上扔下你就走的。"

"我无所谓，只要不用我结账就行。"段韬说的是实话。他想了想，又问道，"就我们两人吗，那几个会员呢？"

詹姆士被逗笑了，回答道："请他们就不用来这里，在俱乐部附近任何一家饭店请一桌，两千元已经吃得很好了。这里每人最低消费两千元，你和他们不同，是值得我深交的好友，今后餐厅的经营上，少不了会遇上法律问题，还要向你请教，怎么样？"

段韬虽与詹姆士交往不多，却发现他很有社交魅力，不管什么人，什么话题，他都能舒舒服服地接住，并一路愉快地聊下去。也许这就是开餐厅的人的特色，八面玲珑，应付自如。多个这样的朋友也很不错。"可以，那今天这顿饭钱就算你付的咨询费吧，我不会拒绝的。"段韬说。

詹姆士笑道："这也算咨询费，也太便宜了。在美国请律师吃饭也要计时收费，只是打对折。"

"不过有你这家餐厅做后勤保障，我有吃有喝倒是也不错呀。"两人哈哈大笑。

开始上菜，第一道是南瓜牡蛎汤配一小块蒜香面包。詹姆士开始展示自己的功夫，给段韬做介绍："肉质饱满的牡蛎是法国空运来的，口感细腻的南瓜来自佛罗伦萨，但最厉害的还是麦香浓郁的面包，做面包的师傅是日本人，原来在一家米其林餐厅任点心师，是我三顾茅庐从东京请来的。"

段韬肚子有些唱空城计了，被他这么一说，反而不好意思大口咬面包，只能摆出享受的神情，一点点地品尝，蘸着汤汁，果然美味可口，唯一的缺点是太小，不够吃。吃完了，他笑着问詹姆士："能再来一块吗？"

詹姆士严肃地摇头说："店里的规矩，面包只配这一小块，如果觉得好吃，也只能忍一下，怕你吃饱了，错过了后面的主菜，那多可惜啊。"

话音刚落，前菜送了上来，是一道西班牙火腿沙拉。詹姆士继续给段韬做介绍："沙拉上的火腿是伊比利亚火腿，醇香可口，入口即化。"

段韬夹起一条看，确实薄如蝉翼，笑道："这刀工真了得，切得像纸片。不过，还没有嚼出味道，就没了，还是咱们的焦糖火腿来劲。"

"你也懂菜谱，做过厨师？"

"我只会纸上谈兵，这是我老妈拿手的一道家乡菜。每次探亲回家必吃的家乡菜。哪像你这个顶级大厨，把菜肴做成文化，这么有滋有味。"

詹姆士听了哈哈大笑说："我哪是什么大厨呀，连个厨师证都没有，我最拿手的是煮方便面。可我是个美食家，想要尝遍天下美食。"

段韬很惊奇，问道："不是大厨，那你怎么会想到开家餐厅？"

"It's a long long story。"詹姆士显出一副神秘的表情。

"说来也是个奇遇，"詹姆士开始介绍他来西餐厅的过程，"在很多人的印象里，在美国的华人子弟读书都是学霸，或者是'数理化天才'，我却是个例外，数理化和美国孩子一样烂，却有运动天赋，我靠篮球积分和奖学金挤进了大学。然而在大二那年，一次意外受伤毁掉了我当职业运动员的梦想。为了摆脱郁闷的心情，我休学一年，开始环球旅行。所谓读万卷书不如行万里路，旅行真是让人大开眼界，我意识到人生有无限种可能。就在那个阶段，我喜欢上了两样东西：一个是摩托车，一个是美食。骑着摩托车尝遍天下美食，还写些旅行日记，谈心得体会，尤其是介绍世界各地的风味小吃，我的推特账号就是'骑着摩托的美食家'，吸引了不少粉丝。没有想到被一个人发现，就此改变自己的生活。你猜是谁？"詹姆士问。

"这个时候就不要撒狗粮了，"主菜牛排已经上桌了，段韬一边大快朵颐，一边笑着说，"那肯定是你女朋友啊。"

"其实不是，是一个贵人，一家基金公司的老板。他在网上看到我的美食日记，特别喜欢，找到我，说想在中国开家餐厅，介绍西方美食，请我出任经理，还给我一点股份，如果开成功就到全国开连锁店，争取今后上市。我的女朋友就是本市人，她说学成后要回国发展，当然支持我来到这里开店，于是就开出这家戛纳西餐厅，传播西方美食文化。"

"这么说，一个是有钱人，一个是女友，两者助力，成就了你的美食事业。"

詹姆士点点头："是啊，一生遇对人很重要，在重要时刻，我有幸与她相爱，印证中国一句俗语，叫三生有幸。"

"看来，她是你的女神。有机会我请你们吃阳澄湖大闸蟹，祝你们幸福美满到永远。"段韬举起酒杯与詹姆士碰杯，可又隐约感觉詹姆士的眼中闪过一丝阴翳。

两人放下酒杯。一盘肥美的香煎鹅肝端了上来，詹姆士说："这可是法国鹅肝酱，听说还有壮阳功效。"他接着问，"段律师，我估计你还没有结婚，但女朋友不少吧？"

"异性朋友当然有，可谈婚论嫁的还没有。"段韬老实地回答。

"什么，三十好几了，还没有个谈恋爱的？那是胡扯呀！"

段韬笑道："年轻时当兵，没人愿意做军嫂。上大学时倒是有一群女同学，可都嫌我年纪大，管我叫解放军叔叔。虽说也喜欢过一个，可我是一个穷学生，要房无房，要钱没钱，也没有一个好爹。哪个公主肯下嫁，实在难以启口。现在也才当个小律师，打打交通事故案件刚够温饱，等到我赚钱买套房再说吧。"

"要不我给你介绍一个？都是有留学背景居住在美国的中国姑娘。"

"那和你的女朋友一样，都是新华侨，家庭条件也不错吧？"

"你知道的，能够到美国留学的不是官二代，就是富二代。"

"那一定长得不好看，或者是年龄大的。"

詹姆士笑道："没有想到你还这么保守，还想找黄花闺女，你有多么老土。我告诉你，我听说一个美国人找了一个中国姑娘结婚，人家还是处女，哪里知道新婚第二天，美国朋友找到介绍人说一个没有人要的女人我也不要，坚决要求退婚。"

段韬也乐了，说："那一定是个美丽的传说，我不开放也不保守，只是事业不成何以立家？"

"你这家伙事业心还很强，当下事业成功的标志，就是看你能赚多少钱，有钱才能改善生活。不过到什么年龄做什么事，到时候钱赚到了，消费的时间没有了，世上唯有时间是不会倒流的。"

段韬骂道："你这臭小子拿着美元，说话不腰疼，我是一无所有，一个贫困生连请女朋友吃西餐都请不起，还不如让这样的时间早点消失。"他咬了一口鹅肝，感受到丰富的油脂在口中融化，狼吞虎咽地咽下去，"今天你请客。我白吃白喝，只能这样，遇到了就多吃几块。等我有钱能吃得起它们的时候，再细嚼慢咽，慢慢品尝。"

詹姆士看着他玩世不恭的模样，有点可爱，笑道："你当律师赚钱也很方便，等我家老板来本市就带你见上一面，他们基金投资的企业也很多，让他给你推荐一下，那不只是我们的西餐馆的业务，会有大把赚钱的机会。"

段韬一惊，连忙问："是你的贵人吗？这比介绍个女朋友强得多，他会说中文吗？我的英语一般般呀。"

"人家美籍犹太人，中国通，中文比我说得好。"

段韬举起酒杯，说："那太好了，好兄弟干一杯。"一仰脖子一气喝完杯中酒，激动地说，"我认你这个朋友，今后有什么事尽管说，那个交通违法的事，交给我来处理，会让你满意的。"

詹姆士也不含糊，一口喝完杯中酒说："我非常相信你有能力，也有关系，处理这类交通违章信手拈来。我倒是想问你一下，你们事务所邵大律师怎么样？"

"我的老师，刑辩大律师。他可厉害了，法官知道是他出庭辩护都很紧张，要做充分准备的。前两天电视里还在播放他的刑事辩护。怎么，你有刑事案件在身？"

詹姆士说："我哪里会有啊，帮个朋友打听一下。"

"如果是刑事案件，请他一定是最正确的选择。"

这时，服务员送来餐后甜点，一人一小块提拉米苏和一小杯美式咖啡。

"你先尝尝看。我一直认为餐后的甜点是最难的，"詹姆士又捡回美食的话头，继续给段韬介绍，"首先，虽然是甜点，但不能太甜，不能抢了刚才正餐的风头。然后，也不能太淡，不能给人狗尾续貂的感觉，必须给人一点惊喜。最后，也是最难的部分，如果能做到余味悠长，那是最棒的。"

段韬用金色的小勺子挖了一点放在嘴里，果然不甜，也不淡，入口即化，香味从口腔延绵而上，又在鼻腔里悠然飘荡。

半个小时之后，段韬坐上了地铁回家，虽然嘴里回味着提拉米苏的余韵，但浑身散发酒气，他知道这是马爹利白兰地的作用。他悄悄咽了口唾沫，好像舌根还藏着酒精的辛辣。他从部队复员后就很少喝酒，今天喝得有点大，又是洋酒，后劲很足，好在最后喝了杯咖啡，还能保持一点清醒，否则早已睡着。他站在车厢的连接处硬挺着，听着车轮有节奏的摩擦声，产生一种幻觉，他成为一名大律师，自己花钱招待各路宾客，好爽快呀。

地铁到站后，车身一晃，他稀里糊涂跟着人流走出车站，一阵风袭来，酒精散去了一些，刚才的幻觉破灭了，又回到了原点。他回到出租屋，人疲得已做不动俯卧撑，赶紧洗一把冷水澡，顿时清醒了许多。他竭力回想自己曾说过什么，听到什么，是否说话过了头。刷牙时照着镜子，看到自己的嘴脸，不由得一乐，真有点小得意，处理一个小小的交通违章案件，居然结交一个有能量的美籍华人，还饱餐一顿，算是幸运的。不管自己说过什么，人家答应过什么都不重要，终于有人识货，认可自己的能力，被人尊重，这就足矣。他倒在床上，立即进入梦乡，鼾声如雷。

七

段韬骑着摩托车来到市看守所，看守所位于南郊一个僻静的角落，全新的场馆去年刚改造落成，里面增加了十几个律师专用会见室，律师会见条件大为改善，原来等候会见要排上一两个小时，现在基本上随到随见，不用等候，工作人员的态度也好多了。

段韬办完申请会见手续，来到第 7 号会见室等候看守所管教带嫌犯。律师会见室比较宽敞明亮，大白墙上张贴着会见特别规定，强调禁止使用手机。不像公安的讯问室还贴着"坦白从宽、抗拒从严"的标语。可是中间被一道钢丝网拦腰隔断，划分成两个区域，给人一种强大的压抑感。段韬坐在会见室等待管教把嫌犯带进来时，乘机再次浏览公安的移送起诉意见书。前些日子，他就接到法律援助中心指令，指派他担任黎万年的儿子被告人黎田的刑事辩护律师。虽然这是他独立办理一起典型的刑事案件，能站在刑事法庭进行刑事辩护，但是一般来说，法律援助指派的案件都是公益服务，没有多大的辩护空间，对年轻律师来说是一项政治指标。由于他已通过黎田父亲了解案件基本情况，就不用急着来见当事人。先要处理手头一些还能赚几个小钱的案件，尤其是像詹姆士的交通违法事件，虽然没有什么收益，还是要一次次到交警队和公安局法制科与警官交流意见，最终说服他们给予詹姆士行政处罚，免除刑事责任，总算兑现承诺。

公安对黎田案件的侦查工作现已结束，移送检察院审查起诉。他也必须会见自己的当事人。公安的案件移送报告就是侦查总结，上面记载着公安查明嫌犯的全部犯罪行为。公安查明嫌犯黎田利用送快递之机，潜入被害人苏某家中行窃，因被害人在家，发现他后与之发生肢体冲突，导致被害人坠楼身亡。认定嫌犯黎田构成双重罪，一是盗窃罪，二是杀人罪。主要证据是三份鉴定报告。一份是被害人的尸检报告，证明被害人死亡原因是高空坠楼，另一份是嫌犯黎田的验伤报告，右手臂有两道伤痕，最重要的一份是 DNA 鉴定报告，从被害人的指甲中提取到的皮肤组织及血迹经化验证明，就是嫌犯黎田的。三份报告构成了完整的证据链，应该说是证据确凿充分。不过嫌犯黎田到案后，只承认盗窃，拒不承认杀人。这通常也是罪犯惯用的伎俩，他们企图在多重犯罪中采取避重就轻的方式逃避重罚。他心想：这小子也太恶毒了，入室行窃被主人发现，不赶快逃，还要杀人，简直罪大恶极，死有余辜。

这时管教把黎田带进会见室，让他坐在嫌犯的专用椅子上，再固定手铐。

段韬朝他点点头，算是打个招呼。当事人看着比照片上瘦了不少，十分憔悴。段韬做自我介绍说："我是法律援助中心指派的律师。"黎田表现得有些不耐烦，神情警觉，又透出一丝轻蔑，坐下后也不说话，又不敢和段韬长时间对视，扫一眼段韬，又迅速躲开。

段韬已猜到黎田的心思，肯定是从其他犯人口中听说了什么传言，对他这个法律援助律师极度不信任。他并不急于证明自己，干脆拿出纸笔，开始给黎田画像。又过了一分钟，黎田急了，伸长脖子，想看他在写什么，发现看不清，气呼呼地问："你在写什么？"

"我在等你说话，准备记录。"

"我都没说话，你记什么？"

"你这不是想说了吗？"

黎田狠狠瞪了段韬一眼，问道："你见过我老爸吗，他怎么到法律援助中心找律师？"

"是我建议他到法援中心请律师的，我见过你，再去见他。你有什么话，我可以帮你转达。"

"你告诉他，如果还想见到我，是活的，就花钱，帮我找一个正经律师。"

"他找过了。"

"人呢？"

"我就是。"

"拉倒吧，"黎田撇了撇嘴，白了段韬一眼，"你也就是骗骗我爸，骗不了我，我同房难兄难弟告诉我，你们这种免费的律师基本是出工不出力，做个摆设，走过场，你们是有目标的……"

"是公益指标。"

"对，指标，你们为了完成指标，根本不在乎当事人的死活。"

"你说得没错，我确实不在乎你。"

"那你还在这儿跟我废什么话啊？"黎田被激怒了，拍着桌子对段韬大喊大叫，"赶紧去找我爸，让他给我换人，不然我就真会死了。"

他的吵闹引来了看守所管教，管教警告他，让他安静点，他捂着脸，缓和了一会儿情绪，等到他拿开手，段韬清楚地看到他脸上的泪痕。黎田的态度软下来，双手合十，给段韬作揖："算我求你了，行吗？跟我爸说，让他花钱请个大律师。"

"不好意思，换不了。"

"为什么？"

"因为，他没钱。"

"那就借啊，你跟我爸说，让他放心借，等我出去了，我自己挣钱还。"

"你认为你还能出去？"

黎田愣了一下，然后坚定地说："当然能，只要给我换律师，换一个肯帮忙的律师，我就能出去。"

"为什么？"

"因为我没杀人。"

"真的没杀？"

"真的没杀。"段韬注视着黎田的双眼闪着光，他有一种强烈的期待，难道他说的是真的？有人说，人在情绪激动的时候，往往会吐露实情，也可能这是一种求生的心声。如果黎田真的没杀人，那么眼前的案子就不是件普通的刑事案件，如果减掉一项重罪，那可是让他一战成名的案件。想到这里，段韬不禁有些激动，但立马克制住，不让情绪显露在脸上。

"不好意思，还是没法换人。"

黎田彻底崩溃了，哭着说："我不是说了吗，让我爸去借钱啊……再不行把房子卖了。"

段韬拿出一张打印好的手机截图给黎田看，是那天他父亲黎万年碰瓷时拍摄的，照片上的黎万年躺在马路上，像是一个流浪汉，眼睛通红，眼神呆滞。他预见到黎田不会相信一个法律援助的律师，特地带来这张照片给他看。

黎田一眼认出父亲，顿时泪流满面："我爸这是怎么了？"

"你父亲为了筹措律师费，不得已去碰瓷，差点没被汽车压死。"

"碰瓷？他没受伤吧？"黎田吃了一惊。黎田又想了想，擦干眼泪，反问段韬，"你怎么知道我爸碰瓷的事，是不是用网上的截图编造的？"

段韬简单讲述了他和黎万年认识的过程。黎田的眼睛里突然亮起来，闪现出希望的光。

"也就是说，你并不是那种免费的律师？"

"是，也不是。我有做义工的指标，但也想帮你爸。我的父亲，当年在我受伤时，为我疗伤全力以赴在所不辞。想起我父亲痛心疾首的样子，就能理解你父亲的行为。作为父亲，为了救儿子，可以不惜代价，不顾一切为之努力，这是一个父亲的责任。我想代理你的案子是同情你父亲，不是为了你，对你这个犯双重罪的杀人犯，就按你老家的规矩也该千刀万剐，在你脑袋上打两个洞也不为过，你明白吗？"

"明白，明白，"黎田点点头，"我知道杀人偿命，可我只是想偷点东西，真的没杀人呀！"

"既然这样，为了你父亲，也为了你自己，你把所发生的事情原原本本地说一遍，不要遗漏任何细节，也不要添油加醋，要跟我说实话，明白吗？"

"我保证说的全部是实话。其实，我一直说的都是实话，跟警察说过无数遍，可他们就是不信。"

"不用跟我解释对谁说过，现在从头开始说。"

"不瞒你说，每次回想起来都跟做梦一样，还是一场噩梦，有时候我真的不敢再去想了，又不得不想。"黎田深深吸了口气，仿佛是要潜入海底去取东西，接着又酝酿了几秒钟，这才开始讲述：

"这家女主人的网购昵称叫'秦女'，每次都买比较贵重的物品，不是海淘就是唯品会的单子。有一次，我送东西到她家，箱子很重，还有好几件，她让我帮忙送进屋里，我看到她家装修得非常豪华，门口的墙上挂着好多包包，都是大品牌的。有时偶尔也见到她家男主人来取快递，大腹便便，风度很好，一看就知道是个当官的，常有人给她家送东西。

"我刚结识个女朋友，她一直想买只正宗名牌包包，要知道一只包都要上万元，我哪里买得起？每当一起逛商场，我就会想起'秦女'家挂在墙上的包包。我初中毕业进技术学校，学习机修专业，也学会溜门开锁的手艺，只要门没反锁，不用吹灰之力就能打开，不过一旦反锁，就要使用其他工具，那样行窃无异于自投罗网。我也不敢干。我心想她是个贪官家属，多个包少个包不会太在意，即便少了，也不会报案追查，所以我开始留意观察女主人的动向。有一次，我送快递到对门，见她匆匆离去随手关门，并没有反锁门的习惯，我认为可以找机会试试。我观察几天后，发现楼栋大门进出都有门禁，平时进出都要用对讲机通报，主人开门才能进去。只是到了下班高峰，门禁就被停用，下班的人可以随便进出。我观察过这家女主人一般都在晚八点钟后才回家，男的还要晚，有时会喝得酩酊大醉十点后才回家。

"这天，她有个快递，我打电话给她，她说不在家，可以晚一点送来。我想，机会来了。大约晚上七点，我戴着头盔装作送快递溜进大楼。这时人家大都在吃晚饭，是个很好的空当，我就把快递都放在她家门口。为防万一，我还是敲了敲门，也没人应答，见四周无人进出，于是我就用工具飞快地打开了房门。进门之前，我还藏了个心眼，又问了一句：'有人在家吗？'这时候如果有人在家，我还可以说他们忘了锁门了，我只是想提醒一下。结果，还是没人回答，我这才放心进屋。我进屋后，按照规矩，先是穿鞋套，再戴手套。"

段韬说："你这小子不就是拿个包吗，怎么还有这些动作？看来，你也不是第一次上门行窃。"

"我心想，既然进屋，自然还要翻一翻是否有现金之类的东西，这些动作都是从电视里学来的，不能留下痕迹，以防被警察发现。我一紧张，只戴好一只手套，还有一只找不到了。我只能用一只手拉开抽屉，当时屋里特别黑，又不敢开灯，我走到落地窗前，想拉开窗帘，借着外面的月光，看看抽屉里有没有现金或者值钱的首饰。抽屉里没有多少现金，可在茶几上有一颗闪亮的钻戒，我赶紧走过去拿起来。这时，晒台上突然出现一个身影，一个身穿白衣裙的女子看了我一眼，就消失了。一点也不夸张，我当时差点被吓死，腿立马就软了，如果不是扶着茶几，我就跪下了。我又见没有动静，以为是幻觉。但不放心，我还是拉开移门，想看个究竟。

"没有想到竟然是女主人，可她站在花架上，高过栏杆，我吓得出了一身冷汗，准备溜之大吉。我发现她惊恐地看着我，动作很危险，要掉下去的样子。我向她摇摇手，把钻戒放在地上，意思是我走了，对你没有威胁。她也摇摇手，意思是让我别过去。只见她人已开始往外倾斜，我冲上去想拉住她。她跨出栏杆，只用一只手搭着栏杆，我抓住她的一只手，戴手套的那只手很滑，赶紧换只手，紧紧抓住她的手臂，可拉不上来，又不敢喊，只能眼睁睁地看着她掉了下去。下面的行人发现有人掉下来，大声叫喊：'有人跳楼自杀啦！有人跳楼自杀啦！'我吓得赶紧躲进房间，什么都不敢拿。趁着居民慌乱的工夫，乘坐电梯下了楼，只见围观的人越来越多。我哪里还敢看，第一时间逃离小区。我回到出租屋，收拾收拾东西准备离开，可还没出门，就被警察堵上抓个正着。"

"你这家伙，还真会编故事，居然编出个小偷救美女的离奇剧本，不要说公安不相信，我也不相信，只有鬼才信。"

"我没有编故事，这是真实发生的事！"

"你讲得这样顺溜，就像有本子，阿宝背书——说得有鼻子有眼的。"

"在看守所里这么多天，公安审讯我多次，我反反复复想着这件事，讲着这件事，现在说起来自然顺理成章。你怎么能也不相信我呢？"

"因为你讲的情况很不符合常理，也不符合逻辑，编得太过于离奇，你懂吗？最简单的常理是，一般入室盗窃的小偷，遇到家中有人，正常反应是溜之大吉，趁人还没有喊叫捉贼，第一时间逃脱，避免被擒获送交派出所。可你偏偏在遇到女主人时，主动迎上去，岂不违反常理？只有那种不达目的决不罢休的惯犯大盗，才有可能做出杀人灭口的行为。可看你这模样不过二十出头，技校毕业才两年，送快递也只有一年多，此前没有犯罪记录，也不像是个训练有素的盗贼。"

"过去我只是顺手牵羊，占小便宜，从来不敢上门撬锁，这次真的是第一次，我真的就只想拿只包。"

"那就更不符合逻辑，你说过那些包都挂在墙上，你一进房间就可以拿走的，神不知鬼不觉地溜之大吉，可你还进屋找现金。"

"我见屋里没有人，就想顺手再拿点值钱的东西走人，真是一有机会就会鬼迷心窍，贪欲膨胀。"

段韬非常严肃地说："正是你有这贪念，在你进屋后，突然发现女主人在家，开始确实吓了一跳，第一反应是让她别发出声音。可是女主人发现家中出现陌生人，当然非常害怕，只能躲开。她逃到晒台上，可你不依不饶追到晒台上，逼迫她，她怎么办？站在面前的是一个威胁她生命安全的大男人，也许她只能一跳了之。你虽然没有想杀她的念头，但是你这种步步进逼的行为导致她坠楼身亡，这叫间接故意杀人。不是你想不想杀人，而是你的行为造成了她的死亡，一样要按杀人罪追究责任的。"

黎田脸色苍白地说："你怎么和那些公安人员讲的内容一样啊，我真的没有逼过她，她可能是想自杀，与我没有任何关系。"

"你开什么玩笑？一个好好在家过着富足生活的官太太，凭什么要自杀？你能给个理由吗？"

"我确实不知道她为什么要自杀，可是她一个人在家，又不开灯，也没有做饭，一个人站在晒台上，还要爬到花架上，她想干什么？"

段韬被他这么一说，也觉得这个女主人有点反常，是啊，按照正常的生活习惯，七点左右是吃晚饭时间，应该灯火通明，如果是睡觉被惊醒，也应该在床上，不应该穿戴整齐出现在晒台上。"那你说说，当时她看见你时是什么表情？"

黎田回忆说："第一眼看到她时，她的表情充满着恐惧，可是她在翻出围栏时却朝我笑了笑。我都吓傻了，至今难以释怀，所以我认为她不太正常。在一次审讯中，公安也问到这些细节，我也是这么说的，当时有位年轻警官脱口而出，说她有抑郁症。我猜想也是，现在一些当官的自杀，都定为抑郁症。如果因患抑郁症而自杀，对我来说，她的死就是意外事件，就不存在是我杀的人。"

段韬笑道："看来你在看守所里，学了不少法律知识，绞尽脑汁为自己找到一个很好的辩护角度。但是我告诉你，此路不通。抑郁症患者确实有自杀可能，不是必然，只有在外来因素的刺激下，才会下意识地选择自杀。比如一些贪官拿了不该拿的钱，发了不义之财，怎么可能心安理得睡大觉。白天衣冠楚楚，侃侃而谈，夜里惊恐不已，噩梦不断，长此以往，还能不得抑郁症？只要一有风吹草动，刺激到那根绷紧的神经，以为罪行败露，迫不得已选择不归之路，一了百了。抑郁症患者的自杀，疾病是病源，刺激是诱发力。我认为这个女主人即便是患抑郁症，可终究是因为你的出现，威胁到了她的人身安全，刺激到她脆弱的神经，迫使她选择跳楼自杀。她的自杀与你存在因果关系。"

黎田不满地说："我可没有吓唬过她，我看到她从花架子上翻出栏杆时还朝我笑了笑，就在那一瞬间，我冲上去想拉住她，想救她。可惜，我还是晚了一步，只拉住她的一条胳膊，她的整个身子都悬空了，我那只戴着手套的手使不上劲，再换上另一只手，根本拉不住。她似乎也在挣扎，也想拉着我的手，她的手指甲深深地嵌入我的胳膊，刺痛无比，她还是坠落下去了。"

段韬严肃地说："你越编越离谱，你说想救她，那你要给我一个可信的理由，你是喜欢她，还是爱上她？"

黎田一下子有点发愣，极力在思考，想了一会儿，憋出个理由说："她给过我好几个点赞，在我手机里有记录的。"

段韬一下子火了："你这浑小子，人家同情你，理解你送快递的辛苦给你点赞加分，你却惦记人家的财产，你的良心被狗吃了，怎么可能良心发现，还去救她？"

黎田也急了，叫起来："我想偷点东西没错，可我不想让她死。再说她死了，对我有什么好处？"

"怎么没有好处？没有人报案，你可以逃避刑事责任。"

黎田说："人死就是大事，警察还不查个底朝天，我还能逃得过吗？"

段韬说："所以你就想出一个小偷救美女的故事，把手上的伤痕解释为救人留下的。就算你编得天花乱坠，没有任何证据证明，现场只有你们两个人，没有监控，死无对证，只留下你胳膊上的伤痕和血迹，我相信在被害人身上也会留下你的抓痕和血迹。由此证明你们肢体发生过接触。你和被害人发生肢体冲突，应该说是证据确凿充分，公安由此认定你的行为导致被害人坠楼身亡，恰如其分，无可争议。我劝你在检察院审查起诉阶段，还是选择认罪认罚，这样也可以减轻一等，否则可能就是从重处罚。"

"我没有袭击她，我真的是想拉住她。我好傻呀！不如一走了之，也许还没有那么多麻烦。如果我认了，岂不冤枉呀？"

"或许你讲的是客观事实，可公安查的是法律事实，我们的辩护也是依据法律事实，就是要被证据证明的事实。客观事实和法律事实两者是有差异的。"

"你是律师，你帮我找证据呀！"

"你讲了个天方夜谭般的故事，却要我帮你找证据证明，是否有点异想天开呀？"

"段律师，我可以对老爸发誓，我没有瞎编，讲的都是事实，如果我说假话，我不得好死，我老爸也不会好过的。你应该相信我，求求你，帮帮我，一家人的生死就指望你了。"黎田眼里满含着泪花，乞求地盯着段韬。

"你也别拿你老爸赌咒，一人做事一人当。我去检察院看看你的案卷材料，看能否找到一些证据，再来研究你的辩护思路。"

段韬通知管教把黎田带回去，当管教把黎田带出会见室时，黎田蹦出一句话："段律师如果真有难处，还是请我老爸砸锅卖铁，再请那位邵大律师，听监房的人说他很厉害的。"

段韬没有搭理他，收拾好电脑包走出会见室。外面迎面吹来一阵凉风，他深深吸了一口，好舒服。里面的空气太压抑，他只待了两个多小时就受不了，那关在里面的人可想而知，求生本能，自由欲望，会促使他们千方百计想办法争取早点走出来。黎田也一样，难免也要想入非非。只可惜讲了大半天，没有提供一条有价值的线索。他跨上摩托车直奔检察院。

八

段韬走进市检察院分院案件管理办公室，出示预约阅卷的信息，检察官把他带进律师阅卷室等候。黎田因涉嫌杀人重罪，可能要判处十五年以上徒刑，甚至死刑，才提级到市检察院分院负责审查起诉，由市中级法院直接审判。

不一会儿，女检察官季箐飘然而至，把案卷交给他。

段韬不由得一愣："季箐，你不是在反贪局吗，怎么调到起诉部门当主诉检察官了？"

季箐淡淡一笑："现在司法改革捕诉一体化，加强起诉部门的力量，我也就被充实过来，只是主诉检察官助理。我看过黎田的案件，法律援助中心指定你为辩护律师，我来看看老同学，我们的解放军叔叔。现在要改叫律师叔叔。"

季箐是他法学院的同班同学。季箐不是那种浓眉大眼、水灵灵的美，而是那种清秀靓丽、大家闺秀的美。她的学习成绩很好，文体活动也很出色，还是团干部，属于班上的佼佼者，也是他为之心动的女生。当然在其身边不乏男生追求，听说有位年轻老师也很喜欢她。在大学期间，他们一起参加学校的"推理剧社"。在学长毕业后，她接任社长，自己则担任副社长兼导演。剧社曾经排演过一出法庭审判的话剧，季箐选择演女律师，说他老气横秋适合演检察官。剧情中，律师是精明强干的正义之士，而检察官多半是呆板保守的公诉人。可两人配合默契，相得益彰，演出取得圆满成功。此剧后来参加大学生文艺会演，拿过法制节目的冠军，季箐还获得最佳女演员奖。这场演出一下子拉近他们的距离，也点燃了他的爱情之火，进而熊熊燃烧。他约她到学校的小河边，想大胆向她表白。没有想到，季箐一见面却叫道："解放军叔叔，约我有什么好故事让我出演？"一声"叔叔"，拉开的不是距离，而是辈分，他整个人就像掉进小河里，心顿时凉掉大半截。其实他们没差什么岁数，可中间似有一道不可逾越的代沟。段韬只能把对季箐的爱深深埋在心底，扮演叔叔爱护她。大学毕业之际，两人一起通过司法考试，季箐选择入职检察院，也劝他一起去检察院。他仔细一想，自己几乎一无所有，进机关只有几千元工资，慢慢熬到科长、处长，每月也不过一两万元收入，如何买得起房子？季箐的父母都是公务员，家境不错，不愁吃穿；而自己却没有一套像样的房子，怎敢把心仪的女人娶回家？想想还是算了，去当律师也许还有机会发点小财，改变生活。两人就此分道扬镳，各忙各的，也很少联系。没有想到在办理这么个小案件的过程中相逢，只是角色颠倒了，她是检察官，自己成为辩护律师。

"季箐，你穿上这身制服，少了一点秀气，多了一些成熟，像个女检察官。"

"那当然，在机关五年的锻炼，已不再有学生的浪漫，而是检察官的沉稳和坚定。"

"可不要像我当时演检察官那样，还有点固执和迂腐。我相信你不会的，女性应该会多些同情。"

　　"我在想你做律师执业也有五年了，是大律师级别，怎么还要通过办理法援案件积累经验啊？"季箐转换话题，向他一笑，嘴角处显出两个浅浅的酒窝，"有点大材小用呀。"

　　"提供法律援助也是律师的义务，律师不能光为了赚钱，也要做些公益，尽点社会责任。"

　　"客套话咱们就省了，"季箐递上来案卷材料，"那就请你认真阅读，我认为这个案子没有多大辩护空间，被告人态度不好，拒不认罪，可能影响他的量刑。最新司法改革推出一个认罪认罚的从轻从宽处罚的规定。你劝劝被告人，接受认罪认罚，或许还可以得到个从轻处罚的结果。"

　　"我今天去见过他，关在里面时间一长，容易交叉感染，再接受点普法教育，难免很多想法，寻找法律漏洞，避重就轻嘛。不过他倒也提出一些反常现象，他甚至怀疑被害人是自杀。"

　　"公安之所以没有认定其故意杀人，就是考虑到被害人患抑郁症，有自杀倾向。但是被告人潜入家中行窃，导致被害人惊恐，促使被害人坠楼身亡。已经留下余地，如果将被告人两种行为合并定为抢劫罪，一样按杀人罪重判的。被告人拒不承认，还编造小偷救美女的故事，又不能提供任何有价值的线索。那是在胡搅蛮缠，我倒认为可以推断他存在故意杀人。"季箐一谈到案件，浅浅的小酒窝就消失了，原有的秀目变得犀利，仿佛一下看透了真相，又有制服加身，更是不怒自威。

　　段韬暗自一惊，季箐显然对于被告人的辩解心知肚明，早有准备，如果自己还是按照被告人的角度辩护，看来是死路一条。他心存感谢地笑笑说："这一点，咱们英雄所见略同，等我看完材料再去劝说一次。我的目标就是让他判得轻一点，谢谢你的建议。"

"这么说就见外了，律师和公诉人角度不同，目标都是一致的。你慢慢看，需要的话，可以向案管同志申请个光盘带回去再研究。"

段韬翻开案卷，他虽然没有代理过盗窃杀人的刑事案件，可这几年办案，积累了不少经验，能抓住重点提高办理效率。他首先查阅被告人的第一次讯问笔录，这时被告人还没有被外界干扰，供述更接近事实，检察官和法官也都非常重视第一份笔录。黎田第一次供述的作案过程，虽然没有现在讲的这么完整，但所述的情节基本相同。这么看来，黎田并没有在进牢房后编造故事。

段韬又立马翻阅公安认定的两人发生肢体冲突的主要证据，除了被害人尸检报告和被告人的伤情报告显示，残留的DNA一致，确属两人的，证明两人发生过肢体接触，并无其他旁证。无奈现场只有两人，不存在第三者。公安现场勘查发现被害人家中有医治抑郁症的药物，被害人的丈夫承认被害人患有抑郁症，其中还有位对面大楼的邻居，看见过被害人在六点前后就一个人站在晒台上。显然被害人确有自杀倾向。这个黎田也算是倒霉，正好撞上。

根据现有证据，公安推断被害人虽患有抑郁症，可是被告人突然出现，造成被害人极度恐惧，极力反抗，才会发生拉扯推搡。被害人无法摆脱，无奈之下选择跳楼。公安的分析判断符合常理。公安也只认定是被告人的行为导致被害人坠楼身亡，没有认定他直接故意杀人。被告人再三辩解手臂上的伤痕是为了救被害人留下的，不符合犯罪逻辑，不足采信。对律师来说，被害人患抑郁症虽是个辩护的切入口，可这已是路人皆知的事实，再顺着这个思路辩护，那是白天白说，晚上瞎说，搞不好还会让被告人因坚持己见，拒不认罪，造成重判。这样看来季箐的建议还是有道理的。

这时案管同志递给他一张光盘，说："你要的案卷材料都在这里了，拿回去好好阅读。"段韬接过光盘，说了声"谢谢"。正好也到了下班时间，他便离开检察院回家。

段韬回到出租屋，叫了一份牛肉炒饭的外卖，打开电脑，插入光盘，输入密码，准备再仔细研究案卷。这时，黎万年打来电话，问道："是否见过我儿子，他还好吗？"段韬告诉他："他能吃能睡，状态还不错，他让你开车小心点，地方不熟，就慢慢找，不要着急。当初他也是这样的。"

黎万年说："这小子还挺有良心的。他的案件咋样？"

段韬说："我正在看材料，过些日子再说。"黎万年说了声"谢谢"，就挂断了电话。段韬看着手机不由得自嘲："我不是也在编故事吗？"他索性不看案卷了，先浏览一下网上的新闻。在社会新闻板块登了一则新闻，外地一个女子因丈夫有外遇，抱着不满两岁的女儿跳楼自杀，经鉴定，那女子患有产后抑郁症。这个新闻让他联想到手上的案件，被害人也是个女人，邻居又证明她在六点前就孤单单地站在晒台上，那她在想什么？一定是遇到了什么事。他突发奇想，被害人的丈夫会不会也有了外遇？黎田说过她丈夫是个当官的，现在一些落马官员大都与女人有染，而且不止一个。如果能够证明被害人是因丈夫有外遇而选择自杀，并不完全是因为盗贼出现，这样至少黎田的行为不是唯一的因果关系，一果多因，也许能洗脱黎田的杀人罪名。

外卖刚送到，段韬顾不上吃，立刻打开电脑，查阅被害人丈夫的证言。她的丈夫刘浩鹏，四十多岁，海城集团战略发展部总经理，是家大型国有企业的高管。年纪轻轻，算是处级干部，混得不错。他在证言里说，他和妻子是大学同学，一起出国留学。回国后应聘国有企业，妻子入职外资企业。两人结婚后，没有生育子女，夫妻关系一直很好，在得知她患上抑郁症后，一直在积极治疗，病情有所好转。由于近期自己工作很忙，没能照顾好她，对于妻子意外去世，非常痛心，等等。他说，那天晚上，六点下班，与同事一起吃饭，到了晚上七点，又准备看一场舞剧。七点半，接到妻子出事的电话，演出没完就匆匆赶到医院。所以当晚不在家。公安做了必要的调查，有他同事的证言，能证明他说的是事实，他确实有不在现场的证明。段韬注意到有位叫李雅的女同事的证言，说是她陪着领导刘浩鹏一起到饭店吃饭，还一起去看演出。演出刚开始，刘浩鹏就接到妻子出事的电话，立即赶了回去。她还提供了两张戏票。

段韬心想，这家伙说夫妻感情不错，老婆生病在家，却和一个女同事一起吃饭看演出，似乎不太正常。一个四十多岁的男人，完全有可能出现感情疲劳，另寻新欢。如果真的查到她丈夫有什么问题，这个案件就有戏了。想到这里，他立即给承办此案的探长姚铁打了个电话。姚铁是他的武警战友，还是一起踢球的队友。姚铁接到他的电话，乐滋滋地说："我正要去踢球，缺个前锋，你就来电话，快来吧，凑个数。"

段韬答应了，三口两口吃点饭，开着摩托车就赶到工人体育场，换上运动服上场参加足球比赛。

姚铁踢中后卫，跟在段韬的侧后方，让段韬冲在前面，一次很好的进球机会被段韬错失，姚铁遗憾地说："这么好的机会也踢不进呀？"段韬停下来，观察场上的局势："有时候吧，你看着是机会，但实际并不是，就像刚才，你觉得是个机会，对面一下子扑上来两人封堵，还有什么机会呀？"姚铁说："你管他呢，对着球门要敢于起脚，射！"

比赛结束，两人来到球场边的肯德基加餐。两人都出了一身大汗，一人喝了一大杯可乐解渴，好爽。

姚铁缓了一下说："小段子，你找我不是为了来踢球的，是什么案件？"

段韬说："我接了个法律援助案件，就是你办的黎田的盗窃杀人案。"

"这个案件已移送检察院，不过这个案件没有什么花头的。你也是做义工，出个庭，走个程序而已。"

段韬也笑了："倒也是，既然要出庭辩护，总要说几句有用的话吧，否则显得太无能了。我想问一下被害人丈夫的情况，他自称夫妻关系很好，可老婆患病在家，他私会女性，还去看演出，有点不正常呀。陪他吃饭那个女同事的证言好像意犹未尽呀。"

姚铁笑笑道："男人的这种话你也当真，现在哪个有权有势的男人没个女助理、女秘书的？有的外面还有个红颜知己。不过你也不要异想天开，我们对被害人和她丈夫的行踪都做过详尽的调查，被害人上午到办公室，下午两点多，说身体不适，请假回家。到家后再也没有离开过。她丈夫刘浩鹏下午在公司开会，四点多会议结束，他回到自己办公室，六点多到饭店吃饭，七点去剧院看演出，七点半离开剧院直接到医院抢救室，才见到被害人。两人一整天没有见过面。他的行踪有人证物证，可以排除嫌疑。"

段韬说："你的言外之意，是她丈夫好像有外遇。那他说与妻子关系很好，是在说假话，他为什么要撒谎呢？"

姚铁说："人家结婚十多年，夫妻就像左手握右手，感情出个轨在所难免，不过这属于人家隐私，个人的道德行为，不归我们管，要管也移送给单位纪委。我们只查是否具有刑事犯罪嫌疑，一旦排除就放掉，否则是狗拿耗子多管闲事。你是不是自己没结婚娶老婆，妒忌人家家外有家？你这小子在部队喜欢钻牛角尖，到社会上，要改改这臭脾气。少问为什么，别做无用功，多做有效的事。"

段韬说："这个与我是否娶老婆无关。"

这时姚铁的老婆打来电话，催他回家。他对老婆说："马上就回来。我与小段子在一起，他还是光棍一条。你派出所有没有合适的女孩子介绍一个？"

"他是个大律师，还愁身边没有女助理，你就别操这份心了。快回来。"

姚铁说："是，老婆大人。"转身又对段韬说，"是啊，你这小子大婚不结，小婚不断，比我快活呀。我是被困住了，只得老老实实回家。"说完，他开着警车回家了。

段韬没有想到人家是这么看待律师的，非常无语。不过，他还是庆幸得到一个重要信息，被害人的丈夫有外遇，送交纪委审查，这可是个突破口。如果她丈夫有外遇，平时就会不断施加压力，威胁要离婚，造成被害人病情加重。被害人一个人站在晒台上发呆，那在她丈夫回家到七点前，其中一定发生过什么事，出现过什么人，她丈夫有可能不在，如果是他的女友上门挑衅一下，促使被害人选择自杀呢？公安不管家务事，我可以试一试，也许这个案件就会峰回路转，即便不能，至少告诉法官，被害人的自杀是必然的，对被告人来说，只是碰巧遇上。在法庭上，可以推定被害人自杀身亡，对被告人来说是个意外事件，可以对被告人减轻处罚。他为自己找到突破口而异常兴奋。快到十点了，赶紧回家洗澡睡觉。他骑上摩托车，绝尘而去。

九

段韬来到被害人居住的名苑小区，这是个新建的中高档住宅小区，里面有好几栋楼，还有一个很大的小区花园。小区旁边是一片工地，还在开发建设二期。小区虽是封闭管理，与工地做了隔断，但是施工人员众多，为了进出方便，已撕开一些口子。

段韬并没有马上进小区，而是走进对面的理发店，这里适合观察，他习惯观察一下小区动静，再进行下一步行动，这里隐约能看到被害人的家。理发店的老板娘也是理发员。一位中年妇女，长得粗糙，操外地口音。见段韬进门，热情地招呼他。

"来啦，剪头啊，还是烫头啊？"

"今天就先不剪了，"段韬摸了摸自己的头发，"我想先办张卡，然后在您这儿坐一会儿，等个人，外面太热了。"段韬说出自己事先想好的托词。

"我这儿不办卡，就理发。"老板娘正在给一个老阿姨烫头，随意地指了指窗边的位置，"想坐就坐吧。"

"那一会儿我也理个发。"

段韬选了窗边最里面的座位，不用转头透过小区大门，就能看到刘浩鹏家那栋楼的门口，这里堪称绝佳的观察地点。老板娘是那种自来熟的性格，爱唠嗑，见有客人上门，从段韬的屁股沾到椅子上开始，老板娘的问题便连珠炮似的向他展开轰炸。

"这个小区的人我都认识，你不是吧？你是做啥的？是来看房的吗？我跟你说，这个小区的房子不能买，这个地方原本是个墓地，有阴气的。"一听，就知道是那种吃不到葡萄说葡萄酸的心态，老板娘有些啰唆，偶尔会打扰他，让他分神。段韬发现，老板娘没啥心眼，就是单纯唠嗑，追求口腔快感，至于唠什么，根本无所谓。老板娘给老阿姨上完了染发膏，一边洗手一边和段韬唠。"前些日子就有一个女人跳楼。"老板娘自然而然说起被害人跳楼的事。

"不是说是快递小哥逼她跳楼的吗？"

"是的，那个小偷还是我指认的，我都差点抓住他了。"

"是吗？你怎么发现他的？"

"从我这儿正好能看到出事儿的那家，"老板娘走到段韬身边指给他看，"看到了吗？就是那个露台，那天也有个客人就坐你这个位置，我们一起看到那个女的跳的楼，我冲出去大声叫喊'妈呀，有人跳下来了'，我赶紧跑过去看，然后就看见那个快递员正好从楼道里跑出来。"

段韬问："你认识他，那个快递员？"

"认识，姓黎，每个月都在我这儿剪头，"老板娘叹气，"和我儿子一样大，平时看着也挺好的一个孩子，谁知道……"

"你们当时发现他偷了什么东西吗？"段韬虽然知道了答案，但还是想确认一下，什么包包之类的东西。

"没有留意，人家都去看热闹，就他要跑，我觉得不正常。"

这时段韬的手机响了，打断了他和老板娘的对话。詹姆士来的电话，问他是否在事务所。

"我有点事，在外面。"

"这样啊，我去你们所，去见邵普元，邵大律师。"

"你一定遇到了什么重大刑事案件。"

"朋友的事，你不在就算了，下次见面再说。"

"有刑事案件，找邵老师绝对不错的，对不起，我还有事要办，就不过去了。"他放下手机，烫头的老阿姨走了。老板娘招呼他理发，段韬坐到理发椅子上，并把椅子移到看得见窗外的方向。

老板娘开始给他理发，突然神秘兮兮地问："你是警察吧？警察也在这里观察过几天。我一认一个准，"老板娘自信满满，"你一进来，我就知道你是，说吧，到底是什么事儿？你告诉我，我可能还可以给你提供点线索，而且，我嘴特别严，保证不会说出去。"

段韬被逗笑了，在老板娘的逼问下，他已经无路可退，只得承认自己是律师，不是警察。

"你看，我没说错吧，虽然你不是警察，但肯定是有身份的人，你别说，我猜猜看，你应该是那个快递员的律师，对不对？"

段韬惊讶，问老板娘："你怎么猜到的？"

"我还知道你是因为什么事儿来的，"老板娘不免有些得意，"还有你在这儿看什么。"

"看什么？"

"你在看那家的男主人，你是想寻找他有小三儿的证据。"

段韬顿时对老板娘肃然起敬，问："你见过那个小三儿？"

"被我抓到过。有一天晚上，车到小区门口，那男的开车回来的，不一会儿又下来个女的，两人说了几句话，女的从车里拿出一个纸箱送给那男的，两人还拥抱了一下。"

"他们拥抱时间长吗，有没有接吻？"

"那倒是没有看清，凭我的经验判断，两人关系很不错的，否则不会在大门口就搂搂抱抱的。"

"那女的没进去吗？"

"家里老大在，小三儿哪里敢上楼呀，你这个人懂不懂呀？你有小三儿吗？"

"我连老大也没有，更不存在小三儿小四儿的。"

老板娘笑了："你在骗人，看上去都三十好几了，是离了吧？离了好，也没有那么多烦恼。这个小三儿啊，是个人精，聪明着呢，能早分就早分，两头总要解决一个吧，否则他家老婆也不用死得那么惨。"

段韬也只得笑笑，权当笑话听听，不知道她讲的哪句是真的，哪句是添油加醋的。不过证实了一件事，被害人的丈夫有外遇。

段韬理完发，离开理发店，走进名苑小区来到物业管理处，出示律师证，提出想了解一下那天发生的坠楼事件，再找两位证人如被害人的邻居等了解一些细节。物业经理指着花园里一位遛狗的妇女说："那位遛狗的老人家就是被害人的隔壁邻居。"段韬看着这位妇女，年过六十，却打扮得很时尚，问物业经理："此人怎么称呼？"物业经理说："她是退休教师，我们都叫她叶老师。"段韬谢过后，迎着叶老师走过去。

叶老师遛的是一条洁白的泰迪狗，段韬看了一会儿说："叶老师，你这条泰迪养得很好呀，几岁了？"

叶老师高兴地说："都快十岁了。"

"小家伙毛色光亮，动作敏捷，一定花了不少心思饲养。"

"那当然，小泰迪是我家女儿带回家的，那时才一岁多，女儿女婿一出国就留给我，原先有点怕，还嫌烦，可养着养着就有感情了。我家姐姐很有灵性，也很懂事，天天围在你膝下，聊天解闷，比家里女儿还亲，成了家里重要的一员。"

"就是呀，宠物狗最大的好处就是知恩图报，通人性，无论你是快乐，还是烦恼，都陪在你身边逗你乐。"

"就是就是，我家姐姐太可爱了，你高兴时，它摇头摆尾；你不开心，它就会发嗲，让你开心一笑，烦恼顿时云开雾散。只是它年纪比我还大，实在舍不得哟。"

"叶老师，现在狗粮越来越好，医疗条件也不比人的差，小狗能够活到十七八岁的。再说，有你这样的主人给它穿衣戴帽，悉心照料，能得到很好的保养，一定可以延年益寿的。"

"你是推销宠物保险的吧？"

段韬一愣："我像吗？"

"前两天遇到一个推销宠物保险的，说的是和你一样的话。"

"我家在郊区，老妈收留了一条流浪狗，一养也十多年了，还能看家护院。只是年纪大了更要细心观察，不要受到太多的刺激，平安是福嘛。"

"我家姐姐也有自己的七情六欲。前些日子隔壁家养的泰迪失踪了，它受到刺激，痛苦好些天，还伤风感冒。看到它病了，比我自己生病还要难受。"

"叶老师，你说的隔壁家的狗失踪，是哪一家呀？"

"就是刚死女主人的刘先生家。听说是快递小哥上门偷东西把她害死的，她是个好人，太可惜了。这个小偷也太可恶，真该千刀万剐。"

段韬暗自心惊，庆幸自己没有说是小偷的律师，否则早被赶出十万八千里，问道："她家也养狗吗？"

"刘太太养了一条棕色泰迪，叫丑丑，也有五六年了，我们遛狗时常会遇到的。她家丑丑很喜欢我家姐姐，一公一母尽管不能生育，但相处得很好，像一对小恋人，在一起玩得好开心。自从刘太太死了，丑丑也失踪了。我家姐姐几天见不到丑丑，非常难过，吃不香，睡不好，就像害了相思病。"

"是她家的刘先生不喜欢送人了？"

"不会的，我见过他们夫妻俩一起遛狗，应该也是很喜欢的。因为他家没有孩子，他们就把丑丑当成自己的孩子抚养。丑丑失踪后，他也找过，也到我家问过。可最近刘先生已开始挂牌出售这套房子，上门看房的人不少。可一听说死过人，有点晦气，就没有了下文。听说刘太太一死，我们小区的房价普遍下跌一成。你说这个小偷害人不浅呀，该不该多关十年八年的？"

"我看枪毙也不过分。叶老师，我想问一下，你怎么知道丑丑是刘太太死后才失踪的？"

"出事的那天，下午五点多，我还听见丑丑的叫声，我家的姐姐很兴奋跟着叫起来，咬着我的裤脚向门口走，我以为到了遛狗时间，刘太太也会下楼遛狗的。我带着姐姐出门，可姐姐直冲到她家，我拉着它一起坐电梯下楼。我还说：'着什么急呀？一会儿就能见面的。'可到了花园里，也没见到她和她家丑丑，就自己溜达。过了一个多小时，也没有见到她下来遛狗，我就回家吃晚饭。不久，就听到有人在叫喊'有人跳楼了'，这才知道刘太太出事了。从此以后，就没有见到她家的丑丑，也没见过刘先生遛狗。几天后，刘先生上门问我有没见过他家丑丑，才知道丑丑失踪了，才了解我家姐姐生病的原因。"

段韬说："我想问一下，他家夫妻关系好不好，近期有些什么反常现象吗？"

"你这个推销保险的，怎么也管起人家家事？我虽然退休在家，但从不过问人家的家长里短，小伙子做好自己的事，不要多管闲事，我带姐姐看病时，已经被保险骗过一次，不会再买你们的保险，再上当了，你走吧。"叶老师说着不高兴聊了，一扭头带着妞妞回家了。

段韬第一次听到被害人家中还有条宠物狗，可案卷材料里没有提及过。他再次来到物业处，找物业经理证实死者家里是否饲养狗，物业经理告诉他："是的，我看见过死者遛狗，我们小区有十几条狗，养狗的人会经常聚在一起聊天。"

"那你有没有听说她家狗失踪的事，她丈夫有没有找过你们？"

"刘先生是个当官的，平时趾高气扬很少搭理我们。只是听说他最近在卖房子。人说中年丧妻是人生大不幸，可对有的人来说也许是个福分，又可以找个新的。好了，我还有事。"

段韬离开小区赶紧回到自己办公室，打开电脑重新浏览一遍，检查是不是自己疏忽了。果然，材料里没有人说起狗的行踪。就连被害人丈夫刘浩鹏也没有提及家中有条泰迪的事。公安不知道可以理解，他不说，好像没有道理。不过，被告人黎田也没有说到被害人家中有条狗的事，如果狗在家，一定会发现他的。这条狗应该是现场唯一的目击"证人"。他怎么会没有见到小狗呢？这可是一条重要的线索。必须再去追问他。他到办公室申请会见被告人专用介绍信，再次去会见黎田。

办公室文员有点嘲笑他说："你办的是法律援助案件，已经会见过，怎么又去会见呀？这个案件性价比可不高呀。"

段韬无奈地说："我接不到收入很高的大案件，只能靠做小案件积累口碑呀，或许有一天打个翻身仗，一鸣惊人呢？"

段韬再次来到看守所会见黎田。

黎田再次看到段韬，显得很高兴，亲密地喊他"段律师"。

"您怎么又来了，是有什么好消息吗？"

段韬沉下面孔，怒视黎田，质问他："你把被害人家的狗怎么样了？"

黎田被问蒙了，愣了半晌，问："什么狗？"

"别装傻了，我找到证据了，你跟我说的没有一句真话。你进入被害人家之后根本不可能马上就去翻找东西，因为她家有狗，你进屋，狗肯定会叫，就算它被关在笼子里，也一定会叫，那样的话，被害人马上就会发现你。"

"你在说什么？"黎田急了，抢着辩解说，"我进去的时候根本没有狗，也没有狗叫，我要是撒谎，天打五雷轰。"

"有一种可能，"段韬并不理会黎田的辩解，继续自己的猜测，给他施压，"你进入房间时，狗已经放了出来，因为被害人爱狗，到家后肯定第一时间放出笼子的。这里有种可能，你早就知道她家有狗，事先有所准备，立刻拿出火腿肠喂狗，狗才没叫，但让狗活着始终碍事儿，所以你在火腿肠里下了药，狗马上就死了，这也是后来被害人发现你和你急眼的原因。"

"我知道她家有条狗，送外卖时也见过，是条小泰迪。我想过的，如果遇到小狗在家，我就喂它，拿了东西就走；如果主人也在家，我就撤退。"

"那你在撒谎，你一定做好准备，你进屋后发现小狗，想跑又不甘心，误以为只有一条小狗在家，小狗不依不饶，对你发动攻击，你开始与它搏斗，泰迪是条小型狗，你这么大小伙子，三下两下就能解决它。这时被害人闻声赶来，你更急了，一脚将狗踢死，被害人上来抓你，你已经红眼了，才对被害人下了死手，将她推下楼。最后，为了掩盖自己的罪行，你带走了狗的尸体。"

"为什么？"黎田对段韬怒目而视，"你为什么要编出一条狗来害我？你是不是收了人家钱了？"

"我没收过任何人的钱，包括你的，狗也不是编的，更没有人害你，是你一直在说谎。"

"我没有，"黎田愤怒地猛拍了一下桌子，"我都说了一万遍了，我没说谎，我知道狗主人会去遛狗或者带狗出去吃饭，如果真听见狗叫声，反倒好了，我就跑了，就不进去了，也就不会摊上这种杀人的大事。"说完，黎田埋下头，呜呜地哭了起来。

"哭，解决不了问题。"段韬看着他委屈的样子，好像他在小狗的事上也没有必要说假话，回想起来叶老师说的是五点多听见狗的叫声，七点多黎田潜入被害人家中，没有看见小狗，说明小狗已经不在家，而被害人在家，那么这小狗被谁带走了，去哪里了？

"你不相信我那就赶紧走吧，让我爸给我找个相信我的律师。"黎田生气地说。

"好吧，算相信你一次。"段韬安抚他。

"你什么意思？"黎田抬起头瞪段韬。

"刚才是诈你。"

"你怎么像警察一样唬人，为什么？"

"如果被害人家真的有狗，那可是唯一的现场'证人'。"

"那又怎么样？狗又不会说话。"黎田擦掉眼里的泪水，看着段韬。

"我再问你，你进入房间里的时候，没看见狗，也没有听见狗叫？"

"绝对没有。"

"那狗哪儿去了？"

"我怎么知道？我以为狗主人把它带出去玩了或者送到了宠物店。"

段韬站起来收拾东西："狗虽然不会说话，但它的嗅觉会告诉我们曾发生什么事，如果找到它，也许你的案件会有转机。"

段韬离开看守所站在摩托车前很兴奋，他为自己做了一个加油动作。他有重大发现，按照邻居叶老师说的，五点多听见狗叫声，对面邻居说，六点看见被害人独自站在晒台上，黎田七点潜入房间，没有看见小狗，也没有听见狗叫声。那么这条泰迪可能在六点前就已消失。那么在五点到六点之间，一定有人潜入房间，对被害人做了极为不利的事，否则被害人不会站在晒台上发呆。这个人能够带走小狗，一定与狗熟悉，更与被害人熟识。那最大可能就是她的丈夫。她丈夫虽然没有作案时间，有没可能是那个急于上位的女友？网上传言，一些闺密也会成为竞争者。对呀，只要能够找到失踪泰迪，就会真相大白，排除黎田杀人嫌疑，他说的想救女主人，也许是真的。那我打个翻身仗，一战成功。可是到哪里能找到失踪的泰迪呢？他想了一下，只有找姚铁，他是第一时间到现场的人，进行过完整的勘验，也许会有所发现。他登上摩托车直奔公安刑警大队。

姚铁见到段韬兴高采烈地走进来，笑道："哟，段律师今天怎么有空儿？没有到下班时间，是想去踢球，还是想观察我们队里的女警察？这里可没有你的菜。"说完，拉着他，到隔壁的接待室坐下，递给他一瓶矿泉水。

"我哪有那么空来相亲，我是想问你，在黎田的案件中你有没有发现被害人家中有条狗？"

姚铁一愣："狗，什么狗？"

"我去过被害人小区，了解到被害人饲养一条泰迪，叫丑丑，小区物业经理说他见过被害人出来遛狗。隔壁邻居说他们时常在一起遛狗，她家妞妞与丑丑还是一对小恋人。"

姚铁想了想说："我想起来了，在她家勘验时好像有狗舍狗粮之类的东西，说明她家养了条狗，那又怎么样？"

"你想呀，隔壁邻居证明，她在五点多听见狗叫，另一个邻居证明她六点多站在晒台上，黎田七点多潜入房间却没有看见小狗，说明有人已经带走小狗，为什么要带走它？这个人是谁？是否为了掩盖在五点前后发生的事？"

姚铁非常严肃地问："你认为会发生什么事，是谁带走小狗的？"

"我认为最有可能的是她丈夫，她丈夫最近在出售房子，似乎也在掩盖什么，他有点心虚。我们知道，他说他们夫妻关系很好是假话，他有婚外恋，有情人。他想离婚，也许他妻子不同意。他知道妻子患抑郁症，想办法威胁她，刺激她，逼她离婚。要知道一个良家妇女离婚可是莫大的耻辱，被害人面对丈夫有外遇心理崩溃，最终选择自杀。"

姚铁说："你可真有想象力，讲一个一千零一夜的故事。"

"我的推理都是符合逻辑的，第一，被害人家中的小狗失踪的时间，邻居叶老师说，她在五点听到狗的叫声，以后再也没有听见过，她肯定不会，也没有必要说谎。第二，对面邻居证明被害人六点多一个人站在晒台上发呆，有一个多小时，她一定受到某种威胁或刺激，她很痛苦，一直在犹豫，最终还是选择自杀。第三，被告人黎田说他进入房间行窃时，没有见到狗听见狗叫声。从而证明五点到六点之间那条小狗失踪了。那是谁带走小狗？这个人一定是在掩盖与被害人发生冲突的事。你想，能够带走这条狗的人，一定是与小狗很熟悉，这，只能是她丈夫，你说过她丈夫没有作案时间，我认为那个女同事所说的，五点后她一直陪在刘总身边，那么有没有可能这个女同事恰恰就是刘浩鹏的情人，被害人的情敌，他们俩一起或一个人出现在她家呢？"

姚铁立即挥手打断他说："你越说越离谱，你是否被黎田的胡编乱造带入角色了，跟着一起忽悠我？你以为我排除刘浩鹏的嫌疑，仅靠一个小女子的证言？我们调取了他曾去过的宾馆、饭店和剧院的监控录像，有非常完整的证据，记录他所有的行踪的时间和地点，证明他们都没有回过家，没有作案时间，你懂吗？"

"什么？他们还去过宾馆，开过房？"

"这有什么大惊小怪，人家解释过，老婆身体不好，很长时间没有夫妻生活，憋得难受，情有可原。不像你猜测的是什么情侣关系。"

"你刚才说的这些案卷里没有啊。"

"这涉及当事人的隐私，我们负责保密，你当然不能看的。"

"那，他家宠物狗哪里去了？"

"一条宠物狗能证明什么，也许恰巧不在家，也可能女主人坠楼后家中一片混乱，自然走失。各种可能都有，都无关紧要，不影响案件事实的认定。"

"可是这条狗是否存在，被谁带走了，对我的当事人非常重要，如果被害人是受到过其他人威胁而自杀的，我的当事人就可以排除他威胁被害人的嫌疑。"

"怎么，你想让我去调查一条狗的行踪吗？这是挑战我的智商还是情商？我看你的思维出了问题，和我讨论小狗小猫的事，是否嫌我踢球太闲了？我就算有三头六臂，也有办不完的案件。上有领导，还有检察院监督，你也要凑热闹？黎田的案件已经移交检察院，与我无关，你有什么想法向检察院提出，那位主诉检察官是女性，一般女人对婚外情都深恶痛绝，你把编造的小狗的故事说给她听听，兴许她会支持你的。这不，她来了。"

季箐已走进刑侦办公楼的走廊里。

段韬赶紧摇手："别，别叫她。"

"介绍你们认识，也算尽到战友之情。"姚铁招呼季箐进来，介绍说，"这位是黎田的辩护律师。"

季箐笑笑说："我知道，不用你介绍，他是我的同学。"

姚铁踢了段韬一脚："你这小子跟我装傻，你们是老同学，你就把狗的故事说给她听听。"

段韬一下子倒没有了主意，不知是该说还是不该说，他了解季箐，说个八字没有一撇的事，一定会被她耻笑，喃喃地说："不是还没有什么证据吗？"

姚铁说："你刚才说得振振有词，推理一、推理二，怎么见到老同学就说不出口了，我替你说。季箐啊，他刚才反映一个情况，说被害人有条宠物狗失踪了。他认为能够带走家中宠物狗的只有她丈夫，因为她丈夫刘浩鹏有外遇，潜入家中，威胁被害人离婚，迫使被害人自杀。如果找到那条宠物狗，就能证明这个嫌犯是无辜的。真正的凶手是刘浩鹏，我们都搞错了。我说得对不对呀？"

段韬只得点点头，八九不离十。

季箐说："老同学办案，怎么关注起八卦绯闻来，我虽然厌恶刘浩鹏这样的人，但作为检察官办案只看证据，只认法律，不会掺杂个人情感的。"

"可律师办案需要想象，设立一个假设，寻找一个突破口。如果没有一个目标，就没有激情，不会去探索，去求证。没有猜想，世上千奇百怪的案件就变得平淡无奇，办案一点乐趣也没有了。"

"案件只有冷冰冰的证据，没有那么多的想象力，记得刑法老师说过，讲犯罪事实就是看证据，讲法律就是研究法律条文，没有这些基础，说得天花乱坠也是苍白无力的，不会被采信的。"

姚铁插话："你这位老同学离开学校，早把老师教的都忘了。他突发奇想，拿条狗说事。我记得诉讼法老师说过，犯罪证据中只有人证和物证，没有狗证，还想请我帮忙查找那条狗的行踪，是不是无中生有？"

"你们知道律师的调查权力有限，能力不够，只能借助一下公权的力量。"

季箐说："你要公安补充调查，请依法写个申请报告，提供相关线索，说明理由，不能凭空想象。我们审查后认为确有需要，会责成公安进行补充侦查的。"

姚铁乘机说："如果你要坚持，那就回去打报告，只要检察官批准，我就执行。我们还有其他案件要讨论。"

段韬知道现在报告是无法完成了，只能对两位说："那打扰了，谢谢你们的接待。"说完，有点沮丧地离开了刑侦队。

段韬走出刑侦队，找家奶茶店买了一杯热气腾腾的奶茶，暖暖身子。他满心欢喜地以为这是个重大发现，却被浇个透心凉。当然也清醒很多，虽然刘浩鹏的嫌疑被排除得干干净净，可事发当天下午，他不仅与下属吃饭看戏，居然还开房，太不是人了！

段韬回到事务所，发现气氛有点不对，邵老师的刑事团队办公室平时总是热闹非凡，今天却鸦雀无声。他走到让他查工商资料的助理涛涛身边，打听发生了什么事。涛涛说："听说那位徐淮董事长还是被批准逮捕了，邵大律师为他申请取保候审被驳回，他正在生闷气呢。"

"不就是程序中的一个强制措施嘛，过去常有以捕代侦的情况。"

"你不是不知道吧？现在捕诉一体，被告人一旦被逮捕，这就意味着被告人将来要被判实刑，邵律师动了不少脑筋，想了不少办法，还是没有过检察院的关。我们所有的努力都白搭。你办些小案件当然无所谓，可这是社会关注的大案。徐淮可是个有影响力的重要人物。"

"无论什么人，只要犯罪都应该像普通人一样接受惩罚，法律面前没有贵贱之分，人人平等嘛。"

"你真不懂假不懂？被告人在法律面前是平等的，在我们面前却有价格之别。"

这时，邵普元走出自己的独立办公室，对助理们说："这些日子都辛苦了，大家回去休息吧，明天可以晚点来。"他扭头看见段韬，对他说，"小段，这几天都没有看见你？"

段韬赶紧上前说："邵老师，我最近在办一个法律援助的刑事案件。"

邵普元说："这很好呀，当年我也办过不少法律援助案件，你不要把法律援助案件不当回事，法律援助案件虽然小，收入不多，也要认真办好，要有所发现，有所突破，说不定也能办成大事件，一鸣惊人。"

段韬很想向邵老师请教自己的发现，这时他的助理却跑过来对邵普元说："邵老师，徐淮公司的领导和家属都到了事务所，要见你。"

邵普元喃喃地说："大案子不见得有大作为，小案件未必没有作为。"说着，跟助理去接待室接待，做解释工作。

段韬忙在身后补了一句："谢谢邵老师的指导。"

段韬的激情再次被点燃，在黎田杀人案中最大的发现就是那条失踪的泰迪，找到它案件就会有所突破。可是一条失踪的狗，去哪里找呢？据说，本市饲养的宠物狗有几十万条。他想了想，要找到那条失踪的泰迪，最直接的方式就是找刘浩鹏，他应该知道丑丑的下落，如果他说不知道，那他的嫌疑就更大。他从办公室开了一张介绍信，准备以律师的名义到刘浩鹏单位找他。

十

段韬来到海城国际大厦，这是一栋非常现代化的商务大楼，地段优越，尽享城市风光。他站在玻璃旋转门门口，开始犹豫，他昨晚通过网上了解海城国际集团是市政府直属企业，局级单位，董事长是原来的市委副秘书长，监事长原是高级法院副院长，响当当的正局级干部，公司法务部有十几个工作人员，好几位都有律师执照。刘浩鹏是战略发展部总经理，是公司五大重要部门之一，正处级领导干部。自己一个没有任何级别的小律师，充其量就是法务部里的小职员，怎么能随便召见领导？虽有张律师证，糊弄一下老百姓还可以，在领导面前，说你有用，就是张证书，说你没有用就是一张纸。更何况刘浩鹏不是嫌犯，只是个证人，可以避而不见。如果知道他是黎田的辩护律师，就像邻居叶老师一样，把对小偷的憎恨全部转移到律师身上，不仅不见，还可能会把他打出来，甚至再告他骚扰证人。他没有立刻走进大楼，而是在门外徘徊。他突然看到大厦旁有家房产中介门店，他想起来，刘浩鹏不是在卖房吗，他的房子不知有没有卖掉，如果没有卖掉或许有机会见到他。

他迅速来到名苑小区附近的一家房产中介门店，一名长得还蛮漂亮的推销小姐迎上来，嗲嗲地喊了一声："大哥，想看什么房子？我们这里什么房型都有的，随你挑，包你满意。"

段韬笑了笑，说："我想看看名苑的房子。"

推销小姐说："大哥，你真有运气，这几天正好有几套房子推出来。"说完，把他拉进店里，又是端茶，又是倒水，"大哥是买婚房吧？你的女朋友好有福气呀。"

"我看了一下，这名苑一期房子卖得很贵的，怕是买不起呀。很快就要推出二期新房，这里的老房子会跌一跌的。"

"大哥，你说得不错，二期都是大房型，每套二百平方米左右，单价十万元，总价几千万元。"

段韬说："那倒是买不起的，一期有没有便宜点的？"

"大哥，来得早不如来得巧，我们这里正好有一套，面积一百三十平方米，三房一厅，业主也是做婚房，装修得非常典雅，很适合做你的婚房。因为业主急需现金，降价出售。单价只有八万，比相同户型的房子便宜一成。"

"有这等好事？"

"大哥，看你长相英俊潇洒，就知道是个有福之人，已经有人在看这套房子，可还没有下定，你后来先定，好运气就是你的，要不要现在去看看房子？"

段韬猜想，应该就是刘浩鹏的那套房子，他怕去看房撞见邻居叶老师，那就被拆穿了，赶紧说："名苑的房型我也看过不少，这套房子的价钱跌得太厉害了，要知道银行的降息也不多呀，这背后有什么故事吗？你们中介可不能隐瞒呀，否则要承担连带责任的。"

"大哥真是火眼金睛，一眼看出道道，看来还是个很厉害的人，我就不瞒你说，这家女主人刚死，可能有点晦气，男主人急于要把房子卖掉。"

"爱屋及乌，怎么舍得卖掉与心爱之人的爱巢？"

销售小姐哈哈大笑："大哥，你看上去很时尚，却很传统，现在的男人很少有这样的了，老婆才死就有了新欢，甚至在之前就好上了，总不能把新人引入旧巢吧？"

"嘿嘿，你这位销售小姐，很明事理呀，听上去还有点怨气呀，你这么坦率，要谢谢你的，既然有这种倒霉的事，那么还有下降的空间。怎么样，能介绍我和业主当面谈谈吗？"

销售小姐显得有点为难："你想出什么价，我可以转达，你们见面一旦谈成还有我什么事？"

段韬说："你大可放心，如果我们谈成，还要办许多手续，少不了你，会算在你的业绩上的。如果谈不成，我也会给你一笔劳务费，你长得这么漂亮，怎么舍得让你白白给我端茶倒水？"

"大哥，你是干什么的，好像样样都懂。"

"我不仅懂一点，更会说到做到。"

销售小姐这才放心，笑笑说："前两天那位业主还在催问有没有人下单，这样，我打电话约他来店里，你们面对面，零距离交流。我相信你能说服他再降价的。"

销售小姐立刻给刘浩鹏打电话，叫了一声："刘叔，现在有位客户看中你的房子，想和你当面聊聊。"

"他真的看中了？会下单吗？"电话那边传来刘浩鹏的声音。

"好像很有诚意的，问得很仔细。"

"你都告诉他了？"

"他问了为什么这么便宜，我只能告诉他。他好像不是很在乎，估计是听到那事，认为还有降价的空间，所以想与你当面聊价格。前面好几家客户一听这事，觉得忌讳，都跑了，刘叔可不要错过这个机会。"

"那好，让他等着，我半小时后到，现在还有事。"

销售小姐向段韬调皮地挤挤眼睛："大哥，帮你约好了，就看你自己的了。"

段韬说："谢谢，我就在这里等他。"

突然手机响了，段韬一边接电话一边走到店外，见是詹姆士，问："有何事？"

詹姆士说："你能不能过来一趟？我的女朋友心里难受，精神崩溃。"

"你是怎么欺负人家的？"

"我怎么敢欺负她，她不作死我，就不错了。"

"那你是出花头与女服务员好上了？然后被她发现了？"

"哪里呀，我怎么可能是那种人？爱她还爱不过来呢。你就别猜了，我曾经问过你们邵大律师关于她父亲的情况，昨天邵大律师告诉她，她父亲徐淮被检察院批准逮捕，她一下子就精神崩溃，情绪很坏。"

"什么，她是徐淮的女儿？"

"是的，她从美国回来就是为了救父亲，邵大律师也说会尽最大努力争取办理取保候审，把人先放出来再说。可是一个多月，他们都白忙活了。她很痛苦，我也很难过。"

"我知道。徐淮原本就是被拘留的，批捕也只是诉讼程序上的一个环节，还没到审判阶段，有什么可难过的？"

"他们说只要逮捕的人犯都出不来的，她看不到希望。"

"法律可没有这样规定，逮捕虽然是最严厉的强制措施，但也有严格的要求。有主要证据证明的犯罪事实可能被判处三年以上有期徒刑的才批准逮捕。这里讲的是主要犯罪事实、主要犯罪证据，而不是全部。随着侦查工作的进行，今后也许会改变的，不到最后，一切都有可能，更何况有邵大律师担当辩护人，他会动脑筋，争取最好的最轻的判决。"

"你懂法律的，能不能来做做她的工作？"

"我不能见她，她是邵老师的当事人，我是邵老师的学生，他代理徐淮案件没有招募我加入，我是不能私下会见他的当事人的，否则会被他赶出刑事团队。"

"你到我饭店来聊，没人会知道的。"

"那就更不好了。你知道吗？当年有位公安局局长，曾私下会见不该会见的人，事前没请示，事后也没有及时汇报，最后被打入'冷宫'。这是规则，对不起，我不能够这样做的。她昨天来事务所和邵老师交流过，邵老师在刑事案件上有丰富的经验，他的解释比我清楚，他的劝解工作比我强。"

"那，如果我向你请教，可以吗？"

"你没有问题，随时见，任何问题都可以探讨。她父亲的案件还有一段时间，属于重大案件，在逮捕后，反贪局还有两个月的侦查时间，检察院审查起诉一个半月，法院审判再有一个半月，算下来还有五个月，如果案情复杂，时间就更长，你们要有思想准备。你多哄哄她，陪她出去散散心，这方面你比我强得多，相信你一定能行的。"

"谢谢，那就过些日子我单独请你。"

段韬挂上电话，站在店外等候刘浩鹏。他在想，冒充一个买房人见他，房价谈不成可以不买走人，可怎么才能切入主题？正想着，一辆小车疾驶而来，从车里走下一位四十多岁的男子，个子不高，小腹凸起，西装革履，有点官样子。他应该是刘浩鹏。他跟过去，销售小姐已经在招呼："刘叔，你这么快就到了？"

刘浩鹏问："那人呢？"

销售小姐指指身后："我大哥一直在等你。"

刘浩鹏回头看了一眼段韬，一个打扮休闲的年轻人，不太像买房人，向他点点头，算是打过招呼。

销售小姐赶紧把他们领进一间小房间，为他们准备好茶水："现在流行零距离接触，你们面对面谈，我就不参与，如果谈妥了，告诉我一声，就为你们准备合同。"

销售小姐退出去，剩下他们两个，你看我，我看你，都在打量对方。刘浩鹏总感觉对方不像要买房的，一般买婚房都是夫妇二人，或者带着父母，他一个人，穿着又很普通，上身是一件没有牌子的休闲服，不像能拿出上千万元的人。他试探地问："你想买我的房子，去看过房型吗？"

段韬说："你家房子，我还没有看过，我们的价格还没有谈好，看了也白搭，不过名苑小区我去过好几回，看过与你家相同房型的房子。"

"这么说，你对我家发生的事情有所了解？"

"当然，不过是猜到的，名苑很快要推出二期，房价一定会涨，一期也水涨船高，你的挂牌价却那么低，一定有什么原因。"

"既然你知道我因故低价抛售，却还要讨价还价，你认为有可能吗？"

"割肉出售，你是缺钱，还是换新房？"

刘浩鹏长叹一口气，道："唉，我老婆突然身亡，我怎么回得了这个家？怎么走得进那间房？"说着，眼睛里闪烁出泪花。他又从口袋里拿出烟点着后，使劲地吸了一口，以平复内心的创伤。

段韬倒是有点被他真诚的表演感动，干脆自己再演下去，说："我在小区好像见过你家太太，她在遛狗时，穿着打扮很有气质。那条小泰迪也超级可爱。"

"是的，我家丑丑是我们的最爱。"

"你太太去世后，就没见你遛狗呀？"

刘浩鹏一惊，认真地盯着段韬："你是什么人？想干什么？为什么要这么问？"

段韬知道不能再演下去，该亮明身份了。他掏出律师证，推到他面前："刘总，不好意思，我是律师，不过不该把你骗到这里见面。"

刘浩鹏一下子火冒三丈，看都没看，就把律师证摔到段韬身上："你这个骗子，给我滚！越远越好！"

段韬却并不恼，微笑着说："我本想到你单位找你，可你是发展部总经理，怕直接找你会造成不良的影响，只能曲线救国。"

李浩鹏说："我老婆死后，各种谣言四起，我已经被停职审查，等待处理。还有什么可怕的？"

"你被纪委审查，说明有些传说是有证据的。"

"妈的，这跟你有半毛钱关系？你还不给我滚！"

"我是黎田的辩护律师，在法律上和你没有权利义务关系，我可以离开，但是我告诉你，我认为你妻子的死与我的当事人无关，可能与你有关。你现在不回答不要紧，将来我会向申请法院传唤你到庭，在法庭上接受我的询问。"

刘浩鹏一听，明显一愣："你说什么？我老婆的死与那个小偷没有关系，和我有关系，你是否昏了头？你胡说八道！"举起茶杯就要砸过去。

段韬冷静地说:"刘总,你别激动,喝口茶冷静一下。"他自己先抿了一口茶,"你能听我把话说完吗?"

刘浩鹏被眼前这位年轻人沉着冷静的神情镇住了,没敢把茶杯扔过去,站在原地也没有走,怒火万丈地看着他,"你这个骗子,有话快说,有屁先放!"

段韬说:"我知道你们夫妻俩爱丑丑如子,那你是否知道丑丑是在你妻子遇害的那天失踪的?"

"我怎么会知道?我从医院回来,家里来了许多警察勘验现场,我脑子一片空白,哪里顾得上它,第三天我才想起我家丑丑,四处寻找也不见踪影。我还问过邻居,也没有找到。"

段韬说:"那我告诉你,你家丑丑是在当天下午六点前后失踪的。据邻居叶老师说,她在五点多听见丑丑的叫声,而我的当事人在七点多潜入你家行窃,既没有看见狗,也没有听见狗叫声,这就证明丑丑那时已经不在家。也就是说,在七点之前,一定有人进了房间带走它。你太太的自杀一定与丑丑的失踪有关。你想,什么人能够带走丑丑?根据泰迪狗的特性,不是熟悉的人绝对带不走的。"

刘浩鹏直愣愣地看着段韬,听他这样一分析,觉得也有些道理。其实,他也非常想知道丑丑的下落。冷不丁,他冒出一句:"你认为是谁带走丑丑的?"

段韬直言不讳:"当然是你或你身边的人。"

刘浩鹏一下蹦起来,拍着桌子说:"你这小子敢怀疑我,你拿了当事人多少钱?要为他开脱,就想找个替罪羊。"

销售小姐听见里面动静很大,赶紧进来看看,看见他们吹胡子瞪眼,连忙说:"刘叔,谈不拢不要紧的,不要发火呀,还有下一位的。"

刘浩鹏借机发作，骂道："你给我找的什么东西，你给我滚出去！"销售小姐只能灰溜溜地离开。

段韬开口再说："虽然你有不在现场的证据，可你说过公司纪委对你调查，那是因为你生活作风有问题，与下属有婚外情。你们又没有孩子，想找个女人为你传宗接代，于是提出与妻子离婚。你可以不去，可那个女人会不会去呢？"

刘浩鹏终于忍不住了，挥手要扇段韬的耳光："你再敢胡说，我就敢揍你。"

段韬眼疾手快，轻轻一挡，顺势把他的手按在桌子上，两人四目以对。段韬说："难道我说得不对吗？那你为什么不介意丑丑的失踪，反而要卖房溜之大吉？你是想逃避什么，掩盖什么秘密？"

刘浩鹏的手想抽也抽不出来，没有想到段韬的力气这么大，只能认输："在你们律师眼里所有人都是坏人吗？"他忍不住大声叫道，"还不放手？"

销售小姐带着店经理闯进来，一看这架势，店经理忙上前将两人拉开，说："买卖谈不成没有关系，这里不是打架的地方，要打请出去。"

刘浩鹏气愤地说："走，我带你到现场看看，也许会改变你的看法。"段韬听了一愣，不知道他葫芦里卖的什么药，但还是跟着刘浩鹏离开中介门店，上了他的车。

刘浩鹏态度很冷淡，一路上没有说话，直接开车进了名苑小区，把段韬带回到自己家。

段韬走进房间，这是三房一厅的结构，客厅原本不大，厨房做成敞开式，变得挺宽敞的。整体装修是北欧简约风格，简洁明快，很洋气。门厅的墙上确实挂着几只名牌包包。刘浩鹏打开落地窗，外面是晒台，段韬穿过客厅，走到晒台上。晒台是长方形，五六个平方米，一边是晾衣架，一边是花架，种了许多花，那个花架还在。他走过去看了看，如果人站在上面，确实很容易翻出去。他基本上按照黎田讲述的路线走了一遍。刘浩鹏又打开卧室透气，里面飘出淡淡的沉香味，段韬循着香味来到卧室，床头悬挂着他们的结婚照，应该还是婚房布置的样子，没有丝毫改变。

刘浩鹏再带他回到自己的书房，路过中间女主人的琴房，段韬扫了一眼，在钢琴旁边有一个豪华的狗舍。他跟着走进书房，两人坐在沙发上。刘浩鹏自己点上一支烟，也递给他一支，段韬摇摇头拒绝了："当兵时抽过，上法学院时没有钱，抽不起就戒了。"在书房墙上有一处照片墙，贴满了他们夫妻俩的各种生活照，还有他们和丑丑的照片。

刘浩鹏说："我回国后也戒过，老婆死后又抽上了。你伪装成买房者，不就是想进来看看现场吗？我网开一面，让你该看的、不该看的都看过了。你刚才走的路就是凶手走的路，最后他在晒台上害死我老婆，你还要为他脱罪吗？"

"我很感谢你让我进入现场，我并没有要为他做无罪辩护啊，他入室盗窃该怎么判就怎么判，只是我认为我的当事人不是害死你妻子的凶手。"

"你什么意思？"刘浩鹏一激动，又站起来怒视段韬。刘浩鹏自以为在健身房锻炼过两手，可和段韬一交手就知道不是对手，他不知道段韬原来是当过兵的。刘浩鹏又坐下来："你说与我有关，那你要给我一个理由，否则我就告你诬陷罪。"

"你别和律师谈法律概念，我们现在是私下交流，不构成诽谤行为。我刚才的分析你还没有听明白，那就再说一遍。"段韬顺手拿起一瓶可乐，"我可以喝吗？"

刘浩鹏只能点点头说："给我也来一罐，有什么屁快放。"

"坦率讲，我接手的是一起法律援助案件，开始时我也认为公安的结论不错，公安认为你妻子患有抑郁症，由于被告人的出现导致被害人产生恐惧，促使你妻子坠楼身亡，没有认定被告人直接故意杀人罪，还留有余地。我见到被告人，他说在七点后潜入你家，你家里一片漆黑，误以为家中无人，后来发现你妻子一个人在晒台上。对面的邻居也证明六点多就看见你妻子站在晒台上发呆。晚上七点，你妻子在家没有烧饭，这很反常。我到小区调查时，又发现你家饲养一只泰迪狗，隔壁邻居叶老师说，她在傍晚五点多还听见丑丑的叫声，以后就再也没有见到过。被告人坚持说进房间时既没有见过狗，也没有听见狗叫声。案卷中没人提及泰迪狗的事，包括你也没有说过。正是你家丑丑的出现，让我产生许多猜想，我估计你家丑丑是在五六点间离奇失踪的。我猜想在五点前后有人进入你家，然后把丑丑带走。你想，此人到你家干什么，又为什么要带走丑丑，什么人能够带走丑丑？"

刘浩鹏一脸惊讶地说："因此你就怀疑上我，认为是我回到家后带走丑丑的？"

段韬点点头："因为你有婚外情，所以威逼你老婆，又怕留下痕迹。当今社会，有的男人为了女人什么事都会做。"

刘浩鹏咆哮起来："那你就大错特错了，我没有婚外情，我和我老婆感情很深。"他看着墙上的照片流下了眼泪，"我和我老婆是中学同学，有二十来年的感情基础。"

段韬有些吃惊，问道："你们在初中就手牵手了？"

"那倒也不是，在学校虽然认识，可不在一个班上课，再说，高考时她学理科，考的是计算机专业，我学文科，考的是金融专业。大学毕业后，我到美国加州留学，在一次中国留学生聚会上，意外与她相遇。在异国他乡读书，人都很寂寞，遇到老同学，两颗寂寞的心撞在一起，难免擦出火花。我们很快热恋了，为了节约生活成本，就搬到一起住。几年的留学生活，奠定了婚姻的基础，回到中国后，水到渠成，结婚成家。她到外资企业工作，我应聘入职国有企业，两人工作都很忙，一直没有生孩子，几年过去了，想要个孩子，一直没有成功，她非常自责。我们受过西方教育，没有那么多的传统观念。我一直劝她，我家已有第三代，没有传宗接代的任务，就当丁克族，过好二人世界就可以了。可她是个很内向的人，也很传统，一直很纠结，我给她买条泰迪，就是陪陪她，帮她散散心，很快丑丑就成为我家重要成员，尤其是她，就像自己的孩子一样喜欢它，照料它。"

段韬顺着他的目光也注视着墙上的照片，有他过去在国外的照片，也有近期旅游的照片，再回想房间的布置都不曾改变，似乎他不像说谎，到了这个时候也没有必要说假话。段韬不解地问："既然你们夫妻感情很好，为什么你还要搞婚外情？"

刘浩鹏眼中掠过一丝苦笑说："段律师，你还没有结婚吧？还不是真正的男人，男人有时候会有一夜情，但不是婚外情。我老婆身体不好，尤其是近两年患抑郁症，我们的夫妻生活越来越少，男人有生理需要，只能到外面发泄一下。再说我在位子上，主动的女人也不少，要知道很少有能坐怀不乱的男人。更何况我不是那种意志坚定的人，尤其是受过西方教育后接受了性伴侣的概念，难免冲动一下。我只是坚持一个原则，你情我愿，仅一两次，绝不多。现在不是流行外面彩旗飘飘，家中红旗不倒嘛。"

段韬愣住了，想不到刘浩鹏说得这样坦白，笑笑说："从我办案的经验感觉，男人是性感动物，女人是情感动物，一旦突破底线，就会难以脱身。"

刘浩鹏说："那些都是无正当职业的歌女，目的性更强，职业女性相对有素养，明白自己的需求。不是为了升职，就是为了多拿点奖金，我能满足的，都让她们实现目的，她们不会缠着你不放的。只有一夜情。当然这对老婆来说是不忠诚的，更为党纪国法所不容。这次调查我老婆去世，也对我的所作所为调查了一遍，我的事也都随之暴露。现在集团纪委对我立案审查，这是我的错，我认了，也是我老婆对我的不忠行为的一次惩罚。是祸躲不过的，只有面对，自己做错了事自己承担，争取得到老婆的宽容。"突然，他跪在老婆照片前，流着眼泪说，"老婆，也请你原谅我。"

段韬吓一跳，赶紧上前把他搀扶起来："有你这样真诚的忏悔，我相信你妻子会原谅你的。"

刘浩鹏重新坐在自己的位子上，算是把憋在心里许久的话宣泄出来，心情平静很多。段韬递给他一张餐巾纸，再递给他一罐可乐。他擦去脸上的泪痕，理了理纷乱的头发，没有喝可乐，只点上一支烟，深深地吸了一口。

段韬喝了口可乐，说道："你的坦言可以打消我的怀疑，你没有回家带走丑丑，也不会由你身边其他女人带走它，那么是谁带走丑丑的呢？你妻子有没有闺密，她近期有没有什么反常现象？"

刘浩鹏说："我老婆算是个工作狂，基本是单位家里两点一线。偶尔和同学聚会或者招待留学回来的人，没有什么知心朋友。外出旅游度假也都是我们俩或者是跟着我参加单位组织的团建活动。近年来患上抑郁症，和别人来往更少。主要和丑丑一起玩。我带她去过许多医院治疗，医生诊断她是内心焦虑引起的，这两个月，她晚上更是吃不香睡不好。近来我根据市政府指示要投资科技企业，促进科技发展，我要选择一家科技企业投资，争取上市，忙得不得了，确实没有很好地关心她照顾她，忽略了她。我也很后悔。"

"这就奇怪了，根据公安调阅的小区监控，在你妻子回家后，除了快递小哥，没有其他人进入过你家，那丑丑怎么会失踪呢？你也没有告诉过警官家中失踪了一条泰迪。"

刘浩鹏沮丧地说："当时我脑子里只有老婆，那两天家里来的人很多，大多数是上门安慰的，来不及想丑丑，过两天才想起来丑丑不见了，当时调查的警察已经走了，我也没多想，还以为丑丑自己跑出去玩了，它记忆力很好的，会回来的。再说自己的宠物狗不见了，也不能让警察寻找，再添麻烦，所以没有说。"

段韬追问道："丑丑是你妻子的最爱，也被你视为掌上明珠，可是丑丑一直没有回来，你怎么不去找呢？"

刘浩鹏说："我到处找过，去过父母家，也去过宠物医院、宠物店找过。"他从茶几下面拿出一摞传单放到段韬面前，是寻狗启事，上面印着丑丑的照片，一条棕色的泰迪，很可爱，伸着舌头，眼睛水汪汪地看着镜头。下面有简单的描述和联系方式。"我早就印好了，一直没敢贴出去，我害怕见到邻居，他们都认为我老婆跳楼，影响到小区的房价。"

"那你是在逃避，可你一降价卖房，更增加邻居们对你的不满，也增加我的疑虑。"

"那我怎么办？"

"撤回房子出售，再陪伴妻子一段时间，你说过丑丑记忆力很好，也许有一天遇到个好心人捡到丑丑，跟着丑丑回到自己的家。现在都信息化时代了，你还做这么落后的事。"段韬拿出手机，拍了一张寻狗启事，发到朋友圈，"网络更加便捷有效。有的人狗丢了，就是靠发朋友圈找到的。"

刘浩鹏拿起自己的手机也拍了一张寻狗启事："你提示得好，送我狗的那个朋友经常刷抖音，有不少粉丝，我请他转发一定会更有影响力。"

发完朋友圈，段韬又提出加刘浩鹏的微信，刘浩鹏也没有拒绝。

刘浩鹏这时打开可乐也喝起来，两人像朋友一样开始交流："你是小偷的辩护律师，怎么会对我家丑丑这么感兴趣？你说过办的是一件法律援助案件，这没有多少律师费吧？"

"我是小律师，不论接到什么案件，都要认真办好，才能赢得口碑。这次发现丑丑失踪，要是能查到丑丑的下落，找出带走丑丑的人，确定真正威胁你老婆的人，我的当事人就构不成间接杀人罪，只有盗窃罪，判不重的，更不会判死刑或无期徒刑。"

刘浩鹏说："这个案件公安已经认定，检察院很快会移送法院进行审判。你要知道本市有几十万条狗，据收养流浪狗的人士说过，每天会有 N 条狗失踪，也有流浪狗死掉，要找它不容易，有可能丑丑已经死了，消失得无影无踪。"

"我知道，也问过公安治安处的朋友，公安有个流浪狗收容所，过两天我会去看一下的。我的被告人距离法院审判还有一个多月，检察院还没有移送，有点时间。我要尽最大努力找到它，如果最终没能找到，我也算尽心尽力，不留遗憾。"

"看得出来，你很认真，下次公司里有什么案件就请你办理，我喜欢你这种办案认真的小律师，不太喜欢那种大牌律师的做派。"

段韬笑笑："可惜为时已晚，很快你就会被撤职下岗，失去权力，也给不了我案件。如果找到你家丑丑，找到那个带走丑丑的人，不仅能让我的当事人洗清一个罪名，少判几年，也能帮你恢复名誉，减轻处罚呀。你是该感谢我的。"

"怎么可能？党纪和国法不同。"

"你想呀，无论你是一夜情，还是婚外恋，都是与其他女人有染，你妻子又是自杀，难免会有议论。虽然没有证据证明你做过什么，但是社会舆论会以为你有喜新厌旧之嫌，这会让你痛苦不堪。因此，你一定要帮我一起找到丑丑。帮我，也是帮你自己，你懂吗？"

刘浩鹏一愣，觉得他说得有道理，举起可乐罐来碰一下："一言为定，一起寻找我家丑丑。"

段韬非常满意自己这次冒失的行动，不仅排除积压在心底的疑虑，还争取到一个同盟军，值得庆贺。他举起可乐罐与刘浩鹏碰了一下，咕咚咕咚喝了一大口："谢谢你的加入，我相信凭你的关系和能力，找到丑丑指日可待。"

十一

公安的流浪狗收容所里面圈养着几百条流浪狗，还有被送进来的。段韬在战友的陪同下来到收容所寻找丑丑。警官向他介绍说："这里收留的流浪狗，有大型犬，也有小型犬，还有名种犬，这些流浪狗大都不是野狗，是有主人的，有的犬是因为生病残疾或者是年迈体弱，主人不想养了；还有的是搬新家，没有条件饲养，就遗弃荒野，有好心人或者是警察巡逻时发现后，都送到这里寄养。不过，你要找的泰迪倒是不多见。因为泰迪犬温顺可爱，很适合饲养，一般不会被轻易丢弃的。"又带他来到小型犬的狗舍，段韬发现确实没有几条泰迪犬，有的都已病恹恹的，还有残废的，段韬连续叫了几声"丑丑"，都没有理他的，只是一个劲地汪汪叫。段韬只能悻悻地离开。

警官告诉他："这里是公共服务机构，只要送来的都要收留，数量很大，医疗条件和生活环境相对差一点。民间有一些收养机构，许多动物爱好者会主动收留一些被人遗弃的狗，那里的条件要好一点。"他递过一张名片，"这家宠物俱乐部与我们合作过，你也可以去看看。不过，要在我市寻找一条失踪的宠物狗，就像大海捞针，不容易呀。"

段韬接过名片，发现这家宠物俱乐部在郊区，离自己的家不远。他谢过警官，告别战友，跨上摩托车先回家。

段韬回到县城的家，在家里美美吃了一顿老妈在炉灶上烧的咸肉菜饭和炖的老母鸡汤。老妈一边看着他狼吞虎咽的样子，一边又开始啰唆娶媳妇的事。老爸帮他把摩托车重新保养一遍，回到客厅对他说，"这辆车老了，开车时不要拼命加速度，开得慢一点，还能再开两年。"

段韬递上宠物乐园的名片问："老爸，你知道这家宠物俱乐部吗？"

老爸看过名片，说："那里原来是县里一个园林苗圃，小时候你常去玩的，前些年被城里富豪承包下来，盖房子，建农庄，供城里人休闲度假。现在禁止占用农地，许多违章建筑被责令拆除，农庄办不下去，再转租给一个动物爱好者，改成一家宠物俱乐部，听说还花了不少钱改造呢。"

"我知道了，那是小时候捕鱼捉蟹的地方。"段韬谢过父母，告诉他们，等忙完这阵子就带个女朋友回家看看。他又骑上摩托车，直奔宠物俱乐部。

在宠物俱乐部门口，他与刘浩鹏不期而遇，两人会心地一笑，怎么都想到了这里？

段韬说："我是听动物收容所警官介绍民间也有许多收养流浪狗的场所，就过来看看。"

刘浩鹏带着他走进去说："我和老婆带着丑丑曾来这里参加过活动。这儿的俱乐部搞得很不错。这里的年轻女老板是真心喜欢动物，自己养了几条名贵犬，还收养了一批流浪狗。我和她父亲认识，她把她老爸给她的钱都投在了这里。"

他们走进宠物俱乐部，小道两边种的都是几十年的老樟树。段韬还记得当年还是小树苗，现在树干粗壮，叶冠很大，绿树成荫，走在下面很舒服。这时，一位姑娘迎上来，手上抱着一条狗，身后还跟着一条狗，一见到刘浩鹏，哆哆地叫声"浩鹏叔"。

刘浩鹏对她说："秋羽，给你介绍一下，这是我的朋友，一位律师，也是热心关爱流浪狗的人，我带他来看看。"

秋羽是个很直率的女孩，她笑道："来了个律师，正好我有些法律问题要请教请教。"

段韬仔细看看秋羽，身上的衣服都是名牌，可脸蛋红扑扑的，像个村姑，也许是常年与土地打交道，日晒雨淋留下的痕迹，很不协调，却很可爱。

"我是小律师。请教不敢，探讨可以。"

秋羽说："那是先看看，还是先喝茶？"

段韬看到河边茶亭间很有特色，坐在池塘边喝喝茶，聊聊天，会很惬意。

"老板娘，你真会选地方，这里原来是个鱼塘。"

秋羽说："你来过？原来是农庄的钓鱼塘，河边建了民宿。现在恢复农田和自然水系就都被拆了，我顺势改造成露天茶室，让城里宠物的主人在这里喝喝茶，呼吸清新空气，是不错的选择。"

段韬看到池塘里游来一群白鹅，顿时吟诵："鹅鹅鹅，曲项向天歌。白毛浮绿水，红掌拨清波。好一幅牧歌画面。"

刘浩鹏笑道："一个冷冰冰的法律人也懂诗情画意。"

段韬说："法律只有条文，人有七情六欲。"

这时服务员端上茶壶，为他沏茶，秋羽说："喝茶有门道，下午喝红茶，这是祁门红茶。"

刘浩鹏说："祁门红茶排名第二茗茶。"

段韬品尝了一下，赞道："好香呀，老板娘，你有什么问题可以提出来，我能答得上来的，就请免了茶钱；如果回答不出来，茶钱照付。"

秋羽笑道："好啊，你倒很实在。"

段韬说："开店赚钱，养家糊口，不过你不容易，租这么大的地方又在郊外开家宠物乐园，租金、员工两大成本，靠壶茶是赚不过来的。"

秋羽说："这里就没有打算赚钱，只是给宠物们提供个宽敞的活动场地，让它们过得开心点。城里的宠物都是圈养在室内，偶尔被带出来遛遛，也很可怜的，违背它们的心愿。你看，那边空地正在建一个操场，宠物在那里撒欢奔跑，再建个泳池，尽情戏水玩耍，能充分释放天性。我们还计划修条赛道，将来举行一些竞赛，赋予它们荣誉，真正体现动物的生命价值。"

段韬有点惊讶，没有想到这女孩没有玩物丧志，还有许多想法，自己有点小看她了，对刘浩鹏说："这个老板娘倒是个有情怀的动物爱好者呀。"

刘浩鹏说："她父亲说过，她从小就很另类，大学毕业后就钻进动物圈出不来了，拿她没办法，也管不了她，只能向这里砸钱。"

段韬说："老板娘遇到了什么事？我能帮的，一定帮你。"

秋羽说："说来也不是大事，就是原来农庄的厨房和餐厅，我改造成狗舍，里面寄养宠物和饲养一些流浪狗，可农委的人说，这个房子没有证，要么全拆，要么建成透光的玻璃顶，卫星发现不了。我说哪有动物住在玻璃房子里的，动物也要有自己的居所。现在僵持着。"

段韬想了想："农用地确实有红线，没有证的都是违法建筑，能不能带我去看一下？"

秋羽带他们一起来到新建的狗舍，那是一排青瓦平房，塑钢落地玻璃窗门，非常敞亮透气，还配有空调。很现代化，里面都是两层楼狗窝，大大小小有上百间，饲养着各式各样的狗，小狗们看见女主人进来个个扑腾欢跃。

秋羽介绍说："这边是宠物寄宿旅店，宠物主人出去旅游可以寄养在这里，那边是收养的被遗弃的流浪狗。"她又指着一群小柴犬，说，"这是一条被人遗弃的柴犬所生的，好厉害，它一口气生了七只，这才两个月，个个活蹦乱跳，可好玩了。"

刘浩鹏说："在这里的狗狗的幸福指数很高，有吃有喝有房子住，还有人伺候。人类的梦想也不过如此。"

秋羽说："佛学中所说的大同世界，也包括动物们。"

段韬没有工夫听他们聊那些不着边际的话题，直接说："这房子没有房产证，属于违章建筑，按理只能拆，不过像这样现代化的狗舍拆了倒是有点可惜。"

"我也问过他们能否补办证照，他们都说没有规定可以给狗舍办房产证的。"

段韬侃侃而谈："这倒也是，郊区那么多养猪养牛养鸡养鸭的，有的饲养场建得很大，猪圈牛房也是建筑，可没有听说要办房产证的。这属于畜牧业，好像不需要办证，养狗也属于畜牧业，建个狗舍也不应该办房产证吧。这样，你给县政府再打个报告，强调养狗也属于农业中的畜牧业，理应使用农用地，需要办理什么手续，请指示。再有，你的狗舍搞得太现代化。我爷爷在农村的家，主要是用稻草和泥巴做房顶，冬暖夏凉。我建议在房顶铺上厚厚的稻草，既能节约运营成本，又能掩人耳目，不被卫星发现，即便是高新探测仪，也只能看到里面有动物，没有人类居住，这符合农用地用于农业经济发展的国策，县领导也好对上面交代。"

秋羽一听，高兴得跳起来，她拉着段韬的手赞道："这个金点子好，我立即布置，你这个朋友我交定了，加个微信，以后要多多请教。有没有兴趣做我们俱乐部的法律顾问？"

段韬和她加好微信，说："老板娘，等你俱乐部有盈利后，再请律师也不迟呀。"

刘浩鹏说："人家秋羽姑娘可不在乎钱呀。"

段韬说："我在乎，没有盈利的企业，是兔子尾巴长不了的。"他们一起回到茶室。他又问秋羽："请教一下，喝茶每人多少钱呀？"

秋羽说："免费，不仅对你免费，对所有的宠物主人都是免费的，我们的盈利模式是收取宠物的入场费或参加赛事的报名费，实现收支平衡就行。有了人气了，各家宠物用品厂商赞助就会跟进。这还是浩鹏叔的建议。浩鹏叔，今天怎么没有把丑丑带来？"显然，她并不知道刘浩鹏家出了大事。当她看到段韬的朋友圈里跳出来的寻狗启事时，惊讶地问："这不是你家丑丑吗，走失了？"

刘浩鹏只得赶紧解释说："是的，前些日子有点忙，一时疏忽大意，丑丑丢失了，我想到你这里看看，有没有被当作流浪狗给送过来了。我刚才也注意看了，没有看到丑丑。"

秋羽说："你怎么早不说，我帮你转发吧。我的圈子里有许多动物爱好者，他们都在关注流浪狗流浪猫，也许会有些线索。"

刘浩鹏赶紧把寻狗启事的照片发给秋羽，秋羽立即转发好几个朋友圈。有位工作人员向她招手，秋羽便对他们说："你们坐着慢慢聊，我去接一条被人遗弃的小狗，一会儿过来陪你们。"再叫服务员给他们上点心，又转身对段韬说，"放心，都是免费的，尽管享用。"

段韬说："那我就敞开吃了，能不能再来一碗小馄饨？"

刘浩鹏赶紧制止他："刚过三点，午饭没吃过呀？秋羽，别理他。"

段韬故作不满地说："我的金点子总还值碗小馄饨吧？"

秋羽也知道他在开玩笑，调侃地说："你就等着，我亲自给你做。"转身离开。

刘浩鹏故意板着脸批评他："你饥不择食的样子，让我很没面子的。"

段韬说："我只是想考察一下，她是不是在借养宠物之名，恢复农庄经营，否则这个俱乐部要赢利，还不得等到猴年马月呀。如果是那样，我就是出了个馊主意。迟早会被发现，再被处罚，那就更惨了。"

刘浩鹏奇怪地问："一碗小馄饨能看出什么问题？"

段韬笑道："如果老板娘随意答应，让厨房做，那么一定有大厨房，厨师随时烧饭烧菜摆酒宴，招待宾客。如果是自己做，那就是小厨房，主要是烧动物餐食。"

刘浩鹏也乐了："你小子就是鬼点子多。"

两人喝着茶嗑着瓜子，看着池塘边的几十只鸭子。鸭子们兴高采烈地扑到水里，嘎嘎地欢叫。

刘浩鹏触景生情，不由得长叹一口气："一样都是命，它们过得无忧无虑，我却在煎熬。"

段韬说："动物没有想法，生活就简单，人类有思想，生活就复杂，时常还要犯错，生活就有痛苦。纪委的处理结果出来了？"

刘浩鹏说:"结论还没有下,听说讨论时,议论纷纷,各种说法都有。就像你说的,有人提出我老婆遇难,与我搞婚外情有一定的关系,虽是生活作风问题,但情节严重要从重处罚,一撤到底,保留职工待遇。到时我也只能辞职走人。"

段韬说:"你还年轻,人过四十正当年,又有金融专业留学背景,找份像样的工作肯定没有问题,也可以自己创业。"

"你不懂呀,搞金融投资,国有企业是最好的平台,有政府背书,金融机构支持,才有施展才华的空间,实现自己的抱负,当年我和老婆决定回国,她想为祖国科技事业做点贡献,我想在股权投资领域做出点成就。"

段韬惊讶地重新审视这位中年人,想不到还是个有理想的人。

"找到了,"秋羽急切跑过来,给他们看手机,说,"一位动物爱好者发来信息,他曾在小河边捡到过一只奄奄一息的泰迪狗,现正在宠物医院治疗。他看到我发的寻狗启事,觉得有点像,让我核实一下,还发来小狗的照片,我觉得像,已转发给你了。浩鹏叔,你看看。"

刘浩鹏打开手机,一看,跳起来说:"就是的,丑丑现在哪里?"

秋羽立即发微信询问。对方很快发来宠物医院的定位。秋羽再转发给刘浩鹏。

段韬也很激动,一把抱住秋羽:"老板娘,太谢谢你了。"

秋羽不好意思地推开他:"跟你有什么关系?"

段韬赶紧说:"对不起,有点小冲动。我们先去看丑丑,以后再和你详细说丑丑的事。"他立即和刘浩鹏出发赶去宠物医院。

十二

这家宠物医院在城市东部，距离宠物乐园有几十公里路程，刘浩鹏开得飞快，段韬驾着摩托车跟在后面。行驶大约三十分钟之后终于抵达了宠物医院。那位动物爱好者已经在医院门口等他们。刘浩鹏向他打招呼，不断地说"谢谢"。

爱好者带他们径直走进宠物观察区，看见丑丑正在输液，丑丑见到主人激动地挣扎起来，刘浩鹏赶紧抚摸它，"丑丑，安静安静。"丑丑似乎听懂了，耐心地趴着，等待输完。

这时前台的护士小姐看见他们没有带宠物就闯进来，赶紧问他们有什么事。

段韬说："我们要找那位治疗过小泰迪的医生。"

护士小姐："我们是宠物医院，每天都有送过来治疗的宠物。"

爱好者忙解释说："就是前几天我送来抢救的，是位美丽的女兽医。"

护士小姐说："我们这里的医生都很漂亮的，你叫什么名字？我查一下。"

爱好者立马拿出身份证给她看。护士在电脑里查了一下："是你，那么他们是谁？"

爱好者说："他们是狗主人，了解一下当时的情况。"

护士小姐拿出一张表，递给刘浩鹏："出示身份证再填一下表，还有一位呢？"

段韬拿出律师证："我是律师，就不用填表了吧？"

护士小姐笑了："奇怪，这小狗也要请律师吗？你们到对面接待室等着，我去叫她下来。"

在接待室，爱好者说："这就对上号了，你们就是它的主人，泰迪交给你们我也放心了。"

段韬问："朋友，你是在哪里发现它的？"

爱好者说："那天我去钓鱼，在河边草丛里看到小狗，开始以为狗已经死了，就用鱼竿推一推，发现它还在喘气冒泡，没有死。就赶紧把它捞起来，果然还活着，就近送到这家宠物医院抢救。小狗的生命力非常顽强，输液后很快苏醒过来，没有生命危险，但好像后肢不行，我带回家养了两个多星期，它又发病就送到宠物医院治疗，准备治好了再送俱乐部去。"

刘浩鹏听了介绍，很受感动，拿出一个信封递给他，里面装着三万元："朋友，真的非常感谢你，你救我家丑丑，一定花了不少钱，这是我的一点谢意。我承诺过，重奖找到丑丑的人。"

爱好者说："抢救是花了点钱，不过没有这么多，这里的钱还没结呢，少给点意思意思，我收回成本就行。"

段韬说："他的承诺就是约定，一定要兑现的，你收下吧，医院的费用他会结的。"硬把钱塞进他的口袋里，"也算了了他的心愿。"

爱好者收下说："那恭敬不如从命。"

这时一位穿白大褂、神情严肃的女医生走进来，问道："你俩谁是狗的主人？"

"我是。"刘浩鹏举手示意。

女医生上下打量刘浩鹏，目光并不友善。女医生看着表格："你确定是你家的泰迪？"

爱好者说："刚才带他们去见过了，那条泰迪叫丑丑，也确认了。"

刘浩鹏连连点头："医生，谢谢你救了我家丑丑。"

女医生白了他一眼："你不想养了，也不要这样虐待它，差点被你害死。"

段韬问："具体有什么伤？"

"它是在被弄窒息后，被摔过，又被抛到河里，就是想置它于死地。现在造成脊椎、后腿两处骨折，肺部和耳朵进水感染，那天再晚一点送来就没有救了，你说可恶不可恶？"女医生说话时，始终严厉地盯着刘浩鹏。段韬明白了，她肯定认定刘浩鹏就是肇事者。

"怎么会……？"刘浩鹏表情震惊，"是怎么造成的？"

"难道是被车撞或者被人打的吗？"段韬故意找了一个理由。

"不会的，据我的经验判断，如果被意外冲撞，一定先留下外伤，而这只泰迪主要是内伤，是故意想掐死它，"女医生说着，拿起自己的水杯站起来，双手举过头顶，做出摔打状，"然后再摔到地上。"

虽然只是做做样子，段韬和刘浩鹏还是被女医生的动作吓一跳，女医生坐下，死死盯着刘浩鹏："这个人是否很变态？真是造孽呀。"

"你不会是在怀疑我吧？"刘浩鹏像觉察到了，委屈地问。

段韬从侧面看，注意到刘浩鹏的眼中闪烁着泪光。

"没错，我就是怀疑你。"女医生倒也直接。

"为什么？"段韬问。

"原因很简单，首先，这个人肯定是男的，力气很大，一般女性没那么大力气。其次，很可能是狗狗的亲人至少是主人身边的人，外人想抓住它没有那么容易。还有狗狗的尾巴很短，我怀疑是它小时候被人剪断的，也就是说它不是第一次受到伤害。"

刘浩鹏着急辩解说："它的尾巴不是被人剪断的，是与它的兄弟玩耍时咬坏的，我们当时去狗舍看狗，我老婆一眼看中了它，就是因为它的尾巴短，当时老板还想给我们打折，她不认为那是缺陷，就带回家来了。"刘浩鹏抹了抹眼角，又说，"不信你可以去问那个狗舍的老板，我现在还有她的电话。"

"其他的伤你怎么解释？"女医生毫不客气地质问道。

"我不知道，我……"刘浩鹏向段韬投去求助的目光。

"美女医生，你在抢救过程中有没有发现什么？"段韬转移了话题。

女医生说："你是律师，想找证据嘛。要说有，那就是这条泰迪是最好的证明，动物被人伤害过，会有很深的记忆，对伤害过它的人极其不信任，见到此人一定会吼叫，一会儿你们看见了就知道了。"女医生看了看刘浩鹏又补充说，"这也是证明你的机会，如果它不认你，表现出害怕你的样子，我是不会让你把它带走的，这一点，我要事先和你们说好。"

刘浩鹏已经偷偷溜进去见过丑丑："行，没问题。"

爱好者见任务完成，悄声对段韬说："我的使命已经完成，你们再确认一下，我有事先走了。"

段韬握着他的手说："已经够麻烦你了。谢谢，谢谢。"说着跟女医生走到走廊的尽头，里面有间单独的大房间，门上贴着保持安静的标识。这是宠物治疗的观察区，进门前，女医生又特意给他们做了一个"嘘"的手势。房间里的灯光是橘黄色的，很温馨，开着空调，温度适宜。一侧是过道，一侧是安放宠物的隔间，门都是玻璃的，一眼便能看见里面宠物的状况，有猫，有狗，有的在睡觉，有的在挂水，都很安静。女医生带着他们走到最里面，这时丑丑已经完成输液正在酣睡。

"你家泰迪就在这里面。"女医生介绍说，"刚输完液正在睡觉，就用布帘挡住了，不让它看到外面。"

就在女医生说话的时候，段韬隐约听到狗狗在里面发出低沉的哼哼声。估计已经醒了。

"你们做好准备，它可能会叫得很厉害。"女医生慢慢地掀开了布帘，刚透出一条缝，泰迪便激动地叫起来。段韬不懂狗语，却从中听出泰迪的紧张和恐惧。掀开的面积越大，泰迪叫得越激烈，惊到其他动物，另外几条狗也跟着叫起来。等到全部掀开，泰迪突然停止叫声，看着刘浩鹏，眼睛瞬间充满了泪水，同时发出了委屈的哀鸣，它艰难地撑起前腿，拖着下半身，奋力站起来。

泰迪这一瞬间的眼神给段韬一种似曾相识的感觉，极像被外人欺负后的孩子见到自己父母的样子。听人说过无数次"万物有灵"，直到这一刻，他才相信。段韬有点后悔没有拍下这一幕。

女医生见到这一幕，这才相信造孽者不是刘浩鹏，泰迪的反应已足以证明它的男主人是清白的。

"我可以抱抱它吗？"刘浩鹏见到丑丑，忍不住又哭了，一边擦眼泪一边问女医生。

"可以，当然可以。"女医生也被打动了，看刘浩鹏的眼神和刚才完全不同，充满了信任。

刘浩鹏轻轻抱起丑丑，帮它擦拭眼泪，又低头亲吻它。丑丑也欢快地舔舐刘浩鹏的面颊，以表达自己的高兴和激动。

温馨的团圆时刻结束后，刘浩鹏抱着丑丑跟随女医生重新回到接待室。

段韬不得不提出一个冷酷的问题："美女医生，这个虐待者既然不是刘浩鹏，那又是谁呢？"

女医生说："这个虐待狂试图掐死丑丑，又摔在地上，然后带走，扔到河里，从这些迹象来看，他完全是在下狠手要置泰迪于死地。他没想到泰迪只是窒息昏厥过去，扔到水里反而清醒过来，虽然脊柱骨折，身体不能自由活动。但动物的顽强生命力和求生欲望，支撑它用前腿尽全力游到了岸边，可惜再也没有力气爬上岸。幸亏遇到好心人救起它，否则就完了。从专业角度看，我认为，这是一个人为事件，不是意外事故。哦，对了，还有件东西，就是你们律师说的物证，你等一会儿。"女医生出去一会儿又回来，拿着一只塑料的密封袋，她打开袋子，从底部用镊子取出一个米粒大小的棕色碎屑，迎着灯光指给他们，"看见了吧？这是从泰迪的牙缝里发现的。"

段韬看不懂，女医生解释说："这不是食物，否则早就融化了。它被送来的时候，紧紧闭着嘴，好像咬着什么东西，而且咬得很紧，深深嵌在牙缝里。我在做手术的时候，把它取出来，想看看它究竟咬了什么东西，也许对它今后的治疗有益，就留下没有丢掉。"

段韬急切地问："是什么材质的？"他暗自思忖，如果是丑丑从施暴者身上咬下的，这无疑是一个重要的线索。

"我看不出来是什么材质，这对治疗没有意义，对你要追究赔偿责任也许有用。你们可以拿去化验的。"

"还是先放在你这儿吧，"段韬推回密封袋，"等警察来的时候，交给他们好了。"

"警察会来吗？"女医生的语气与其说是询问，不如说是否定，"以前这种伤害宠物的事儿，他们都是不受理的。还是你们带走吧，放在我这里也没有用。"

"这次不仅是伤害宠物的事。"段韬看了看刘浩鹏，没有继续往下说。

前台女孩儿推门进来，看了看段韬和刘浩鹏，问女医生："那条泰迪确认了吗？狗狗是他们的吗？"

女医生回答："确认了，就是他们的，怎么了？"

"哦，那就好，也没什么，刚才又有人来电话，问狗狗的事儿。"

听了这话，段韬马上警觉起来，连忙问："对方是男的女的？"

"男的。"

"他都问什么了？"

"也没什么，就问是不是有人送来一条受伤的泰迪。"

"你怎么回答？"段韬追问。

"我就说：'是有这么个事儿，但已经有人来认了。'他又问：'认得怎么样，是不是他们的？'我就说：'那我去问问看。'他说：'好，一会儿再来电话确认结果，如果不是他们的，我再过来。'然后就挂了。"

这段对话虽然听上去没什么问题，但直觉告诉段韬有哪里不对劲儿。过去这么多天都没人来找丑丑，怎么这么巧，偏偏这两天就有这么多人来找。

刘浩鹏说："我们在朋友圈发过寻狗启事，还答应会重奖，自然会触动一些人的神经。"

"如果是你，"段韬问刘浩鹏，"你会说等别人先认，确认不是了，你再过来吗？"

"肯定不会，我会马上赶过来，因为怕别人冒领，把丑丑抱走。"

刘浩鹏的答案坚定了段韬的推断，对方不一定是想来认狗的，他不想遇见狗主人，因为他知道自己不是丑丑的主人，不会为了一点奖金来冒一下险。

女医生笑道："看来你没有养过宠物狗，泰迪的记忆力非常好，它绝不会跟着陌生人走的。"

段韬说："谢谢美女医生的重大发现，你给开个证明，证明你是在手术时取到的这个棕色碎屑，也一直保存在自己身边，写完后和这份物证封在一起，我去找人鉴定，看看究竟是什么物质，但愿能找到那个虐待狂的痕迹。"

女医生有点不好意思，笑笑说："你这位律师嘴巴很甜，工作也很细心严谨，这个忙我帮了。"

段韬又对护士小姐说："你能帮我们一个忙吗？如果有人再来认领狗狗，请把他们电话留下。你再转告我，谢谢。你们这里的所有费用，由狗主人结账。"

刘浩鹏忙配合地掏出银行卡递上："结完账，我就把丑丑带回家。"

女医生走过来把情况说明放进密封袋交给段韬，再对刘浩鹏说："回到家对老婆说，它的后腿和脊椎都在修复期，要少动多抱抱，还要按时服药，注意观察，定期复诊。"

刘浩鹏差一点泪崩，努力忍住了，噙着泪答应说："好好。"结完账，他抱着丑丑和段韬一起上车回家。

十三

段韬和刘浩鹏带着丑丑回到家里，刘浩鹏立即找出狗粮、香肠和牛肉干，开始喂丑丑，丑丑大口大口吃得很欢，显然是饿坏了。等丑丑吃饱了，刘浩鹏抱着丑丑走进客厅，看见段韬站在晒台上遥望着外面，走到他身边问他在看什么。

段韬说："我在想，丑丑起死回生出现在我们面前，它告诉我们一个事实，在小偷潜入你家之前，一定有个男人进入过你家，是他掐晕丑丑并把它带走，还想毁尸灭迹，这个男人一定是害死你老婆的人。这个人是谁，他为什么要害死你老婆？你家有仇人吗？"

刘浩鹏想了很长时间，还是摇摇头："我们都埋头于自己的工作，留学回来的人都有些清高，很少结交社会上的朋友。我老婆交往的大多数是同学，很多人都在国外，国内没几个。我只有工作上的同事和合作者，也没有社会上的朋友。"

"那你们有没有得罪过什么人？"

"我老婆是个专业技术人员，无职无权，也不会得罪别人，我虽有职有权，但我对下属都得过且过。基本上都能满足他们的需求，应该也不会得罪人。我为国企打工，生意做得成做不成也不会牵涉私人恩怨。所以我不认为有什么仇家。"

段韬也想不明白，低下头沉思了片刻，又将头抬起来说："我有一个大胆设想，你老婆当初会不会有个初恋，被你横刀夺爱，留下大恨？要知道君子报仇，十年不晚。"

刘浩鹏说："我们一起参加过同学聚会，确实有人说起在学生时代，你看中过我，我看中过你之类的话，但那都是戏言，他们还很羡慕我们当初没有早恋，后来萍水相逢，真是有缘分。再说这些同学大多数都有家庭，无论出国的还是留在国内的小日子都过得很不错，因此不会发生这种事的。"

段韬不解地说："那就奇了怪了。"

刘浩鹏说："我也觉得很奇怪，据警方介绍，我老婆回家后到七点前，她没有离开家也没有人进入我家，他们从小区和楼道电梯里的监控录像中排查过，从未发现有任何陌生人进出。"

段韬说："这个我能理解，但是你注意看，小区外是二期工地，人员很杂，进出小区也很方便，我刚才跟你进车库，我发现监控点不多，留下很多空白点。我认为此人可能从工地进入小区，再从地下室走消防通道，爬楼梯进入你们房间，小区监控就不一定发现，我觉得他是很专业的罪犯。"

刘浩鹏一听有道理，忍不住问道："那他为什么要害我老婆？"

"我也百思不得其解，要搞清这个问题已经超出我的能力范围，这样，我带着美女医生给的物证去一趟公安局，请他们查出这个人，查清为什么，专业问题还是请专业的人来做。"段韬准备出发，突然又想起来说，"我的摩托留在宠物医院了。"

刘浩鹏说："就用我的车吧，反正我还在停职审查，可以不上班。我在家陪陪丑丑，你就拿去开吧，你那辆破车是'肉包铁'，开起来很危险的。"

段韬接过车钥匙，无奈地说："我也知道，不是买不起嘛，那我就借你的车开几天洋荤，过过瘾。"

他们走到门口，打开门看见叶老师正准备出去遛狗，妞妞看见丑丑欢乐起来，冲着丑丑叫起来。

叶老师看见段韬也一愣："你这个卖保险的推销到家里了？难道是你帮他找回丑丑的？"她再看到丑丑后腿还绑着纱布，心疼地说，"它受伤了，好可怜呀，不过能找回来就很幸运，我家的妞妞也有个伴了，你看妞妞兴奋的样子。"

段韬笑道："叶老师，还要谢谢你，是你提供了很重要的信息，才能找回丑丑，我有事先走了，下次再来谢你。"

叶老师莫名其妙地看着他走进电梯。

刘浩鹏说："叶老师，他不是推销保险的，他是律师。"

叶老师一脸疑惑，问道："是保险公司的律师？"

刘浩鹏笑笑说："不是，是小偷的辩护律师。"

叶老师一惊："那他也是个坏人，不说实话，你可要当心点，少和他接触。"

十四

段韬开着车来到刑侦队，姚铁不在，他直接来到法医鉴定室，向法医出示律师证，自我介绍："我是黎田的辩护律师，我有件物证想请你们鉴定。这是从被害人家中的宠物狗身上提取的。"

法医立即打断他："对不起，狗不是物证之一，我们是不对狗身上的东西做鉴定的，再说我们只对公安侦查所需进行鉴定，不对外开放，也不接受律师的委托，你走吧。"法医转身要走。

段韬连忙拦住他，说："法医同志，那我对你们的鉴定，能不能提个要求？"他赶紧从包里拿出电脑，翻出黎田的案卷，指着两份伤痕鉴定报告，"这是不是你做的？"

法医看看说："是我做的，有什么问题吗？"

段韬说："报告结论没有问题，证明伤痕是被害人和被告人发生接触留下的，但是能不能进一步鉴定，是怎么形成，是从上而下，还是从下而上，或者就是面对面打斗形成的？"

法医冷冷地说："当然可以，只是刑侦没有这个要求，你可以写份书面报告要求进一步做伤痕形成的鉴定，如果刑侦认为需要，我们就做，不能由你嘴上说说就去做。"

段韬有些高兴地说："谢谢，我懂了，我这就去写报告。那狗的提取物的鉴定能不能一起申请？"

法医断然地说："恐怕不行，你可以找社会上的鉴定机构先做一下，有个结论再递交刑侦，他们认为有价值，请我们复核，再给个司法鉴定报告，这叫师出有名。"说完便走开了。

段韬点点头，立即打开网络寻找物证鉴定所，用电话联系得到确认后，便开车赶到鉴定所，办理委托合同，见到鉴定人员。他把女医生签名的密封袋交给鉴定师，又一起拍了张照片留下证据，鉴定师看他如此认真，不由得一愣："这是什么物质，这么谨慎？"

段韬说："这是兽医从狗的牙缝里提取的物质，涉及一起狗伤人的赔偿案。我要检验一下当事小狗咬的是什么东西，咬在什么部位，非常重要，等你确定后才能提出如何赔偿。所以要谨慎，你说对不对？"

"我们只能鉴定是什么物质。至于这个物质起什么作用由你们律师定，怎么赔是法官判的，都与我无关。"

"当然，不过能否快一点？"

"可以呀，但要付加急费。"

"如果三天内给我结论，我就付你加急费。"

"那好，明天就给你。"鉴定员很干脆地说。

段韬和他握握手说："谢谢。好了，立刻打电话通知我来取。"

段韬离开鉴定所把车还给刘浩鹏，再回到宠物医院开自己的摩托车，他发现这个宠物医院离摩托车俱乐部不远，便开车到火神俱乐部放松一下。他没有见到詹姆士，只有梁路在。

梁路递给他一瓶苏打水："段律师，好些日子没有见到你了，又在忙什么？"

段韬说："都是案件方面的事，詹姆士最近没有来吗？"

梁路说:"詹姆士前几天来过,不过他最近很忙,好像他女朋友有什么事情,他要一直陪着,他的那个女朋友好有气质呀,长得也很漂亮。"

"你这小子是否羡慕嫉妒恨呀,你也可以找一个呀。"

"人家拿着美国护照,找到的中国女孩就是不一样。前些日子搞个小型摩托车展,有位漂亮的车模,我想多看几眼,还遭白眼,她一见到詹姆士就主动抱他,啃他,妈的,他一个美籍华人真是艳福不浅呀。"

段韬笑笑,喝口苏打水说:"别在人后瞎议论,最近俱乐部还有什么活动?"

"詹姆士正在和这家企业谈一场摩托越野赛的赞助,为他们做推广促销活动,还不是为了那个车模。有促销活动,打折扣,你正好可以换辆车。自从你帮詹姆士摆平飙车一事后,他一直很佩服你,请他出面打招呼,优惠力度更大,很上算的。"

这时有一些会员走进俱乐部聚会聊天,梁路去招待他们。段韬一个人喝完苏打水,开车回事务所干活。

十五

段韬回到事务所，邵老师正在小会议室给团队律师分析案件，布置任务，不一会儿会散了，律师与助理们都忙起来，没有人理他。他知道邵老师一定是又接到一起大案件，自己这几天没有进所，又没被召唤，感觉又被忽略了。虽然有点后悔，但一时也没好办法，他突然想到詹姆士提起的他女朋友的父亲徐淮的案件，不知现在进展如何。

他见冯涛涛走过身边，轻声地问："涛涛，邵老师又接新案件了？"

涛涛说："这次接的是一个非法集资案，涉及案值上百亿，团队所有人都参与，可惜你不在，没能带上你。"

段韬无奈地说："没办法，法律援助案件程序一个不能少，邵老师说过小案件也可有大作为，我只有办了成功的案例，才能加入核心团队，参与办理重大案件。对了，问一下，那个徐淮董事长的进展如何？"

涛涛说："被告人徐淮被逮捕后，选择认罪认罚，案件本身已没有什么可辩的，只是在等待走程序，估计很快反贪局就移送检察院审查起诉。邵老师无暇顾及，让我跟踪。"

段韬说声"谢谢",心想被告人认罪认罚,律师的作用确实不大,只是找点从轻处罚的理由罢了。好在我的当事人坚持己见,才留下辩护空间。现在有了重大发现,找到突破口,应该报告检察官,要求退回公安补充侦查。他坐在自己工位上开始写申请报告。

他从发现被害人家中有宠物狗写起,对宠物狗的伤情进行了具体描述,认为逼迫被害人自杀的一定另有其人,肯定不是被告人黎田,虽然还不知道此人是谁,又为什么。但找出此人,查明原因,律师已无能为力,只有恳请公安进一步侦查。他又把自己的发现和猜想一并写进去,争取得到检察官的支持。段韬写完报告时已经到了晚上九点,还需要等待那份物证的鉴定报告。他回过头看看周围,还有律师在忙碌。他收拾东西先回家。

第二天接到鉴定师的电话说,鉴定报告出来了。段韬立即驾着摩托去取报告。

鉴定师告诉他:"我们认为,这是加工过的黄牛皮碎屑,我分析可能是小狗咬住抓它的手套之类的物体留下的。"

段韬一听兴奋地跳起来,这就对了。

鉴定师赶紧补充说:"前面是我们的书面结论,后面是我的口头分析没有写里面,给你的一个提示不作数,你还要结合其他证据才能去跟法官说。"

段韬非常感谢他,抽出一份鉴定报告装进文件袋,直接到检察院,将报告递给案管处的检察官:"请你尽快转给黎田的案件的主诉检察官。"检察官点点头,一本正经地说:"段律师,你不是认识那位女检察官吗?直接交给她好了。"

段韬笑笑说:"她要求一切按程序办,就只好请你转交了。"

检察官也会意地笑了:"段律师放心,我会在第一时间转交她。"段韬离开检察院，他相信季箐接到报告一定会重视，很可能会在第一时间约见自己，自己也最好能和她单独聊聊。

就在这时，黎万年打来电话说："我现在事务所楼下，我老婆从老家带来一些土鸡蛋和地瓜干送你尝尝，是黎田老娘的一点心意。"

段韬说："谢谢，你等着，我一会儿过来。"说完，他跨上摩托车，赶回事务所。

在事务所大楼前，段韬见到黎万年，收下他送的土鸡蛋和地瓜干，并没有告诉他案件的详情，只是说："案件有实质性进展，你儿子有希望活着出来。"黎老汉激动不已地说："请转告我儿子，老爸做快递一个月也有五六千元，很好了，让他好好改造，争取早点出来，老爸老妈都在等他回家。"

段韬送走黎老汉，看着手中的鸡蛋，想起自己也有好些天没回家了，正好带上这些礼物回家，孝敬老爸老妈，于是没有再回事务所，而是直接驾车回家。

段韬突然提前回家，把老爸老妈吓一跳，以为他出了什么事或者身体不适。

段韬赶紧解释："老爸，我最近在办一起法律援助案件，虽然不赚钱，但办得非常精彩，现在就在等检察院以什么罪名移送法院。"

老爸虽然听不懂儿子说些什么，但看到有人送了土鸡蛋，知道儿子肯定是做了件好事，便叮嘱道："这土鸡蛋礼薄情深，收下就算尽孝道。你也当过兵，在革命的大熔炉历练过，应该懂得，当律师更要取之有道，合理合法，不许收受不义之财。你老爸，没大本事，没当大官，可从没做亏心事，活得坦坦荡荡，吃得下，睡得着。"

老妈边端着菜上桌边责备老爸："你年纪大了在家就别说教了，要讲大道理，到你的退管会随你自说自话，反正没有人听。"她拿出一瓶自家酿造的米酒放在桌子上，对段韬说，"儿子，今晚别走了，在家陪老爸喝一盅，他已很长时间没有喝酒了。我和老爸相信你会事业有成，不管你成功不成功，这里还是你的家。你常回家看看足矣。"

段韬听了有些感动，把车钥匙交给老爸说："今晚哪儿也不去，就陪你们二老。"端起酒杯敬两位老人，"祝愿老爸老妈身体健康。"一仰脖子喝尽杯中酒。正在这时，手机响了，段韬一看是宠物俱乐部的秋羽打来的。他还以为是狗舍的事，问："秋羽，怎么啦？"

秋羽说："你答应我的事，什么时候兑现？"

段韬一头雾水："我可没对你做过什么承诺，兑现什么呢？"

"你这个人这么健忘呀！好吧，你再仔细想想。"说完，秋羽就挂断了电话。

段韬蒙了，真的一时想不起来对她做过什么承诺，好像没答应帮她搞定狗舍的房产证呀。再说自己也没有这个能力，家里也没这种关系。也许她在外面喝酒招待，打错电话了。

老妈急了："儿子啊，是不是急匆匆回家，答应女孩子的约会都忘了？那就赶紧去，我和老爸在家自己喝。"

段韬不慌不忙地说："没有约过呀，也许人家女孩打错了。"

老妈说："要说错，一定是你的错，你小时候就爱丢三落四的，就像你爸，约会也会约错地方。"

老爸正喝到兴头上，说："今天喝过酒，就别出去了，过两天去向女孩赔礼道歉。"

段韬点点头，说："还是家里米酒好喝，这才喝第一杯，老爸老妈，再敬你们第二杯，老爸过去说过，酒过三巡才尽兴。"

听到他提起过去，老爸笑了："那是年轻时候，在部队过八一建军节，那真是喝得痛快。"三人再次碰杯喝酒。

老妈还惦记着那个电话，小心翼翼地问："儿子，那姑娘长得漂亮吗？在哪里工作？"

段韬认真地说："这个女孩长得倒也不错，做事很是爽气，像老妈你，没有心眼。"

老妈乐开了花，说："这样的姑娘我喜欢的，性格好就好，你可不要错过呀，多接触，感情慢慢培养，一定能嫁到我家的。"

段韬笑道："老妈，你错了，人家是个小老板，又是富二代，就是和我没关系。"

老妈不乐意地说："富二代又怎么样？我儿子是大律师，怎么就不般配呀？"

老爸说："你就省省心吧，当初他还小，没想到买间房，现在是买不起了，没有像样的房子，好姑娘是不会下嫁的。儿子，我和你妈打算回到乡下住，你爷爷还留给我两间祖屋，我姐在那里，还有三分自留地，我回去把祖屋改建成乡间别墅，平时种点蔬菜，自给自足，过过田园生活也很惬意，你也不要心气太高，找个合适的就可以了。这两房一厅机关分的老房子，就给你，装修一下，做婚房，也很像样。也可以卖了，付个首付。"

段韬直摇头说："老爸老妈，我可不同意你们到乡下住，那里医疗条件不好，有个头疼脑热的怎么办，再说你们的朋友同事都在县城，打个牌聊个天都很方便，到乡下只有养鸭养鸡。时间一长枯燥乏味，不行的。如果我连个房子也买不起，还结什么婚？你们放心，三五年后，一定能在你们身边买套房，找个媳妇。"他再次举杯说，"你们尽管把心放下来，晚几年，会给你们生个大胖小子的。"

段韬酒足饭饱回到自己小时候住的房间，洗完澡就躺下了。他躺在床上，脑海中浮现出秋羽的身影，她长得不算惊艳，但很耐看，脸颊上的两片乡村红还是很有味道的。尤其是她爽朗的笑声，快人快语的性情，确实是他喜欢的那种女性。他又想起秋羽的电话，到底是什么意思？真是打错了吗？听口气也不像是打错的歉意。记得，她邀请过他当她的法律顾问，但自己并没有答应，就不能算是承诺。除此之外，再也没有其他表示了呀，难道是她遇到法律问题了？那也不该用这种口气请教，难道富二代都是这样有恃无恐，目中无人？真是那样，那就拜拜。他想明白了，也不再纠结，加上酒精的作用，不一会儿就呼呼睡过去了。

人回到家，睡觉也踏实。段韬一觉醒来，已是早上九点。当律师就这点好，不用朝九晚五打卡。段韬继续躺在被窝里，打开手机看看，发现季箐已经打过几个电话。再看有条微信留言，通知他十点到刑侦队见面。段韬翻身下床，三分钟完成梳洗，走进客厅，老爸老妈已经把早餐放在桌子上在等他。老妈先送上一杯水，说："喝杯水，再吃早饭。"段韬接过水杯一仰脖子把水灌下肚，看见桌上的荷包蛋，三下五除二地吃下去，又匆匆拿起一只花卷，说："我还有事，带在路上吃。"接过老爸手上的车钥匙下楼。老爸跟在后面说："不要急，小心开车。"

段韬开着摩托一溜烟走了。老爸老妈站在晒台上，看着儿子远去的背影。

十六

段韬骑着摩托在十点十分赶到刑侦队，一位警员把他引进接待室。姚铁和季箐已经就座。他赶紧打招呼，说："抱歉，来迟了，路上有点堵。"

姚铁非常严肃地在看他的申请报告。看见段韬走进来，踢了一把椅子给他，算请他坐下："小段子，你算长本事了，居然把失踪的小狗找到了，是它自己回家的吧？"

段韬简要地汇报找狗的过程和宠物医院的治疗情况，然后说："没有想到社会上真有许多动物爱好者，如果不是这些好心人的救助，我也无能为力。算我的运气好。"

姚铁晃了晃手上的报告说："过去你一直怀疑是被害人的丈夫因婚外情害死老婆，现在找到小狗，又怀疑另有其人，还搞了物证鉴定。过去你说得有鼻子有眼的，还有个明显的目标，现在却只是个影子。虽然有理有据，却不知其所以然，没能说明白此人为什么要害死刘浩鹏的老婆，是为情，还是为财？我告诉你，我对小区的监控和周围公共监控都查过了，在被害人回家后，没有人潜入她家，她也没有出来过，你说说看，此人是如何进入她家的？总不会乘坐无人机飞进去的吧？"

段韬耐心地向他解释道："我注意到她家旁边是名苑二期开发工地，里面有土建、装修、安装等许多施工队伍，人员结构很杂，小区管理也很松懈。我看过住宅楼里，只有电梯和大厅有监控录像，消防安全楼梯是没有监控的，我认为此人有可能从工地混进小区，再从消防通道上楼，一般不易被发现。黎田上楼就是走消防楼梯。"他打开手机，给他们看工地现场的照片。

姚铁和季箐将头伸过来，都看到了工地现场的照片。

姚铁说："当时有人举报是快递小哥，我们很快抓住他，他也承认入室盗窃，但拒不承认有杀人行为。我们也怀疑过她丈夫，排查她丈夫是否回过家，调取小区所有的监控，没有发现他。小区物业做了辨认，也没有发现陌生人。倒是忽略了其他因素。两个月过去，工地人员流动很大，很难再发现什么线索。你他妈的交了好运，我可走了背运，我问你，那条狗现在在哪里？"

"在刘浩鹏家，这条泰迪伤势很重，由他在家照顾。"

"让刘浩鹏把狗带过来，让法医再鉴定一下，看它的伤势是意外还是人为。如果是人为，看看还能找到什么线索；如果不是人为因素，我投诉你扰乱公安侦查工作。"

段韬立即给刘浩鹏打电话，要他带丑丑立即赶到公安刑侦队："现在，立刻，马上带丑丑来刑侦队，警官和检察官都在等你。"刘浩鹏在电话那头一口答应了。段韬挂上电话说："他大约十五分钟到。据宠物医院的医生诊断说，有可能是人为的。"

姚铁不满地说："是听兽医的，还是听我们法医的？这不是民事纠纷，是刑事侦查。"他立即打电话给法医，让他做准备。

段韬想调节一下紧张的气氛，就自嘲地说："姚探长，我又多嘴多舌了，没办法，律师靠嘴吃饭，想啥说啥，时常管不住自己的嘴。实在不好意思。"

季箐倒是很欣赏老同学还是那样认真细致的工作作风，便调侃他："这位律师叔叔，还算有自知之明，讨论时说说也就罢了，在法庭上可不能自说自话，都要说法言法语。"

姚铁说："你们律师动动嘴，我们跑断腿。你数钞票，我贴油费。这年头还有比刑警更苦的活吗？改天我也去当律师，干点轻松的也能来钱的活。"

季箐说："当律师可是要参加律师资格考试的，这几年越来越难考了，号称中国最难考的职业资格证。你想试一试吗？"

段韬说："考证确实有点难，可听说也有些警官考出来，他们有办案经验，上手很快，办大案件赚大钱，从学校毕业出来就当律师的，缺乏实践经验，就像我在武警就是开开摩托车抓抓罪犯，没能具体办过案件，大学毕业混了五年，还是个小律师，只有靠多办些法援案积累经验。有人若考出律师资格证，又积累不少办案经验，如果再转行当律师，一定大展宏图。如果姚探长真想考，考试这种活，我有经验，可提供全方位辅导。"

季箐知道他在暗示自己，就说："老同学，你可是在煽动人心，动摇军心呀。"

段韬看了一眼季箐，她思维敏捷，很适合当律师，说："学生时期人很单纯，最容易被人煽动，现在不可能的。都过了冲动的年纪，就看有没有兴趣改变自己。我真的很需要一个有经验的合作者，这样才有可能在律师界打出一片天地。姚探长，我们是战友，当你哪天下决心，我陪你参加考试。"

姚铁摇摇头说："我就算了吧，考个警务条例还马马虎虎，再回到课堂上课，一定犯晕。再说我也喜欢刑警这个职业，冲冲杀杀很来劲的。"

段韬揶揄说:"我知道你特别喜爱刑警,一定会全身心投入这份职业,我相信你一定能够找到那个真正的凶手。"

姚铁冲他一摆手说:"别给我戴高帽子了,靠你吹捧几句,我就飘起来了?"

这时,刘浩鹏抱着丑丑走进来,法医正好也到了。

姚铁对法医说:"法医,你鉴定一下这条狗,看看这些伤,究竟是意外还是人为造成的。先给个初步意见,书面报告以后再出。我和检察官等你的消息。"

法医想去抱泰迪,丑丑见到陌生人要抱它,汪汪地朝法医直吼叫,不让他靠近。

刘浩鹏赶紧安慰它。段韬伸手抱住丑丑说:"我去陪法医做鉴定。"

姚铁对他说:"你不要去,还是让刘浩鹏去,你是律师,他是狗的主人。"

段韬看着刘浩鹏抱过丑丑,跟着法医去鉴定中心。他对姚铁说:"你是担心我会影响你的法医吧?不可能的,之前我见过他,他很专业的。"

姚铁拿出另一份报告说:"这份报告,你提出要对伤痕的形成做进一步鉴定,是什么意思?现在的鉴定结论,伤痕样式是被害人和被告人身上留下的一致,DNA鉴定留有的皮肤组织与他们的血型一致,足以认定。还有进一步鉴定的必要吗?"

段韬摇摇头,表示并不认同他的判断,说:"自从找到泰迪后,我认为被告人黎田讲的故事有可能是真的。我曾说过邻居叶老师证言说,在五点多听到小狗的呼叫,说明此时是泰迪发现陌生人而发出的呼叫，后来没有了声音，是因为此人掐晕了小狗。显然，他是在威胁被害人，此人离开后，被害人一个人在晒台上发呆，来回踱步，她是在犹豫，在彷徨。七点后，黎田潜入时没有听见狗叫声，被害人发现黎田，误以为那个人没有离开，更加害怕，这才选择跳楼自杀，黎田出于本能反应想去阻止她跳楼，所以伸出手去拉她。他本想阻止悲剧的发生。"

姚铁说："你把嫌犯编造的小偷救美女故事补充得惟妙惟肖，是不是以为还在学校当导演呀？"

季箐和段韬对视一眼，露出一丝微笑，打断姚铁说："他的分析推理有一定依据，这条小狗的出现，导致案情出现反转。现在他没有必要演戏，完全可以到法庭上来个突然袭击，让案情反转，这样他的辩护就会很成功，也许就能一战成名。"

段韬赶紧摇手："社长，当年在剧社也有规矩，演戏就是照本宣科，最多加个表情，不能临场荒腔走板。律师也一样，有话说在前面，不必搞突袭，更不能借案件做广告。再说这也不是个好案件，被告人入室盗窃足以定罪量刑。被告人的出现，加速被害人的自杀，如果他不出现，被害人也许突然想明白，不自杀也是有可能的。我只是想找到证据，证明他真有救人行为，是想阻止危害结果的发生，属于中止犯罪行为，可以得到从轻、减轻的处罚。我也就算完成了律师的使命。"

姚铁说："你不就是想出名，想成为刑辩大律师吗？"

段韬说："小人物的案件，出不了大名的。"

这时法医和刘浩鹏走进来，法医说："经过检查，小狗的后腿和脊椎伤是高处摔下所致，还不能确定是人为的，也不排除意外的可能性。"姚铁瞥了一眼段韬。法医继续说："但是从小狗脖子上瘢痕的距离推测，应该是有人用手掐它的脖子留下的，初步分析这是人为伤害所致。可惜小狗落水后，浸泡一天一夜，其他痕迹都已消失，没有留下任何有价值的信息。如果再有要求，我们将做进一步的分析比对，出具正式鉴定报告。"

姚铁说："这位律师还提出对黎田案件的被害人和嫌犯的伤痕做进一步的伤痕形成的鉴定，你也一起做一下吧。"

法医看看检察官，季箐说："根据律师的申请，案情出现变化，提供新的犯罪线索，我认为有必要退回补充侦查，公安要尽快查明真相，找到新的犯罪嫌疑人。"

姚铁不满地说："补充侦查就一个月，现在是毫无头绪，既不知道是何人所为，也不知道为何要为，从哪儿查起呢？"他转身对刘浩鹏说，"你回去好好想一想你老婆和你自己还有没有仇家，或者有什么线索尽快提供给我。"

刘浩鹏连连点头："姚警官，我一定好好配合，为老婆讨回一个公道。"同时，他又提出一个要求，"既然出现新的犯罪嫌疑人，似乎与我的男女关系无关，能不能给我们单位通报一下情况？他们也能尽快对我做出审查结论，该撤职撤职，该开除开除，别悬在半空中，很难受的。"

姚铁说："过两天吧，我正好也要到你和你老婆单位去一趟，看看有没有嫌疑人的线索。你们先回吧。"

段韬笑道："姚探长，什么时候踢球再叫上我，我一定把球踢进球门。"

姚铁说："滚，滚，滚。你报告一交，任务完成，我才开始，明天接到检察官的补充侦查通知，只给我三十天。哪还有时间踢球？"

段韬他们走后，季箐对姚铁说："我再去会会被告人，听听他讲故事，也许会有所发现，一定要将被告人的盗窃行为盯死在法律上，不能让律师再钻什么空子。"

姚铁笑笑说："小段子是我战友，也是你同学，还是讲情义的。"

季箐斩钉截铁地说："法庭就是战场，没有情谊，只有刀光剑影。我的师姐和辩护人曾有师生情，听辩护人说案件没有什么可辩，事前就没有做足功课。在法庭上，没有想到老师抓住细枝末节，针锋相对，慷慨激昂地辩护，师姐很是狼狈不堪，只能强词夺理。法院虽然做出了有罪判决，但引起社会舆论一片哗然，对律师好评如潮。这次，师姐连主诉检察官都没有入额，这是沉重的教训。轻信只会导致失败，我必须做好一切准备，掌握主动权，绝不给辩护人留下任何可乘之机。"

十七

段韬和刘浩鹏来到公安局门口，他从刘浩鹏手中接过丑丑搂在怀里抚摸着。刘浩鹏去开车。段韬对丑丑说："丑丑，多亏你活下来，救了你爸，也帮了我。"丑丑听不懂，只在他的怀里撒娇。"丑丑，好好养伤，腿养好了，带你去参加比赛，你也会成为非常优秀的战士。"

刘浩鹏把车开到他身边："段律师，请你吃顿饭。"

段韬把丑丑还给他："还是等处理结果出来，如果还可以，就庆祝一下；如果不好，研究一下以后的发展方向。"

刘浩鹏接过丑丑开车回家，段韬走到摩托车前，长长舒了一口气，真有点小兴奋，庆幸找到小狗，案件被检察官退回补充侦查，说明季箐已接受自己的猜想，怀疑被告人杀人罪的定性。这时季箐开着检察院的警车出来了，并没有瞧他一眼，自顾自地疾驶而去。段韬心想，季箐过去是个优柔寡断、文文弱弱的小女生，到检察院工作了几年，现在已成为一个当机立断、雷厉风行的检察官，真是环境改变人。如果她最终依法撤销对黎田的杀人罪指控，仅以盗窃罪起诉，自己承接第一个真正意义上的刑事案件，能将重罪改为轻罪，那可就大获成功了。可惜，只是一个小人物的普通刑事案件，还引不起媒体的关注。但也值得为自己庆贺一下，找谁呢？最值得分享的就是这位老同学。休想，绝无可能。找战友姚铁，也不行，他还在气头上。找刘浩鹏不行，他毕竟是当事人之一，还算不上朋友。一想到刘浩鹏，突然感到一股寒意，天空下雨了，飘来细细雨点，打在他脸上，刘浩鹏的老婆的死有点不明不白，那个害死他老婆的人是谁？姚铁的分析有道理，是为财还是为情？总要有个理由吧。从这个人的行动来看，有点专业水平，会不会是被雇来的杀手？如果是受人之托，那更需要个理由。世间杀人，为财多于为情，俗话说，"无利不起早"，可是杀死他老婆求什么财呢？段韬百思不得其解。虽然此嫌犯与自己办的案件无关，但是毕竟是自己发现的重大线索，引出这个神秘的人物，却又找不出个头绪，给老战友出道难题，难怪他发火，把自己赶走。想到这儿，段韬已没有心情自我陶醉，也没有适合分享的人，准备开车回事务所。

偏在这时，詹姆士来电话约他单独聊聊，段韬心想他倒是朋友，可以与他瞎聊聊。他对詹姆士说："到饭点了，不过不去你家吃那么贵的西餐，我找家土菜馆，算我回请。"詹姆士一口答应。段韬在附近找到一家川茶馆，把定位发给詹姆士，自己找了一个安静角落入座，边玩手游，边等詹姆士。

大约过了半个小时，詹姆士走了进来，看到段韬在玩手游："你好清闲呀。听说你还去过俱乐部，是不是想换车呀？"

段韬收起手机笑着说："只是顺道喝杯水歇一歇，律师一清闲就意味着没钱赚，只能在这小饭店吃便餐，委屈你了。"他叫来服务员点菜，点了经典的川菜沸腾鱼片和回锅肉，再配两个冷菜。

詹姆士赶紧说："就我们两个人，菜够了。"

段韬问："是不是又在想女朋友的案件？"

詹姆士说："谢谢，你还记得，我女朋友的父亲被逮捕后，就再也没什么消息，向你们邵大律师打听，他只说，她父亲已经认罪认罚，具体案情，贪污多少，怎么认定，他都不愿意多说。可听外面传说有很多，几千万元，我女朋友当然很着急。"

段韬说："我说过，逮捕后还有一两个月的侦查期，只有反贪局移送检察院审查起诉，才算结案。案件没有办结之前，确实无法说，说了也没有依据，外面的传说，就更不要当回事，都属于八卦新闻。她父亲认罪认罚很正常，你没有看新闻呀，最近宣判的一些大贪官，都是当庭表示接受审判，绝不上诉。也就是认罪认罚，可以争取少坐几年牢。"

詹姆士一脸严肃："我女朋友想不通，她说她父亲又不是官员，只是个技术人员，这家自强科技是自己创办的民营企业。"

段韬点点头说："邵老师倒是让我查过工商资料，这家自强科技原本是自动化研究所的三产公司，企业改制，徐淮带着一些科技人员入股，成为民营企业，徐淮成为大股东出任董事长，不过他至今还就任自动化研究所的副所长，研究所是事业编制，他属于国有企业管理人员，归类在官员系列。"

詹姆士恍然大悟："原来是这样呀，你是专业人士，也了解情况，你能不能见见她，做做她的工作？让她想开点，接受现实。她整天沉浸在痛苦之中，我的日子也不好过。你帮帮忙，让她情绪好一点，身心健康一点。"

段韬解释说："我不是不想见她，听梁路说她很有气质，也很漂亮，真想见见尊容，一饱眼福。可是这个事，我要请示邵老师或者等到案件移送起诉后再和她见面，交流起来也有内容，分析是否还有辩护空间，当然如何辩护是邵老师决定，我也只是提个建议，安慰她一下而已。"

詹姆士说:"她现在整天愁眉苦脸的,拉长着脸,苦歪歪的,都快变成黄脸婆了。她只有在笑的时候才漂亮。真担心她会生场大病。这样痛苦的日子还有多长时间?"

段韬说:"我想大约个把月吧,也该侦查结束了。你再哄哄她,都说你有女人缘,在这方面有经验,找个理由带她去度假,去巴厘岛或夏威夷,就说是选择婚礼地点,女人对结婚的事最有兴趣。"

詹姆士愁眉不展地说:"我想过办法,可她哪儿也不去,根本不可能谈什么结婚的事,她每天去公司找人了解情况,请人想办法。为了办事请客,在西餐厅,我已签过无数单子。这就算了,她还遇到一个骗子,说三天后就让她见父亲,开口要三百万元。她想也不想,就转给人家一百万。当我知道后,找到那个人对他说,要见到人再付两百万,否则把钱退回来。那人就此失踪,那一百万元就打了水漂了。"

段韬安慰说:"这叫病急乱投医,心情可以理解,方法有点傻。好吧,等我忙过这阵,找机会请示邵老师,就说帮他做做家属的安抚工作,不谈案情。只要他批准,我就约你。"

詹姆士乐道:"太好了,咨询费我给。"

服务员把一碗鱼片端上来,再浇一勺油,瞬间爆发出一片欢腾。段韬对詹姆士说:"这就叫沸腾鱼片,比西餐的烤鱼要好吃几十倍。"两人大口吃起来,詹姆士赞不绝口,只是觉得有点辣。

段韬举起茶杯:"这是四川苦丁茶,专解辣味,我们都开车,就以茶代酒了。"

詹姆士与他碰了一下:"喝口水,段律师,看来你的心情不错呀,是接了什么案件,赚大钱了?俱乐部搞了摩托车展,如果你想换摩托，想办法给你打对折。"

段韬笑道："哪里是赚到钱啊，办了一个法律援助案件还贴了不少汽油费。不过这个案件我办得还比较满意，原本是起盗窃杀人案，公安认定被告人潜入被害人家中行窃，被女主人发现，发生肢体冲突，导致被害人自杀身亡。构成双重罪，杀人是重罪，检察院也准备以盗窃罪和杀人罪起诉。"

詹姆士附和着说："对这种罪犯就应该判终身监禁。国内可以判死刑，拉出去枪毙也不为过。"

段韬进一步说："可我发现被害人家饲养的一条泰迪狗，在小偷入室之前，就被人带走而失踪，后来经过千辛万苦的努力，终于找到这条泰迪狗，一位动物爱好者从河里救起并送到医院抢救才活下来，从这条泰迪狗身上的伤情上，发现带走小狗的人曾想掐死它，还重重地将它摔到地上，他以为泰迪死了，再抛入河中。没有想到这条泰迪狗生命力顽强，居然活下来了。"

詹姆士惊讶地看着段韬，冷不丁地冒出一句："一条小狗又不会说话，不会指认凶手，找到也没有什么用呀。"

段韬摇摇头，笑说："狗只是动物，什么也不会，但是在狗身上留下的痕迹非常重要。可分析出此人是用掐死或者摔死小狗的动作威胁被害人，迫使被害人跳楼自杀。此人才是真正的凶手。怎么样？我从一条宠物狗打开一个突破口，发现凶手，小偷的案件成功逆转。"他说得眉飞色舞，得意扬扬。

詹姆士很是震惊，急切地说："还有这等事？这是什么人？一定是个虐待狂，这么凶残，应该把他抓起来。"

段韬看了他一眼，说："这个人很聪明，把小狗抛入河里，让河水抹去小狗身上所有的线索，只留下狗身上的伤痕，没有留下任何有关此人的信息。由于小偷案件出现新的嫌犯，检察院退回补充侦查，公安重新启动侦查。"

詹姆士松了口气说："中国警方很厉害的，一定能查出此人，将凶手绳之以法，维护社会安宁。"

段韬重重地点头说："那当然，不过现在此案毫无头绪，没有任何线索，不知道是谁，也不知道他为何要这样做。"

詹姆士很干脆地说："死的是女人，那就简单了，多半是为情所困，不是女的外面有人，就是男的外面有人，两边摆不平，只能除掉一个。"

段韬赞同道："你说得有理，查找此人，抓住凶手，是警方的任务，不是我律师的职责，我的任务就是让我的当事人不背杀人罪名，不被重判，就算大功告成。"

詹姆士举起茶盅："你好厉害呀，这案件办得漂亮，在美国可以一案成名，成为大律师啊。"

段韬谦虚地说："遇到一个有辩护空间的好案件具有或然性，可惜这被告人是个无人问津的小人物，不像辛普森是著名运动员。"

"偶然中有必然，你办过我的案件，让人佩服，你很专业，又有能力，今后再办上几个大的刑事案件，就能赶上你的邵老师，也会成为著名的刑辩大律师。"说着，詹姆士举起茶盅，又与段韬碰杯，"我真心地祝贺你，早日成功。"

段韬喝下杯中茶，接受他的祝福，感激他的鼓励。同时，又谦虚地说："邵老师是我的偶像，也是我奋斗的目标。"

詹姆士说："邵律师虽有名气有水平，可是年纪偏大，有代沟，很难交流，我真的很想说服女朋友让你接手她父亲的案件，我们年纪相仿，能相互理解，你会从当事人的角度想办法出主意，当初要不是因为你从我的角度摆事实讲道理，我就不会到交警那里投案，听了梁路他们的建议，或许会逃回美国避一避。我女朋友就是需要你这样既年轻又有专业水平的律师，可以坦诚相告，让她丢掉幻想，面对现实，走出阴影，回归正常生活，跟我回美国开启美好的生活。真心希望你能拯救她。"

段韬被他的真诚所感动："看来你非常爱她，你这个忙我帮定了，一有机会请示邵老师后，就约你们见面聊一聊，案件我不能碰，交流一下至少不让她再上当受骗。"

詹姆士说："太谢谢你了，那等你消息。这顿饭我请。"

段韬笑道："我已在'饿了么'下单，还有优惠券。"

詹姆士建议道："对了，梁路和桂老弟都换车了，他们也想与你的老爷车比一比，赛一赛，怎么样，我们一起去玩一把？"

段韬很开心地说："那好呀，你定时间，我一定参加。"

两人结束吃饭，各自返回。

十八

段韬回事务所上班，看到邵老师办公室前很热闹，像是准备去哪里，他拉着涛涛问："有什么喜事，又接到什么大案？"

"那起非法集资案在海南开庭，法院通知开三天庭，后两天是周末，邵老师同意顺便带我们去海南旅游度假。"

这时邵老师走出办公室，被几位助理簇拥着准备出发。

段韬知道现在没有机会说事，只能等他们回来再请示，目送他们离去，向他们挥手祝他们一路平安。他赶紧给詹姆士发条微信：邵老师出差，大约一个星期。

就在这时，刘浩鹏打来电话说："有个朋友，前两天醉驾被拘留，现在放出来了要请律师，你们网站说你专业处理交通事故，我就将你介绍给他。"

段韬笑道："你还有心情管别人的闲事，醉驾这类案件，没有什么辩护空间的。"

刘浩鹏说："这个是过去合作的老板，很有钱的，只要办成，律师费随便开。"

段韬说："那就请他到事务所来。我等你们。"说着，把事务所定位和上电梯的二维码发给他。

大约过了半小时，刘浩鹏带着他的朋友一起来到事务所，前台秘书把他们引入十号接待室，问他们是喝咖啡还是茶。

刘浩鹏说："喝咖啡。"他朋友说："喝茶。"

段韬走进来，刘浩鹏相互介绍："我的朋友章总，这位是段律师。"段韬递上一张名片。

章总五十多岁，看看名片说："你们的事务所很牛逼，可你不是合伙人。"

段韬说："看来章总很在行呀，交通方面都是小案件，事务所的合伙人都是大律师，一般不办这类案件。我擅长这类案件的处理，办过多起酒驾醉驾的案件。您介绍一下基本情况，或者简单地说，您的酒精浓度是多少？"

章总说："210。"

段韬笑笑："您喝得够猛的，按照现行规定，酒精浓度超过180，原则上判处三到四个月的拘役。"

章总说："我知道，我关在里面，天天接受法制教育，可是我出来了，就不能再进去，那个鬼地方不是人待的，我是一分一秒计算过日子，总算靠朋友帮忙，七天就放出来了。"

段韬说："刑拘七天不算短，正常是三天。因为，醉驾已不再具有社会危害性，嫌犯一般都有稳定的工作，固定的住址，只要认罪认罚，都给予取保候审。取保候审并不意味着判缓刑，还是要看酒精浓度和有没有其他损害结果。"

"我是被巡警拦截检查，没有撞到其他车辆，也没有碰过护栏，没有造成任何损害。只是被巡警拦下时，我以为自己没醉，推了巡警一把，好在他没倒下。"

"这叫抗拒检查，好在您动作不大，后果不严重，否则就是妨害公务行为，那您就不可能出来了。但是这是判罚危险驾驶的从重情节。"

"你说得倒是很专业，和看守所的警官说法一致，但是我不想再进去，最好无罪，你说怎么办？刘总说你有同学，有战友，在公检法有关系，能不能搞定？"

"章总，您的案情非常简单，证据确凿，您出来前，一定认罪认罚了，现在想要做无罪辩护，您有什么理由呢？我认为您的要求不现实呀。"

"我花了几十万把自己捞出来，再花一百万改无罪。用钱实现我的要求，不可以吗？"

"章总，您能不能降低目标，判个缓刑怎么样？"

"不行，我就要移民去美国，不能留下犯罪的案底，否则前功尽弃。"

段韬只能摇摇头说："章总，不好意思，我是小律师，实在爱莫能助。"

章总惊讶地看着他："你们律师不就是拿人钱财、替人消灾的吗？"

段韬说："那也要在合理合法的范围内进行辩护。"

这时，章总的手机响了，电话里的人说："我找到人了，他说绝对搞得定。"章总对他说："那我立即去见他。"章总放下电话，对刘浩鹏说："你的好意我心领了，他搞不定，有人能搞定的。"起身就要走，段韬也站起来送他，章总伸出手拍拍他的肩，说："记住小律师，要学会搞定技术，才能赚钱。"一甩手走了。

段韬只能苦笑着对刘浩鹏说："现在已经是网络时代了，怎么还有人沉浸在有钱能使鬼推磨的农耕年代，实在可悲啊。"

刘浩鹏说："他们过去用钱开道，十几年来都这样，已经习惯了，大概都是没有文化的缘故，不能与时俱进吧，早晚会被历史淘汰。不好意思，浪费你的时间。"

段韬说："谢谢，你的好意我心领了。你出来，丑丑谁带？"

刘浩鹏说："隔壁邻居叶老师，她真是个有素养的好邻居，明天还要请她帮个忙，姚警官说，明天到我们单位，还要找我谈话。我家丑丑救了我，更要谢谢你找到了它。"

段韬说："现在还不到谢的时候，等到姚警官抓住凶手，查明真相，再好好庆祝一下。"

刘浩鹏说："是的是的，那我先回去，还要准备一下，好好想想。"说完离开了事务所。

段韬在办公室里，整理案卷材料。接到詹姆士电话，这周六请他代表俱乐部参加摩托车比赛。

十九

这个赛车场，原来是郊外的一个规模很大、足有七八个足球场大小的报废汽车停车场。业主突发奇想，把四周的汽车道用废旧轮胎围起来，改造成一个赛道，出租给摩托车骑手或山地自行车骑手使用。每到周末，各家俱乐部云集，组织一些业余竞赛，让骑手们过把瘾。业余比赛赛程分成小组赛、四分之一决赛、半决赛和决赛。

火神俱乐部的段韬和詹姆士以及梁路、桂老弟参加各自小组赛，本次比赛，段韬心情很愉快，也超常发挥，和詹姆士一起冲入半决赛。

半决赛上，国产车只剩下段韬一辆，其他都是宝马、杜卡迪等进口豪车，他和詹姆士等六辆车编入同一小组，始发点的三盏灯由红变绿，詹姆士第一个冲出去，段韬紧随其后，两人你追我赶，不分上下。段韬知道自己的老爷车无论是排量还是性能和詹姆士等人的进口车没法比，在直道上总是被人家吊打，他从第三位掉到了第五的位置，只有弯道才是他的优势。第一个弯道，前面驾驶杜卡迪的是新手，转弯降速太多，被他轻松超越，可是进入直道后，杜卡迪又轻松地追了上来，进入第二个弯道，才被段韬甩开。段韬继续追赶詹姆士，赛道的中段是连续六个弯道，弯道处，两车相互超越，有几次差点发生碰撞，十分惊险。进入直通终点的大直道时，段韬横下一条心，将自己老摩托的油门踩到了底，那一刻老摩托好像和他心意相通，没有半点犹豫，怒吼着向终点发起了冲锋。可老爷摩托到了极限，发动机出现了杂音，车身也开始出现异常的抖动，仿佛下一秒就会四分五裂，散成一堆废铁。段韬赶紧松开油门，他还心存侥幸，想着也许能靠着惯性率先到达终点。詹姆士不甘示弱，犹如一头饥饿的猎豹，发起致命冲击，根本不给他那样的机会，一个闪身，便从他身旁冲过去，以几秒的优势领先到达终点，拿到决赛资格。段韬被淘汰出局，在终点，两人紧紧拥抱。

段韬还是心有余悸，说："好险呀，差点就和你撞上，车毁人亡了。"

詹姆士笑道："段律师，你的水平一点不差，如果换辆进口车，冠军一定属于你。"

段韬虽然止步于半决赛，但在众多豪车之间，能脱颖而出挤进半决赛，已经很满意了。他来到临时看台，与梁路和桂老弟一起为詹姆士加油，助他夺冠。詹姆士以出色的技术赢得冠军，为俱乐部争光。这种业余比赛就是图个乐，只有奖杯，没有奖金。由于时间有限，骑手们意犹未尽。段韬说："今天我输给了詹姆士，我请大家吃一顿，祝贺詹姆士夺得冠军，为俱乐部争光。"他知道，在附近的农家大摆筵席也不会超过一千元的，梁路和桂老弟最快响应。

段韬说："梁路，你不是新买了铃木摩托吗？怎么小组赛也没有过关呀？"

梁路亮出新车说："还在磨合期，我不敢加速，下次炸街一定会赛过你的国产老爷车。"

大家跟着叫喊："吃了饭，再去炸街！"他们说说笑笑，驾着各自的摩托车驶入一家农家乐。

二十

　　周日下午，段韬因周六参加过赛车比赛，在出租屋睡觉休息。突然接到姚铁的踢球邀请，他说都是当年武警部队的一些球员，一起玩玩。他立即赶到体育场，姚铁已经到了，可场上还有人在踢球，没轮到他们上场。他们俩走到看台上，坐下来聊天。

　　段韬递给他一瓶矿泉水："姚探长，今天怎么有闲情出来踢球？"

　　姚铁说："因为你出的难题呀。我集中兵力，突击调查了一个星期，可还是一无所获。被害人的单位是外资企业，她的同事都说她生活严谨，作风正派，人缘很好，既没有仇家，也没有男朋友。那个刘浩鹏就那点破事，也没发现有新的女朋友，他部门里也没有发生劳动纠纷，下属都说他能宽的则宽，能发的则发，是个好领导。一路人去工地调查，那里管理很混乱，很容易混入其他人员，民工之间除了自己的施工队，其他施工单位的人大都不认识。再说工地上人员流动较大，几十天过去，一些队伍撤离，又有一些新单位进场，没有人能回忆起那天有什么可疑的人进出。你说这个人来无影去无踪的，到哪里找？我已苦闷了好几天，都快得抑郁症了。出来踢踢球活动一下，放松心情，希望能像你一样突发奇想。"

　　段韬说："你们花那么多人力，不会没有发现一点线索吧？"

姚铁说:"唯一的发现是被害人的一份病历,藏在她的文件夹里,那是精神病院的病历,不是医院的神经科,我到精神病院调查,就诊的医生回忆,这个病人的抑郁症近期发展得很快,具有精神分裂的倾向。根据病历上的记载,她自述工作压力太大,夜夜不能入眠,有时吃两次安眠药还是睡不着。前两天,网上流传一个女人抱着自己的孩子一起自杀,我在想,被害人会不会也是因病情发作,控制不住自己情绪,在自杀前把小狗摔死再自杀。没有想到小狗被摔下楼没有死,自己跑了,不幸落水。如果是这样,那么这个凶手就是不存在的。"

姚铁的分析似乎有点道理,但段韬想了想,还是觉得有说不通的地方,他说:"那小狗脖子上的伤痕是谁掐的?据兽医说应该是个男人,力气很大的。"

姚铁说:"精神病院的医生说,精神病发作时,病人的力气都很大的,叫爆发力。"

段韬说:"根据狗忠诚的特征,宠物狗一般不会擅自离开主人家,即便是被抛弃,还是会坚持回到原处,再说这条泰迪后腿摔伤是走不远的。我去过捡到小狗的那条河,离名苑小区有十来里地,小狗是爬不过去的,一定是有人把它运过去的。因此一定另有其人。"

姚铁笑笑说:"我和你一样也是猜想。与证据不符,逻辑上也说不通,可是这个人怎么就来无影去无踪呢?一时三刻破不了就成为死案。我这里已有点历史积案,再增加个未了的杀人重案,本季度奖金又砸了。我还好,算是有房的,我的组员呢,人家还指望着奖金供楼还贷。你小子可恨不可恨?你也别光知道出难题,也好好想想有什么遗漏的细节,帮着找到寻找答案的途径。"

段韬喝了口矿泉水，回想自己的调查过程有没有遗漏的细节，他记起流行的一句名言，"细节决定胜负"。他突然想起一件事："老姚，我想起来了，那天我去名苑小区调查，记得我们的老队长说过，无论到哪里，先要观察周边环境。看清出入口，判断罪犯可能的行经路线。那天，我先到小区对面的理发室观察，那里可看到被害人的那栋楼和被害人的家。老板娘是个很爽快的人，当然也很啰唆，和我攀谈中说过在出事那天有个民工模样的人进过理发店，没有理发，却在观察那栋楼，看到被害人坠楼后，她自己冲出去呼喊，那个人没有跟出去就不见了。这个人在看什么？在等待什么？这个人是谁？"

姚铁一下跳起来说："你怎么可以把这么重要的细节忘了？这个老板娘很热心，就是她提供线索，说看到那个快递小哥从楼道里慌慌张张跑出来，我们一下就锁定嫌犯，抓捕归案。走，立即去理发店。"

段韬问道："那球不踢了？"

姚铁一把拉他起来："你的那辆摩托车在吗？快送我去，也许奇迹会发生。"

两人立即开着摩托赶到理发店。没有想到理发店铁将军把门，店里没人。段韬感到很奇怪，现在怎么还关着门？他们到隔壁杂货店询问，店老板说："前两天一帮民工在隔壁的小饭店又吃饭又喝酒，不知为什么发生冲突打了起来，老板娘出来看热闹，不幸被人误伤，弄成了脑震荡，现在回老家养伤了。"

姚铁急切地问："伤得很厉害吗？哪家派出所处理的？"

店老板说："当时巡警过来处理的，施工队也出面了。"

姚铁带着段韬立即赶到当地派出所了解情况，所长介绍说，那天确实发生过民工打架事件，他们接到报警立即通知巡警队赶过去，打架的民工已散开，只有理发店的老板娘倒在地上，饭店老板指认是对面工地上的民工打的，巡警立即找到施工队。施工队长承认是自己没有管好民工，发生了打架事件，接受批评教育，当告诉他理发店的老板娘被打伤后，他再想改口已来不及，只能认下，送医治疗，第二天双方达成赔偿协议，就此结案。

姚铁问："有没有查明是谁打的老板娘？"

所长解释说："那次十几个人群殴，又是晚上，那里是临时建筑，没有装监控，老板娘也说不清是谁打的，验伤结果显示中度脑震荡，双方接受调解，这起治安案件也就没深究，做结案处理。这片工地多，时常会发生民工打架事件。这是老板娘的身份证，她拿了一笔钱回老家养伤去了。"

姚铁看过身份证复印件，老板娘是安徽人，对所长说："你再复印一张给我，我有机会要去见见她，了解其他案件的情况。"

两人再次回到理发店，边走边看，他们发现名苑小区门口有监控录像，找物业要求回看监控，这才发现，这个监控的角度只针对大门口，最远也只看到马路边，看不见马路对面的情况，两人以为会有奇迹发生，可还是一无所获，只有这张身份证，算留下一个重要线索。

姚铁说："她在家养伤，不会跑的，下周去一趟，见见这位老板娘。"又伸出手腕，看看手表，"我们赶回球场，还能踢个下半场。"

两人又驾车回到体育场参加比赛。上半场球队被对方打进两球，下半场上了他们两个主力一连踢进三球，转败为胜，球赛结束时已经九点多，球员一起找个烧烤大排档，美美地吃一顿，庆祝胜利。

二十一

到了周二，姚铁带着法医一起出发。老板娘住在皖南山区的一个小村庄，姚铁提着一大袋保健品走进老板娘家。一进门，看见老板娘在干家务，看来病情不严重。姚铁堆满笑容，亲切地问："老板娘，还认识我吗？"

理发店的老板娘看着他，茫然地摇摇头："你是谁？"

姚铁急切地说："我是姚警官啊，那天还是你帮我破案，指认快递小哥的，想不起来了？"忙着把保健品递给她，"我是代表公安来感谢你的。"

老板娘接过礼物说："你们派出所的同志这么关心我，还带着礼物看我，我要谢谢你们帮我及时拿到赔偿款。"

姚铁大声说："我不是派出所的，是公安刑侦队的姚警官。"

老板娘在竭力回忆，但还是没能想起来他是谁，就说："刑警，我犯了什么事吗？我拿到的钱不是骗来的。"

姚铁还想解释，老板娘的老伴走过来说："警察同志，我老伴受伤后更健忘，对以前的事都记不起来，还经常头晕。"

姚铁说："我带了医生，让他诊断一下，看有没有后遗症。"

老头说："太好了。"扶着老板娘坐下。法医一边做检查，一边看着她的病历，然后对她老伴说："她是脑震荡，年过五十，确实会留下眩晕症，原来的医生诊断是对的，也对症下药，你们坚持服药，会改善的。"对姚铁说，"现在是问不出什么的。"

姚铁非常失望地看着老板娘："那好吧，老板娘好好养伤早点回来，再帮大家理发。"老板娘说："谢谢警官，我会回去开店的，你们派出所的警官对我都很好的。"

姚铁一脸沮丧，只好和法医离开小村庄。法医对姚铁说："根据病历记载，诊断为中度脑震荡，我观察她的表达，属于脑震荡的后遗症，短暂失忆，现在只能记住一周左右发生的事。原先的事都记不起来。你不能心急，过两个月再看看她是否能恢复常态。"

姚铁问："你估计她的伤是怎么造成的？"

法医说，"我摸过她头部的撞击点，比较平整，我推断是被砖头击打的。用力不重，不是致命一击，符合随意性。"

姚铁只能苦笑说："真是太巧了，我开始怀疑是杀人灭口。看来不是，那就再等两个月，让她回到理发店，触景生情，也许能回忆起什么。"

法医说："有这么严重？那我再去一下那家医治老板娘的医院，阅读她的影像资料，看看会不会有所发现。"

姚铁虽没多大收获，但还留有一丝希望，带着法医返回。

二十二

姚铁刚回到办公室，就接到段韬打来的电话询问情况，姚铁说："我刚到家，你电话就追过来，比检察官还快，也不让我歇一会儿。"

段韬一听就知道调查不顺利，急切地问："老板娘死了？那可是杀人灭口呀。"

姚铁不由得扑哧大笑道："真是杀人灭口倒好了，还会留下一连串的证据，老板娘还活着，可惜脑震荡后失去记忆，看来还需要两个月的恢复期，只是到那时，不知她还能不能回忆起那个人的模样，你要记住，有什么发现，无论有用没用都早点说，别又错过时机。"

段韬大吃一惊："怎么会发生这种事情，真有这么巧的事？"

姚铁无奈地说："世上就是有那么多巧合，就像你的当事人，在不该出现的时候出现了。你该说的时候没有说，俗话说'无巧不成书'，你可以把这些巧合编成故事。好了，不跟你说了，检察官一会儿要来听案件进展汇报，黎田案件准备再移交他们。"说完就挂了电话。

段韬放下电话，冲着电脑发呆。他总以为自己很聪明，侦查意识很强，没有想到还是因为自己的失误使老战友陷入被动，还要扣奖金。

这时，他的手机响起，一看是刘浩鹏打来的："我的处理结果出来了，党内警告，行政降级，分到下属的资产管理公司当副总，还算发挥我的专业特长，手下留情，没有双开。真是老婆保佑，丑丑救我。当然更要感谢你。明天宠物乐园有个动物运动会，我想带着丑丑去活动一下，你能一起去吗？"

段韬说："是那个秋羽的宠物乐园开张吧？"他看看电脑上的日程安排，明天没有开庭安排，再说也应该去会会这位老板娘，好好感谢她帮助找到丑丑，还可以核实她那天是否打错了电话，于是答应刘浩鹏一起去玩一玩。

第二天上午，段韬抱着丑丑坐着刘浩鹏的车来到宠物乐园，他们在工作人员的引导下来到操场上，这里刚修好动物赛道，一条五六十米的塑胶跑道，一边是绿草地，一边是两排蓝色的塑料座位，算是临时看台。操场上彩旗飞舞，各式宠物狗在主人的牵引下，有的在跑道上散步，有的在草地里玩耍。不过来的宠物还不算多。

秋羽正在指挥工作人员做准备工作。她见到刘浩鹏，主动迎上来，抚摸着丑丑，她说："你把它放下来跑一跑，慢一点，对它后肢的康复会有帮助的。"刘浩鹏小心翼翼地放下丑丑，牵着它慢慢走。

段韬对秋羽说："看上去好热闹，可来的宠物不多嘛。"

秋羽说："赛道刚修好，原本是安排在周末测试，可天气预报说周六周日都有雨，只能安排在工作日进行，今天是邀请些朋友过来活动一下，为下周举办运动会磨合细节，积累经验。"

段韬问道："宠物运动会也要这么仔细吗？不就是让它们在一起玩玩吗？"

秋羽莞尔一笑说："我承诺过要搞个安全、舒适、快乐的运动会，当然要重视每个环节，不能出错，才能兑现承诺嘛。不像有的人说的话过后就忘了。"

段韬一惊："是啊，那天你莫名其妙来个电话，说我对你做过什么承诺，老板娘，我可没对你做承诺，一定是你搞错了。"

秋羽嗔怪说："我怎么可能弄错，你曾经说过要告诉我浩鹏叔家丑丑的事，可惜你一直没有兑现，我听说他老婆死了，到底是怎么回事？"

段韬这才恍然大悟，一拍后脑勺："啊，你说的是这个事啊，我还当是什么承诺。那是我的错。浩鹏的老婆是去世了，但是真正的原因还没有查清楚。怎么，你和她很熟悉？"

秋羽点点头，说："我父亲和浩鹏叔认识多年，婶子我们也早就认识，特别是她家养狗后，我们会交流养狗的经验，还时常约在宠物店一起帮小狗洗澡理毛发。她是个认真执着、追求完美的女性。记得有一次，她认为服务员没有给狗狗洗干净，很严肃地批评他，服务员不服气，两人吵起来。我这个人比较随性，就把他们劝开了。"

段韬笑了笑："你的个性决定你适合当老板，她心细追求完美，更适合打工。这样的女人会给自己增加无限的压力，神经绷得太紧，经不住任何挫折。"

秋羽说："段律师，你倒是对女人分析得入木三分。我想起最后一次见到她，我们约到一家朋友开的宠物店，我们把狗狗交给服务员后，就拉她到旁边的奶茶店，就怕她在服务员身旁指导会产生矛盾。在奶茶店聊天，她气色不好，情绪不高，我们的话题还是和狗狗有关。我对她说：'这狗狗也像小孩，不能太宠它，会惯坏的，再喜欢它，也给它要立点规矩。'她突然冒出一句话说：'如果哪天我不在了，谁会照顾丑丑？会像我一样吗？'我感到很奇怪，只是劝她说：'不会的，一般宠物都会走在主人前面，你也不用多想，我这个人对于昨天发生的事，不再去想，因为这世上是没有后悔药的，多想没有用，对于明天要发生的事，什么可能性都会有，想了也没用，我们就要活在当下，要认认真真对待今天的每时每刻。'她苦笑一声，抢过话头，说：'人是感情动物，我们从昨天走来，无时无刻不在回想曾经发生的事和人，尤其是曾经关爱过你的人，他如今过得怎么样。'这么一说，我无法再劝说她。"

段韬一惊："也就是说，她一直在挂念一个人，那人是谁，你有没有问过刘浩鹏？"

秋羽指着他的鼻子说："说你傻，还真的很傻，老婆想念的人，怎么能问她老公，这不是在破坏夫妻关系吗？"

段韬低下头，不得不承认道："你批评得对，是我的错，不过公安调查过，没有发现她有接触比较密切的异性朋友，我找个机会问问浩鹏，他们是老同学，初中时就对上眼了。"

秋羽说："那是你们男人的事，好了，他来了，我先去忙，你们去茶亭里聊。今天还是免费的。"

刘浩鹏抱着丑丑走过来。丑丑出来跑一跑，运动一下，感觉好多了。段韬从他手上抱过丑丑："到池塘边喝喝茶，老板娘说今天是免费的。"

刘浩鹏说："今天人多，茶叶一定一般，我带了碧螺春。"

他们来到茶亭，让服务员沏刘浩鹏自带的碧螺春。两人一边喝茶一边聊天。

段韬试探地问："浩鹏，你老婆出事前，你没有发现她有什么反常现象？"

刘浩鹏想了想说："她患病有几年了，情绪不稳定，脾气时好时坏，我也渐渐习惯了，就哄哄她，带她出去走走，散散心。你怎么还在关心这个案件？听姚警官说，小偷的案件已经结了，移送检察院了。"

段韬说："是的，可是我给姚警官出了一道难题，害死你老婆的另有其人，但此人来无影去无踪，他查了一段时间还是毫无线索，他们本季度的奖金也被扣发了。我总要帮他寻找一些有价值的线索，你想想看看，你老婆有没有非常关注的事和人？"

刘浩鹏说："这么一说我倒是想起来了，她很关心她老师的事。"

段韬好奇地问："她的老师是谁？"

"就是自强科技的董事长徐淮，原本是她的大学老师，徐老师推荐她去美国留学，不久后他也到美国加州做访问学者。他和我老婆一个专业，在一个实验室，但是他也给过我很多指导，我可以算是他的半个学生，我们相处得非常好。他回国离开大学到自动化研究所当副所长，也算副局级干部。我们回来时，我进国有企业，他认为我老婆比较单纯，不太适合国企，回学校当老师，教师工资又太低，后来就应聘外资企业。倒是专业对口，从事的是技术工作。我老婆一直把徐老师当恩师挂念。前不久，徐淮被抓，我告诉她时，她还不相信，我说我在场，她就骂我为什么不救他，不站出来说话。我对她说，那是反贪局抓的，我能怎么办。她一直没有想通。你不会怀疑是徐老师吧？不可能，再说他在一个多月前，已经被羁押在看守所了。"

段韬一愣："徐淮的案件我知道，还是我们事务所的邵大律师亲自代理的，他当然是不可能的。难道是徐老师的案件加重她的病情发展吗？"

刘浩鹏点头说："这就对了，自从徐老师出事后，她一直心事重重，我怎么劝效果都不大。"

段韬追问道："那除了师生情，还有没有其他原因呢？"他看见刘浩鹏脸色一变，感到自己说错了话，赶紧改口说，"既然徐老师不可能是凶手，就没有必要去深究其他的缘由。"

这时旁边座位上来了客人，丑丑见到身旁多了一条奇瓦瓦小狗，兴奋地欢叫起来。刘浩鹏赶紧拍拍它："你身体刚好，就想入非非。"

二十三

  国华律师事务所邵普元办公室，是一间比主任办公室还大出几平方米的宽敞明亮的办公室，书桌后有一排大书架，与那些附庸风雅的普通老板不同，他是真的热爱读书，背后这排书架里塞的可不是装饰书，而是货真价实的书籍——其中还有许多知名作家签名的珍本。窗前摆一对阿玛尼真皮沙发，坐在沙发上向右侧眺望，城市美景一览无遗，鳞次栉比的高楼与穿梭其中的街道相映生辉，无时无刻不在显示这座城市的繁荣与富足。他是著名大律师，社会公众人物，经常要面对许多不同媒体机构的采访。他办理的都是大案件，事务所营收排名第一，已是国华律师事务所的一个品牌，在最昂贵的地段，最豪华的办公楼里拥有最大的办公室，也是实至名归。他每每走进自己的办公室，都是志得意满。

  邵普元一到办公室，助理涛涛立即端上一杯美式咖啡，放好相关的文件，出去等候。邵普元收回目光，拿起桌上的热咖啡轻轻呷了一口。咖啡的香气在口腔里弥漫开来，精神也为之一振，他开始了一天繁忙的工作。邵普元看见桌上放着反贪局关于自强科技董事长的移送审查起诉报告。上午要接待徐淮的家属，向他们解释案件侦查结束了，接下来该怎么做。关于徐淮这个案子，一开始他认为这是个社会关注的案件，抓这个案件可以好好施展自己的辩才，把自己的名气再提升一点。可是被告人选择认罪认罚，辩护一下子失去价值，只是找点法律外的从轻理由，什么被告人是初犯，曾对科技事业做过贡献，对企业带来多少创收等，有的没的说几句而已，律师的辩护需要激情，找出案件的漏洞，发挥自己的才学。此案已激发不起他辩护的热情。

涛涛轻轻推开门："邵律师，徐淮的家属到了。在二号接待室。"

邵普元点点头，说："请他们坐一会儿，我马上到。"尽管热情不高，但毕竟是委托人，该做的工作还是要做的。过了一会儿，他带着涛涛一起走进二号接待室。这是事务所景观最好的接待室。

接待室坐着一对青年男女，男的英俊挺拔，穿着一件黑色皮衣，看上去十分洒脱；女孩低着头，相貌还算清秀，是个漂亮女孩，只是脸色苍白，神情灰暗。邵律师也不是头一次接待他们，两人都认识，女孩是徐淮的独生女，名叫徐一凡，而男的则是她在美国留学时候交的男朋友，美籍华裔，叫詹姆士。两人见邵律师走进来，立刻都站了起来。

"请坐，"邵普元礼貌地起身，做了个"请"的手势，"两位要喝点什么吗？"

"纯净水就好。"詹姆士回以微笑，和徐一凡一起坐在他对面。

邵普元吩咐助理拿来两瓶纯净水，詹姆士接过并道谢，而徐一凡始终低着头不说话。

邵普元打破局面，率先开了口："今天他们单位副总没有来，家属来更好。你父亲徐淮的案件已侦查结束，反贪局移送给检察分院审查起诉，现在可以告诉你们，反贪局认定徐董事长私分国有资产两千余万元，个人从中获利两百余万元，徐董事长已经供认不讳，选择认罪认罚。"

"不可能！"邵普元话还未说完，徐一凡就大声打断了他。这一次，徐一凡终于抬起了头，目光直直地盯着邵普元，仿佛他就是让其父蒙冤的罪魁祸首。詹姆士显然也被她这一喊吓了一跳，忙伸出手轻抚她的肩膀，试图使她的情绪平复下来。

"徐小姐，请你冷静。"邵普元语调平稳地说，"发生这样的事，我个人表示非常遗憾。"

"我不要听这些，我父亲根本不可能贪污！你可以去我们公司随便找个员工问问，我父亲的人品到底怎么样。没有人会说他不好。从小他对我的教导也是如此，是自己的东西可以拿，不是自己的东西，即便是别人白送的也不能拿。'无功不受禄'这五个字是我父亲的人生信条。"

说话时，徐一凡的情绪依旧很激动，声音很大，詹姆士的安抚并没有起到什么作用。

邵普元长叹一声，继而说道："我也不理解。我刚接这个案子的时候，徐董事长并不是这种态度。他很强硬地表示，自己并没有贪污，即便反贪局有再多证据，他只要自己问心无愧就好，所以不会认罪。可是，我再次见到他时，他的态度突然来了个一百八十度大转变。徐董事长跟我说，过去自己一门心思搞科研，不懂公司的经营管理，更不了解财务管理，下面的人说可以分，他也心软，觉得搞技术的员工都很辛苦，能多给一点就多给一点，就同意分了。最后，他们给他看司法会计鉴定报告，他才大吃一惊，自己也没想到金额如此巨大。"

徐一凡红着眼圈对邵普元说："我了解，过这些都是科研奖金，是可以发放的。"

邵普元说："对呀，这些资金一部分是国家核发的科研经费，科研经费应该用在科研活动中，还有一部分是公司盈利，如果作为奖金分配给职工，应该召开股东会或董事会，不能由他一个人决定，他自己又拿了一点，他是研究所副所长，是领导干部之一，自己分一点更要报上级领导批准。这是组织程序，都被他疏忽了，在证据面前他也不得不承认。他接受了我的建议选择认罪认罚。"

徐一凡难过地说："我爸真的这么说？他……他真的都认罪了？"

邵普元很勉强地点了点头。

詹姆士望向徐一凡，像是想安慰几句话，却不知开口说什么。

徐一凡低下头，像是想到了什么，又抬起头问道："不对啊，你说他私分国有资产，但自强科技是我爸创办的，怎么会是国有资产呢？"

邵普元解释道："徐董事长当时坚决不认罪，可能也是犯了这个认识上的错误。我们审查下来发现，自强科技原是研究所三产，徐董事长带着技术入股负责改制，倾注了全部的心血，在他的带领下，自强科技发展很快，在科技领域取得了许多了不起的成就，他做出了极为重要的贡献。可是自强科技是研究所提供资金和办公场所，你父亲虽有股份，但还是担任自动化研究所的副所长。改革不彻底呀，自强科技还是有国有企业股份的。"

徐一凡听了，顿时感到绝望，她不知道再说什么好。在她的心目中，父亲一直是个品行优良的人，无论如何都不会和"贪腐"这种词联系在一起。起初她坚信是有人陷害父亲，但眼下连辩护律师都说他认了罪，那就没有回旋的余地了。做了一辈子好人，一失足成千古恨，前功尽弃，大概就是这种感觉。

一直在旁保持沉默的詹姆士忽然开口问道："如果，我是说如果，真的按私分国有资产来判，这个金额大概会判多少年？"

邵普元沉吟片刻，答道："按照现行法律规定，私分国有资产是不重的，但是徐董事长自己侵吞两百万元被定为贪污罪就不会轻，数罪并罚。刑期可能在十年以上。"

听到这话，徐一凡再也绷不住了，流下眼泪，陷入沉思。

她一流泪可让邵普元和詹姆士乱了手脚。邵普元忙将桌上的纸巾盒递给詹姆士，詹姆士一只手搂住徐一凡，一只手抽出一张纸巾，替她擦拭脸上的泪水。他不停地在徐一凡耳边说："没事的，邵律师一定会想办法的。"

邵普元怕自己说错了话，忙补充道："这只是我的一个初步估量，到最后判决的时候，未必会判得这么重。徐小姐，你放心，既然你们把这个案子委托给我们律所，交给我，我一定会尽全力帮助徐董事长减轻处罚。"

然而，他的这番劝慰并没有用，徐一凡仍在不停地流泪。

詹姆士对邵普元使了个眼色，邵普元会意，跟着他走出接待室来到事务所的茶歇室，让徐一凡一个人在接待室冷静冷静。

"邵律师，不好意思，她从小就是父亲带大的，父女俩的感情很深……"

邵普元说："我理解，毕竟是自己的亲人。"

"她现在不在，邵律师，您跟我说实话，现在案件究竟到了什么地步？"詹姆士表情严肃地问道。

邵普元答道："我刚才说过，侦查工作已经结束了，证据也已收集完毕，徐董事长也供认不讳，剩下的就是走一走起诉和审查的程序。我只能尽量做一些从轻处罚的辩护，但能否从轻判罚，还是要看检察院的主诉检察官的意见。"

说完，邵普元长叹了口气。从他的表情中可以看出他的内心也是极为惆怅的。如今铁证如山，这起大案可回旋的余地实在太少太少。

詹姆士也瞧出了邵普元的无奈，不过还是说："恳求邵大律师再想想办法，钱方面您不需要担心，不论多少都可以。毕竟徐董事长对一凡来说是最亲的人，让她眼睁睁地看着父亲被送进监狱，还要关那么久，实在太残忍了。徐董为人我也见识过，非常 nice，人品绝对没有问题。"

邵普元苦笑着说："这不是钱不钱的问题。我也知道，你们在案件侦查阶段，找了不少关系，也花了不少钱，但没用啊，关键还是要讲证据。什么是证据？物证、人证。现在这两样都有了，就很难办啦。徐董事长从一开始拒不认罪，已经是走错一步了，现在认罪不算自首，已丧失了法定的减轻处罚的条件，我能为他争取到认定他主动交代全部犯罪事实，适用从轻处罚的条件，作为律师，也算尽力了。"

这时，徐一凡突然一脸怒容地走过来，盯着邵普元喊道："詹姆士和我都知道，我爸没有犯罪！他是被冤枉的，你必须给他做无罪辩护！"

詹姆士闻言忙上前抱住她，温言劝慰道："一凡，你冷静一点，我和邵律师正在商量办法，总会有办法的，你先别激动。邵律师也想把你父亲救出来呀！"

尽管徐一凡这样冒犯，邵普元也并没有放在心上，身为长者，他的情绪还是相当稳定的。他看着徐一凡，语调平和地说："孩子，你的心情我可以理解。你从小就去美国读书，受到美国法律的影响，这很正常。可中国是成文法国家，不会出现辛普森判例的。最关键的是，你父亲自己亲口认罪，已关上了无罪辩护的大门，身为律师，也是无力回天了呀。"他说话时一直看着徐一凡，眼神温柔，仿佛在看一只受伤的小动物。

詹姆上怕这些话再刺激到徐一凡，忙话锋一转，对邵普元说："是的，话没有错，可我们都知道，邵律师是本市数一数二的大律师，实力毋庸置疑，在司法界是很有声望及影响力的老前辈，就算案件到了起诉阶段，您也一定会有办法的。"他这番话与其说是捧邵普元，不如说是在抚慰徐一凡。唯有给徐一凡留一丝希望，才不至于令她精神崩溃。

"时代不同了啊！"邵普元不无感慨地说，"像我们这把岁数的人，都快被时代给淘汰了。记得上次去检察院阅卷，有个年轻的检察官，非要我出示律师证。我觉得好笑，就问她，你不知道我是谁吗？我叫邵普元，和你们检察长是同学。她说不认识，也没有接到什么指示，还是坚持要我出示律师证。你说我是刑事大律师，但人家就是不认你，你说气不气人？不过后来我也想明白了，六旬之人，就要退休了，被年轻人遗忘也是正常的，新陈代谢嘛！你要知道，徐董事长的主诉检察官是个年轻人，她和我是两代人。我提出从轻处罚的观点，也不知道她能不能接受。你们应该明白，不同年代的人，价值观和处事方法也是不同的。"

徐一凡调整好了情绪，又哀求邵普元说："邵大律师，您和领导们都熟，求求您帮我再想想办法，只要判我父亲无罪，不论什么代价，我们都可以，钱方面您不需要担心……"

邵普元立刻打断了她："法律上的事情，不是有钱就可以搞定的。民事案件或许还有回旋的余地，但刑事案件几乎不可能。所以，徐小姐，我劝你打消无罪辩护的念头，我们现在的目标就是从轻判罚。但是，要争取徐董事长的案件从轻判罚，就必须说服那位年轻的女检察官。我看看手下哪位律师和那位女检察官比较熟悉，我可以叫他去沟通一下，能让检察官听得进我们的辩护意见，对被告人的量刑提个好的建议。"

徐一凡听了邵普元的话，伸手将眼角的泪水擦拭干净。她希望邵普元口中的这位"律师"能够说服检察官，帮自己的父亲脱罪。她知道希望渺茫，但至少不是完全没有机会。

詹姆士赶紧说："谢谢，邵律师，你一定有办法的。"

邵普元送走詹姆士和徐一凡后，回到自己办公室，没有坐在位子上，而是坐在沙发上，让自己放松一下，他已略微感受到一丝疲惫，这是他壮年时不曾有过的感受。随着年龄的增长，就连长时间的对话都让他感到吃力，心想，真是岁月不饶人，时过境迁，自己虽然还要干几年，可过去的老同事老同学都已退居二线，有的已回家抱孙子，熟悉的人越来越少。现在许多年轻的检察官、法官走上了一线岗位，因年龄差异，有代沟，阻碍交流。这也是自然规律。自己该少做一些了。

这时涛涛敲门进来，见咖啡已经凉了，重新给他沏杯茶说："邵老师，段律师想见你，说有案件汇报。"

"他不是在忙法律援助案件？我是要听一听办得怎么样了。"邵普元重新回到自己的座椅上坐下。

涛涛去请段韬过来，门口出现了段韬那张笑嘻嘻的脸。

"什么事这么开心啊？说出来，让我也开心一下。"

邵普元了解段韬，所以一眼就看穿了他的心事。

"还是老师厉害，目光如炬！"段韬合上门，快步走到书桌前，对邵普元说，"我办的那起法律援助案件，公安原来认定盗窃杀人两项罪名，现在检察院决定仅以盗窃罪起诉！"话讲完后，他将起诉书拍在了桌面上。

邵普元翻看起诉书，口中赞叹道："不错啊，办得很成功呀，你竟然说服检察官减少一项重罪，可以，可以！那是轻判很多呀。"

段韬笑了笑，不无得意地说："邵老师，我有重大发现，认为凶手另有其人。"

邵普元说："公安抓到了新的凶手？"

段韬说："这家伙来无影去无踪，虽然还没有抓到，但可以排除本案被告人的杀人嫌疑，你不是也说过吗，律师就要坚持疑罪从无，我做到了。"

邵普元饶有兴趣地问："凶手还没有抓到，你怎么能说服检察官呢？"

段韬说："我们都是一个学校、一个老师教的，证据为王，程序正确，判决公正。"

邵普元一拍脑袋，恍然大悟："对呀，现在检察官都是名校毕业的，你们是同学。你的那位承办检察官叫什么？"

段韬说："她叫季箐，在学校就是个小靓女，很单纯，毕业后考入检察院，几年历练下来，已经非常老练，沉着冷静，不过依然坚守法律至上，她一路晋升，估计很快就要升任主诉检察官。"

邵普元一边听一边思考，站起来绕书桌走了一圈，然后止住脚步。

"小段啊，我知道你一直想当刑事辩护大律师，对吧？"

"嗯，这是我的理想。"段韬直言不讳。

"你这次办理法律援助案件很成功，不过那只是个小人物的小案件，成不了大事，为了鼓励你，我再给你一个机会，这是个社会关注的大人物的大案件。"邵普元斟酌再三，终于还是说了出来，"让你参与自强科技董事长徐淮贪腐案，跟着我一起办。不过呢……"

段韬一听能和邵老师一起办案，非常激动地说："谢谢，能被邵老师召唤，是我梦寐以求的，我一定好好努力，时刻听从您的指示，全力以赴！"

"你也别太激动，这个案子呢，被告人已经认罪认罚，在法律上没什么辩护空间了，不过被告人是位著名的专家，对我国的数控技术有过重大的贡献，按贪污罪来算可能要判十年以上的有期徒刑，非常可惜，对国家来说也是一种损失。现在的承办检察官之一就是你的同学季箐，她很年轻，从学校毕业到检察院，没有多少社会阅历，只认法律条文，不通辩证法，不会综合考虑。这次你的主要任务就是找足从轻的理由，尽量说服检察官，给出从轻或减轻处罚量刑建议。现在检察官的量刑建议，在审判时有举足轻重的作用。"

段韬一愣，没想到邵老师的话说得这么直白。任务明确，要求不高，也足以让人明白大律师的思路，为了让被告人减轻处罚，调动一切有生力量，争取最佳效果。虽然有被利用的感觉，可法学院毕业的律师何止他一个，大有人在，既然邵老师选择自己，理当全力以赴。他说："邵老师，我了解季检察官，只要不挑战她的罪与非罪的法律底线，可以尝试说服她。她在学校的哲学考试成绩很不错的。"

邵普元一听很高兴，用手拍了拍段韬的肩膀，鼓励道："看来你不仅是她的校友，还很了解她。那就这样定了，过两天让涛涛通知徐淮家属补办手续，再增加我的一位得力助手参与办案，调整一位辩护律师。这样，就可以将你的名字放上去。我估计这个案件开庭审判时，可能会上电视，你只要在法庭上露脸，就算成功一半，人们会记住你。当年我的老师，郑大律师就是因一起案件审判被电视直播，立马声名远扬，成为一级大律师。你要抓住机会，不要辜负我的希望。这是徐淮的案卷，好好回去研究，还需要什么，可以直接找涛涛调取。"

段韬被邵老师夸为得力助手，有点不好意思，连声说："谢谢，谢谢，都是靠邵老师栽培。"他拿过案卷，走出了邵普元办公室，在门口做个深呼吸。过去每当他面对邵老师时就像小学生见到老师，都要仰视，总有一种说不出的压抑感。今天被邵老师认可，没有想到一个微不足道的法律援助案件，不仅有所突破，还能给自己带来莫大的荣誉，赢得梦寐以求的机会，真是时来运转呀。涛涛走过来向他表示祝贺，其他几位年轻律师也都走过来表示欢迎。他从涛涛那里要来检察院的材料光盘，尽管邵老师布置的任务简单明了，他还是要认真阅读案卷，越是简单的案件越马虎不得，只有认真，才会有新发现。他突然想起对詹姆士做过的承诺，直接就给他发个微信："我可以见你女朋友了，不过请再等两天，有空再见她。"

二十四

关于徐淮的案件，段韬原先主要是从网络新闻上了解的，有两种观点截然相反。大多数人骂他是个贪官，毕竟当下社会大众都是兢兢业业打一份工，一个月也就赚个几千块钱，还累死累活，所以最见不得"贪官"二字。也有人说他是个杰出科学家，应该有奖励，偶尔有人替他说说好话，很快就会被群起而攻之。他在事务所听到的也是只言片语，现在可以了解整个案子的全貌，便耐着性子认真阅读上百页案卷材料，还有司法会计鉴定报告，后面配有很厚的财务数据。

他从案卷中发现自强科技公司内部也分成两大阵营，科技人员都为他说好话，认为他是位科学家，带领他们攻克技术难关，填补国内数控技术空白，为企业做出巨大贡献。行政管理人员及普通职工都骂他是个利欲熏心，只顾自己不管员工死活的大贪官，为了私利损害国家利益等，曾多次举报。案卷有好几封举报信，虽然都是以有正义感职工之名的匿名举报，但也只是发泄情绪，最后两封举报信内容翔实，有理有据，货真价实，甚至举报他用公款购买私房，等等，显然是做过一些调查。反贪局接到这样的举报信，当然要立案调查。

从案卷来看，案情很简单，经反贪局查证，徐淮利用科研所副所长和自强科技公司董事长的职务之便，分八次擅自决定发放积余科研经费和企业利润，累计两千余万元，自己从中牟利两百余万元，还挪用资金到房产公司一百五十万元。由司法会计鉴定报告予以佐证。在奖金分配中，他将科研经费发放给科研人员多点，发给管理人员和普通职工的要少一点。徐淮在自己的供述中解释，科研经费就是给科研人员的，他们的贡献大，当然应当多分；管理层和普通员工贡献小，相对少一点。正是分配不公，造成内部矛盾激化。如此看来，徐淮作案手法简单粗暴，直截了当。作为一个科技企业的管理者，想怎么干，就怎么干，简直对国有资产毫无敬畏之心。段韬看到一份徐淮的亲笔悔过书，他写道："我原来以为自强科技是民营企业。我是大股东、董事长，自以为有权决定公司的一切，想分就分。经过深刻反省和法治教育，才认识到科研经费是国家资金，企业利润是公司法人财产，任何处分都要按法定程序做出决定。我知道都是我的错，我有罪，愿意接受处罚。"

段韬看到这里，不由得滋生一丝怜悯，堂堂数控技术专家，大学教授，研究所副所长，居然是个法盲，这么不懂法律，不守规矩。如果召开股东会或董事会决定分配企业利润就完全合法，动用国家科研经费请示上级研究所核准，不就没有责任了吗？但是生活永远没有如果，不懂法，擅自行动，只能承担法律后果。明天去会会这位法盲专家。

他看完材料已经是凌晨四点，星月渐逝，东方有一点泛白，他也困了，就在办公室找了个沙发睡觉。段韬一时睡不着，靠在沙发上歪着头思索良久。徐淮完全不同于黎田这样的罪犯，具有鲜明的双重性。一面是光鲜亮丽的业绩，一面是阴暗的贪欲，符合当下官员犯罪的特点。俗话说眼见为实，想定了，不再胡思乱想，他属于那种明天的事明天再说的人。只一会儿，他就呼呼大睡起来。

到了下午一点半，段韬带着有自己名字的新的委托书来到看守所，申请会见徐淮。

看守所民警仔细看看委托书，再看看他的律师证："怎么，邵律师换年轻律师了？"段韬笑笑："邵律师的助理，临时顶一下的。"

律师2号会见室。徐淮很快被带了过来。段韬看着对面的徐淮，暗暗惊叹他的样貌和网上见到的照片很不一样——尽管五官比例没变，但头发灰白，眼神凌乱，看上老了许多，已没有那种专家常有的严谨坚毅的神情，也没有董事长神采飞扬的神态，不过气色不错，带点红光，倒像个随和的老人。

徐淮从上到下将段韬打量了一遍，用极为缓慢的语速说道："邵大律师没空，就派你应付一下？本来呢，我的案件已经结束，可以不见，听管教说是个年轻人，我倒是喜欢年轻人，想亲眼看看，邵大律师的徒弟长什么样。我尊重邵大律师的推荐。"

段韬知道徐淮不会把自己放在眼里，这是老一辈的通病，一般是瞧不起下一辈的。

段韬说："我是邵律师的助理，您的案子已移送审查起诉，他让我配合他的工作，为您的案件做出庭辩护的准备，您放心，我一定尽全力……"

"年轻人爱说些漂亮话，我听得多了，"徐淮打断他说，"不是说你不会努力，只是我对自己的事最清楚，分钱拿钱是我做的，做错事就要认，该承担责任就承担责任，所以我的案子啊，律师也没什么好辩的。邵大律师也说过，我签了认罪认罚具结悔过书，就失去了辩护意义。邵律师让你配合，你也别太激动，觉得可以参与办理一起重大案件，借机出个小名。这已不可能，你就按部就班，依照诉讼程序走下去而已。"

段韬原本信心十足，没有想到被徐淮当面拆穿，心里也堵得慌。他笑笑说："徐董事长，您真是阅人无数，一眼洞察年轻人的想法，坦率说，我刚刚接到邵老师的通知时很激动，可我看过您的材料，像被泼了一盆凉水，热情全无。我记得您的第一份笔录没有认罪，还强调许多理由进行辩解，现在却选择认罪认罚，接受审判。"

徐淮笑了一下："是的，我学的是计算机专业，一心扑在科研上，科技体制改革，领导让我带头入股自强科技，还让我当上董事长，我的主要精力还是搞技术研发。我没有学过企业管理财务知识，更没空学法律，被你们法律专家称为法盲。俗话说，隔行如隔山嘛。不懂就是不懂，下面的同事说这笔钱可以分，我想科研人员都很努力，员工也很辛苦，为他们谋点福利，也没有什么大错，我就签字发了。被关进来后，检察官教育启发我，在里面学了不少法律知识，补上了这节法律课，真正认识到了自己的错误。检察官最后认定我私分国有资产和个人拿钱，这都是犯罪行为。给我看了鉴定报告，证据确凿，也是事实。我是法人代表，又是我签的字，当然由我负责。我不承担，谁承担？不能往下推，我这个人向来是敢作敢当。"

段韬没想到他竟如此直率，毫不掩饰自己内心的想法，勇敢地担当"贪污"的罪名。他渐渐开始重新认识眼前这个老头。

徐淮又接着说："我知道中国实行成文法，法律规定判几年就判几年，为此，我选择认罪认罚，争取少判两年，早点出去，还能做些事。对科技事业还能做点贡献，你的邵大律师来不来、辩不辩都一个样。他名气很大，里面的人都知道他，他一定很忙，我一点也不生气。既然派你这样的年轻人来，我听得出来，你算是个坦诚的年轻人，陪我聊聊天说说话，我很感谢他的。"

段韬诚恳地说："邵老师还是很关心您的，他一定会出庭为您做从轻辩护。"

徐淮又笑了："那就谢谢他了，对了，你现在是我辩护律师，来这里看我比较方便，下次替我带几本书过来吧！"

"带书？徐董事长倒是很淡定，还有闲情逸致读书？"段韬以为他在开玩笑。这老头对眼前律师的期盼并不是无罪辩护，却要带几本书看看。

徐淮说："我该说的都说了，该认的都认了，现在是等待，怎么审怎么判那是司法机关的事。我已不再纠结，我爱读书，过去没有时间看的书，现在有时间读一读，也不要浪费时光，这有问题吗？"徐淮见他一脸难以置信，反问道。

段韬忙摇头："没有问题。那您口述，我记录书名，下次一定给您带过来。"

徐淮从口袋里取出一张纸条，上面密密麻麻写满了书名：

《钱学森的故事》

《毛泽东箴言》

《生活中的心理学》

《大设计》

《史蒂夫·乔布斯传》

《视觉之旅：神奇的化学元素》

《苦难辉煌》

《数学恩仇录：数学家的十大论战》

段韬边认真记着书名边感叹道："不愧是大学教授、大专家，还要博览群书呀。"

徐淮对他说："你把书名交给我女儿，她会在家里找的，都是当时买了没看过的，有的连塑封也没拆。读一下，也不枉费了那些作者的心血。对了，让我女儿带一套她读书时初中的数理化教材，拿到书后快点送给我。这是你现在的任务，记住了吗？"

段韬听了徐淮的"命令"，觉得又好气又好笑："大专家，怎么还要读数理化教材，这也要补课吗？"

徐淮认真地说："我在监房带了几个'学生'，这些孩子从小没好好读书学习，误入歧途，非常可惜。现在我从头教他们学数理化，今后走遍天下也不怕，他们也很愿意听！"他再补充一句说，"你见到我女儿，告诉她，我在这里过得还不错，能吃能睡，体重也增加了，这里的管教同志很照顾我，请她放心。"又对他摆摆手，"上课已经迟到了，好了，今天不用再陪我，下次有时间再聊。"徐淮起身准备离去，突然回过头来说，"让你办事，却忘了问你的尊姓大名。"

段韬赶紧说："徐董事长，您抬举了，我是小律师，叫段韬。"

徐淮一惊："你就是段韬？段律师，里面有人天天在给你打广告，已经小有名气了。好，下次见面再聊。"徐淮向他招招手，跟着狱警回监房。

段韬看着他的背影，觉得他完全颠覆了自己的想象，总以为被关起来的贪官大都忧心忡忡，沉默寡言，或者痛哭流涕，悔恨交加，他却泰然自若，适应环境。他究竟是怎样的人，看不懂。只怪自己太年轻呀。

他走出看守所，打开手机，显示詹姆士已来过无数个电话，走到摩托车前给他回个电话："喂，詹姆士，找我有什么事？"

"你在哪儿呀？我女朋友接到通知，邵大律师更换了助理，我一看是段韬。没有想到是你，那太好了，你这可是代表邵老师见我女朋友了，今晚能不能见一面？"段韬说："我也正想告诉你，我刚见过你的准岳父，他还有事拜托他女儿。"

"那你就快来我店里，和她见面。"

"好吧，你等着！"

段韬挂了电话，立刻驱车前往西餐厅。他停好车，走进餐厅。"请问这位先生，您有订位吗？"一名彬彬有礼的侍应走上前来，询问段韬。

"我……我是来找人的。"

"找人？"侍应不太明白他的意思。

"对，不过我也是来吃饭的。是你家詹姆士邀请的。"

侍应立马点头哈腰说："对不起，原来是经理的客人，我带您去，他已经在等您了。"

段韬走进包厢，看见詹姆士身旁坐着一位女士，猜想一定是詹姆士的女朋友、徐董事长的千金。

詹姆士赶紧迎上前向他介绍："这是我的女朋友，徐董事长的女儿，徐一凡！"

徐一凡起身与他握握手，打量他，客气地说："请坐，听邵律师说，为了办理我父亲案件，他增派了一名得力助手加入，应该就是你吧？听詹姆士说，你是位摩托车手，俱乐部成员。"

段韬看见徐一凡满脸愁容，十分憔悴，没有想象中那么漂亮，只是那一身名牌服饰，颜色搭配还算协调，多少有点失望。但他还是在徐一凡对面坐下，想在她身上找到闪光点，与有优点的女性交流心情会愉快点。他打量了一圈，总算发现她的眼神很清澈，有点单纯。他突然觉得有点儿眼熟，却想不出在哪里见过。

詹姆士问他是喝红酒还是喝红茶。

段韬说："我开车，就来瓶可乐解解渴。"他对徐一凡说，"徐小姐，我今天去见过你父亲，徐淮董事长。"

徐一凡眼睛一亮，看了一眼詹姆士，意思是你的朋友还不错，工作很积极主动："谢谢，你一接手就去看我父亲了。我爸他怎么样？"

段韬喝了一大口可乐说："我昨天看了一天材料，今天拿到手续就去见他了。徐董事长要我转告你，他在里面吃得下，睡得着，还胖了几斤。我很佩服他的适应能力。"

徐一凡突然大声说："他是装出来的，他平时要靠安眠药才能睡觉，出了这么大的事，进了监房，怎么可能睡得着，吃得下？我理解他想安慰我，让我放心，可我怎么可能放心得下？"说话的瞬间，眼圈都红了。

段韬一惊："可我觉得他的精神状态还不错。"他拿出自己记录的书单，说，"这是你父亲要的书，请你抓紧准备一下，我要送进去，还有他要你当年读书时数理化的课本，他要给小狱友上课。"

徐一凡接过书单说："这不是他亲笔写的，他为什么自己不写？"

段韬说："看守所有规定，律师不能给被告人带出任何东西，但可以口头转达。这是你父亲交给我的任务。"

徐一凡点点头，表示理解："我会尽快准备的。邵律师的助理，鸿雁传书倒是很合适的。听邵律师说过他的特别助理与我父亲的承办检察官很熟悉，应该也是你吧？"

段韬不明白她这句话想表达什么，既然已经挑明，也不得不说："我和那个承办检察官是大学同学，可我们法学院毕业的同学，有当检察官的，有当法官的，也有当律师的，是同学关系，但不一定都很亲密。"

徐一凡一听段律师用的是"亲密"一词，似乎感觉到什么，一双明亮的眼睛突然放光，自始至终没有离开段韬。徐一凡一字一句地说："我相信邵大律师的推荐。不过呢，并不只是让你做做通信员而已，我告诉你，我的要求，是我父亲无罪，注意，是无罪，不是从轻处罚。请你转告你的那位检察官同学，如果行的话，我们继续合作，如果不行的话，我不仅不请你，甚至不再打扰你们国华律师事务所，我会另请高明的。"

段韬听了这话，感到双眼直冒金星。心想，这对父女可真有意思，一个认罪认罚，一个却坚持做无罪辩护，真是两头不是。他想了想说："徐小姐，我可以把家属的想法传达给检察官，但我劝你最好别这么说。我相信邵律师已经把你的父亲案情交过底，徐董事长已选择认罪认罚，争取从轻处罚，你再换任何律师也没太大意义，除非你父亲改口，否则请来京城大律师也奈何不了。律师辩护有自己的底线，你明白吗？"

徐一凡愤然站起来说："你应该像美国律师那样千方百计、竭尽所能为被告人争取无罪，我可不要一个立贞节牌坊的律师。"

段韬一听此话，顿时火冒三丈，真想回怼她几句，再一想她毕竟是当事人，是邵老师的客户，不可怠慢。他拿起可乐咕嘟咕嘟一口气喝光，压住火气说："徐小姐，你爱你的父亲，我也爱我的父亲，谁也不愿意有个犯罪的父亲，我理解你此时此刻的心情，但现实是你父亲因疏忽或不懂法做错了事，他都认下了。徐董事长虽然认罪，并没有气馁，他还要读书，教学生，勇敢面对，再重新站起来，他还是你的好父亲，也是值得我尊敬的长辈。"

徐一凡没有想到段韬一席话直接触动她的内心深处，终于忍不住失声痛哭。詹姆士赶紧上前搂住她，安慰说："这么多天你都没有好好哭过，一直憋在心里，我知道你很难受，哭出来也许好一点。"他还向段韬竖起大拇指。

她一哭段韬倒没了主意，再看他们相拥在一起，走也不是，留也不是。正巧邵老师来电话，询问今天会见徐淮的情况。他放下电话对詹姆士说："这顿美餐是吃不成了，邵老师要我回去报告会见徐董事长的情况，他抓得很紧的，我必须赶回去。"段韬说完，借机起身离开。

"菜都上了，吃点再走吧？"詹姆士还想挽留。

段韬停下脚步，回过头对徐一凡说："徐小姐，你父亲的书准备好了，打电话通知我，我会来取的。"

詹姆士说："一定的，她有好多话要带给她父亲的，你再去时可以带给他。"

段韬点点头，走出餐厅。

詹姆士留下来陪徐一凡。她止住了哭泣，却依旧板着一张脸。她的心情非常糟糕。第一次见这位同龄的律师，表现得这么糟糕，这么不冷静。不过这家伙很厉害，直接戳入她的内心世界，点到痛处，仔细回想，此人似曾见过，问詹姆士："你和这个人怎么认识的？还说是朋友。"

　　詹姆士解释说："我和他是在俱乐部认识的。"他没有说出自己危险驾驶的事，只是说："他曾帮助车友很好地处理一些交通违章事件，知道他是律师，我觉得他可能对我有用，就开始来往，此人很讲义气，也有很多社会关系。你父亲的事我也请教过他，他的分析和邵律师差不多，既然邵律师推荐他，一定是有道理的，他和这位检察官是同学，那事情就好办多了。据我所知，段律师经济状况不好，很需要钱。我们花点钱摆平他，让他再去搞定检察官，你父亲的案子不就有希望了吗？好啦，别苦着一张脸，开心一点！"

　　徐一凡被詹姆士哄得心情好了不少，脸上勉强挤出了笑容。

　　"这才对嘛！好了，告诉我今天想吃什么，我让厨房去准备！"詹姆士温柔地询问道。

　　徐一凡摇摇头："我不饿，不想吃。"

　　詹姆士看着徐一凡那张若有所思的脸，附和道："好，等你饿了我们再吃。"

　　过了许久，徐一凡还是说了句话。

　　"此人很热情，但水平有限，我还是不放心将父亲的命运交给他，詹姆士，我们还得再想想其他办法！"徐一凡把目光投向詹姆士，语气坚定地说。

　　詹姆士说："当然不能在一棵树上吊死，他还是有用的，当个信息传递员还是可以的，如果在检察院没什么作用，到法院审判阶段再找人，也来得及的。"

二十五

在事务所邵大律师办公室里，段韬正向邵老师汇报会见徐淮的情况。他说："徐淮的态度没有变化，只是要了几本书，已通知他女儿准备了。"

邵大律师一听没有改变，放下心说："他女儿还是没有想通，不能面对现实，你要理解，毕竟是自己的父亲。你们年纪相仿，和她多交流，做点疏导工作。"说完，抬起手腕看表。

这时涛涛走来说："邵律师，八点了，您有个聚会，再不去要迟到了。"邵老师穿衣戴帽准备出发，对涛涛说："你帮我把桌上的文件理一下。"显然没有要带他们一起出席的意思。

段韬回到自己的工位上，才感觉到饥肠辘辘。他想起晚饭只喝了一杯可乐，拖着疲惫的身体走进楼下的快餐厅，要了一份巨无霸套餐，点完后觉得不够，又加了一对炸鸡翅。他边吃边想，徐董事长倒是个通情达理的老人，他女儿徐一凡却有点蛮不讲理，可能是从小被父母宠坏了，一切以自我为中心，容不下任何不同的意见。又在美国留过学，受到美国文化影响，以为律师无所不能。要知道美国是案例法系，中国是成文法系，有着完全不同的规则。中国律师没有法律依据什么都不能做。看来她也是个中国法盲，有机会还是要开导她。詹姆士说得不错，要让她丢掉幻想，面对现实。想到这里，他的眼前再次浮现出徐一凡的目光。

他突然想起，她会不会就是那天开着奔驰被碰瓷的白衣女子？应该就是她，他不由得哑然一笑，这么巧，他给季箐发了一条短信：我已参与代理徐淮案件，是否有空召见一下？不一会儿，季箐回信：祝贺律师叔叔办大案件了，上午有个会，明天中午有空，请来检察院交流一下。

吃饱了，段韬骑上摩托，穿梭在城市的车流中，返回自己的出租屋。

第二天，段韬吃完早饭，想到要去见季箐，就又重新翻阅徐淮案件的卷宗，做些准备。差不多到点，他换了件经典白色衬衫和一套简约的蓝色休闲西装，再找出那双很久没有穿的牛皮软面三接头干部皮鞋，穿上后再上油擦得锃亮。他了解季箐，她是个非常讲究仪式感的女性，自己平时的衣着打扮一丝不苟，也很注重其他人的仪表。到检察院见她，一定要有模有样。记得有一次他穿着很随便地去见她，她都没有让他进办公室，直接带他去食堂，请他吃了顿红烧肉就把他打发走了。

他骑着摩托来到检察院，登记好信息，对着玻璃赶紧整理一下被头盔压乱的头发，然后再走进检察院大楼。

季箐身穿整齐洁净的检察官制服，显得端庄得体，和她的书记员已在大厅等着他。书记员看他这身打扮，扑哧一笑："段律师平时不修边幅，代理大案件后就衣冠楚楚的。"

季箐也笑着说："人家要上台演戏，总要修饰一下的。"

段韬像被看穿了，不好意思地说："一上庭，套上律师袍就没有差别了。"他们一起来到检察院接待区，段韬看看四周说："现在机关条件真好，还有咖啡茶水供应。"

季箐说："傻站着干吗？坐啊，我知道你不爱喝咖啡，来杯红茶。"

段韬坐在她对面，书记员打开本子准备记录。

季箐说："你不错呀，办理黎田的案件时找到一条小狗，撤掉一个罪名，受到邵老师的重用，让你参与徐淮的重大案件，是不是还想再立新功，成为大律师呀？"

段韬说："哪里敢这样想呀？我只是个助理，临时拉来当差，主辩律师当然还是邵大律师。"

季箐说："邵律师有那么多助理，随便找一个都比你强呀，一定另有目的。我提醒你，黎田的案件，因为你发现小狗，提供新线索，证明凶手另有其人。尽管凶手至今没有落网，我们按照疑罪从无原则，依法撤销对他杀人罪的指控，仅以盗窃罪起诉，这与同学情谊无关。徐淮的案件是一起干部职务犯罪案件，社会各方都很关注，你们有什么意见可以正常交流，只是别想入非非，走旁门左道，在我这里可是行不通的。"

段韬一惊，没有想到季箐一眼就洞察自己的使命。这时服务员端上茶水，他说声"谢谢"，上口就喝，却发现很烫，赶紧放下杯子，一边咽下烫茶，一边说："不好意思，我有点渴，没有想到这茶也那么烫呀！"

书记员朝他笑笑，递给他一张餐巾纸。他再看了一眼季箐，她正襟危坐，一副认真的样子。既然她把话说到这个份上，他也不能示弱，否则她还真以为他来就是为了求情的，这不仅有损邵老师的形象，自己也被小看了，必须针锋相对地从法律上提出问题。于是段韬端正了身子，很严肃地说："对于徐淮案件的定性意见应该由邵老师提出，我只是在案件的证据方面提点意见。我阅卷后发现反贪局认定犯罪的数量和行为，主要是依据司法会计鉴定报告。这份鉴定报告的结论认定被告人有私分国有资产和贪污的行为。我从网上查询到这两位司法鉴定人只有会计专业知识，没有法律学习背景，更不是犯罪学方面的专家。按照诉讼法规定，鉴定意见应当由专业人员做出，这两位鉴定人仅有会计专业知识，最多只能在数量方面提出鉴定意见，怎么能对犯罪行为做出结论呢？我认为鉴定结论表述存在瑕疵。"

书记员立马反击："段律师，你这是在鸡蛋里面挑骨头，知道实体部分挑不出毛病，就在程序上找瑕疵。"

段韬不甘示弱："只有程序合法，才能保证对犯罪行为做出正确判决。"

季箐淡淡一笑说："鉴定报告不是唯一的证据，我们还有大量的书证、人证以及被告人的供述，有一个完整的证据链。证明一个犯罪行为，如果只是采取唯一的证据，那一定会犯唯心主义的错误，我们审查起诉是根据证据，进行综合的、全面的评判，依法指控被告人的犯罪行为，采取的是辩证唯物主义的思维方式。段律师，你认为对不对？"

段韬知道刚才的话题有点挑战他们的底线，司法人员最注重的是法律程序。不过，自己已经提出了专业问题，她会记住的，不用再坚持，就趁机转换话题笑着说："我第一次听到用哲学思维指导诉讼，难怪你的哲学成绩考得比我高，真是受益匪浅。从哲学角度，我有个想法和你讨论一下，对被告人也做个综合评估。我见过被告人，徐淮董事长是计算机技术方面的专家，在科技领域做出过重大贡献。可他的法律知识一片空白，他的作案手段如此简单，只要略懂一点法律，就不会做那么愚蠢的事。如果他开个董事会或向上级请示，也许只是违规，不至于触犯刑法构成犯罪。"

季箐回道："你只是刚接手，这个案件反贪局一侦查我就开始接触了，对被告人有更为全面的了解，无可争议，他是计算机科技领域的大专家，为科技事业也做出过很大的贡献。他本应该在专业化的道路走下去，将来一定能当选院士，成为著名的科学家。但是他又去为官，任所长，当董事长，既要功名，又要权力，结果现在确实非常可惜。但也不足惜，有了功名再贪恋权力，有了权力就为所欲为，获取更大的利益，因而忘却了名与利只能取其一，兼而有之必会全失的古训。我们检察院办理的大量职务犯罪，许多罪犯都有过辉煌的政绩，做出过巨大的贡献，最终因私欲膨胀，经不住利益的诱惑堕落成贪污受贿的罪犯。"季箐停下来喝了一口咖啡，长叹一口气说："都是人生悲剧。"

段韬也跟着喝了口茶，重新审视她，没有想到在她高冷的外表下还有那么多情感。

季箐说："你说被告人不懂法律，我也有同感，简直就是法盲，但是不懂法不是脱罪的理由，刑法规定的故意犯罪，是指应当知道而为之。这个'应当知道'不是指个人是否知道，而是指在这个职位上，这个权利人是否应当具备的知识。他是科研单位的领导，又是企业的管理者，应当具备法律常识和管理知识的才能担当。如果自认为不能胜任，可以请辞。俗话说'没有金刚钻，别揽瓷器活'，他作为技术专家应当汲取教训。"

段韬发现她一讲到法律就是那样严谨，不掺杂任何情感。原本还想传递徐一凡的无罪的意见，显然不合时宜。应该结束今天的交流了，他朗声道："谢谢检察官坦诚的交流，我的想法是，被告人已选择认罪认罚，对于这样的技术专家、特殊人才的处理能宽则宽，尽量适用减轻处罚的规定，也算我为他求个情。"

书记员笑了："段律师，你早点说出来，也不需要季姐给你上课了。"

季箐轻轻拍拍书记员说："律师也有自己的职责，找瑕疵挑毛病，保证程序正确。"

段韬站起来喝完杯中茶说："这红茶香气十足，今天收获很大，谢谢两位款待。"

季箐说："你要走吗？食堂里还有你喜欢的红烧肉。"

书记员并不知道这里面的故事，笑着说："人家律师赚大钱，吃大餐，还在乎食堂里的一块红烧肉吗？"

这时有人打电话进来，段韬没有接听，而是接着季箐的话头说："你们食堂烧的红烧肉是外婆家的味道，特别好吃，只是今天没有时间吃，下次吃两大块。"

季箐笑了笑，送他离开。

二十六

段韬走出检察院再看手机，是刘浩鹏打来的，又发来短信，约他下午见个面。他回了短信问："几点？在何处？"不一会儿，刘浩鹏发来定位，约在下午三点见面。段韬没有吃检察院的红烧肉，感觉现在肚子有点饿了，他走到一家贵州牛肉粉店，要了一碗香喷喷的全家福再加一份酸辣粉，边吃边想这个刘浩鹏会有什么事。他现在有职无权，也给不了单位里的案件，会不会再介绍个不靠谱的老板？不管谈得成谈不成，都是他的心意。律师嘛，通过案件积累人脉，多个朋友，多个案源，才能提高赚钱的概率。

汤粉的味道很鲜，段韬吃着吃着，又想起季箐请他吃红烧肉的场景。那时她进检察院时间不长，还很天真。现在已完全不同，她分析案件有根有据，说话入情入理，哲学概念运用得如此巧妙，真是进步神速，不得不佩服检察院也是一个革命大熔炉，一个培养造就社会精英的地方。他有些后悔当年短视，只看中钱，没有进检察院，也许也可以成长为一名优秀的检察官，不至于一直当个小律师，要靠别人的施舍过日子。可是世上没有后悔药，现在只能一条路走到底，争取成为受人尊重的大律师。

　　段韬赶到约定地点，这是离名苑小区不远的商业中心的一家咖啡店，比约定时间晚了十分钟，刘浩鹏早就到了，坐在椅子上，还抱着丑丑。"不好意思，路上有点堵，是我计算失误。"段韬给刘浩鹏鞠了个躬。这突如其来的道歉和举动，着实把刘浩鹏给逗笑了。

　　"没事，我也刚到。对了，帮你点了杯拿铁，还要吃点什么吗？"

　　段韬见没有他人，只有他们两个，摆摆手说："给我来杯鲜榨橙汁。"就在他身边坐下。丑丑见了段韬，尾巴摇得更起劲了，还不时叫唤几声，以表达它见到熟人的兴奋之情。

　　刘浩鹏见状，笑了笑说："我家丑丑认生，胆小怕事，带它出去遛弯，见到陌生人，会躲在我们脚跟后。不过很奇怪，它对你倒是很喜欢，也不怕你，看来和你还是很有缘分的呢！"

　　段韬伸出手去摸了摸小泰迪的头，小泰迪伸出舌头舔舐段韬的手掌，段韬手心被它舔得发痒，也哈哈笑出声来。

　　刘浩鹏又说："我有个不情之请，不知道你是否能帮我。"

　　段韬端起拿铁凑近嘴边，一股香气扑鼻而来，他只闻了闻没喝："什么事？你说。"

　　刘浩鹏摸了摸小泰迪的卷毛头，说："我这两天要出差，隔壁的叶老师出去旅游，丑丑没人带，我想麻烦你帮我看两天。当然，我只是问问你意思，如果不方便的话，也没有关系。"他提出这个要求，自己心里也没底，直望着段韬。

　　"没问题。丑丑就交给我，我老妈喜欢养狗，你就放心吧！"没想到，段韬欣然答应下来。

　　"太感谢了！"刘浩鹏由衷地说。

　　"举手之劳嘛！"

两人哈哈大笑，举起各自面前的咖啡杯，当酒杯一样碰了一下。

段韬说："你的新岗位怎么样？"

刘浩鹏说："资产管理公司主要管理集团的不良资产和烂账，我的任务是盘活不良资产，处理坏账与我的专业完全不对口，但是集团领导要我戴罪立功，才能重返岗位。"

段韬说："这未必是坏事，你过去太顺利，留学归来一路升迁，不到十年就成了正处级干部，一个重要部门的负责人，集团领导的后备人选，现在犯点错误，降级处分，分配到艰苦的地方，可不要叫苦连天，怨声载道，在挫折面前一定要用哲学的辩证思维看待处境，才能正确认识自己，这就是一次机会，历尽磨难做出成绩，一定会再被重用的。否则只能自然淘汰。"

刘浩鹏没有想到段韬一套一套的，不愧为律师，能言善辩。

这时段韬的手机响了，他一看是詹姆士的电话，接起来，听詹姆士说："段律师，徐淮先生要的书一凡都准备好了，你何时去见他？在这之前，小凡说一定要先见你，她有事要交代。"

段韬说："知道了，我回去请示一下邵老师，确定后就告诉你。"

刘浩鹏一听忙问："你接了徐董事长的案件，当他的辩护律师？"

段韬说："是的，我办的黎田案件很成功，被邵大律师认可，他就让我参与徐淮案件，不过徐董事长虽然是个大人物，但是案情简单，徐董事长已经认罪认罚，没有辩护空间，不像黎田拒不承认杀人，才留给我无限的想象空间。"

刘浩鹏说："你知道吗？我和徐董事长有过深度合作。我是听我老婆说，徐老师是当今电子数控技术的顶级专家，他研究的数控中心已接近世界先进水平。他搞的自强科技前景很好。我说过徐董事长也算我半个老师，我开始收集徐老师的各种信息，关注他的自强科技，自强科技正在准备上市，我立即向集团领导汇报，认为自强科技是未来科技发展的创新企业，是我们国有企业重点投资领域。集团向国资委报告，得到市政府的支持。我开始与徐董事长交流，我们是师生，当然更容易理解，徐董事长当机立断结束与原来投资人的合作，选择海城集团为自强科技的战略投资人。项目推进得顺风顺水，就在举行自强科技最后一次上市路演时，徐董事长被反贪局带走调查，我们的合作也被迫终止。"

段韬大吃一惊："怎么这些在案卷材料里面都没有？邵老师也没说过。那么原来的投资人是谁？"

刘浩鹏说："原来的战略投资人是聚富集团，是一家开发房地产为主的民营企业。徐老师说，这家企业的老板不懂科学技术，只是有钱，当时选择他，就是因为科技研发太缺资金，他也愿意投资就签订合作协议，经过一个多月的深入交流，发现他是个不学无术的暴发户，他借投资科技之名，做资本投机，不是一个科技事业发展的合作者。因此放弃他，决定与我们合作。"

"那家公司的老板你接触过吗？"

"我没有见过他，集团房产事务部与他有过交集，介绍过他的情况，据说他是个很霸道的老板。徐老师被调查的事件，就像编排好的一出戏。根据我这些年在资本市场的经验，资本市场的任何风吹草动都是利益驱动，重大事件背后都是资本在运作。我认为徐老师一定是得罪他，得罪资本，才遭此一劫。要记住，资本只有利益，没有情怀。"

"按你这么说，徐淮案件也是资本在操作，可是我看过材料，他确实存在私分科研经费和公司资产，从中牟利的犯罪行为，是咎由自取呀。"

"这些情况我都听说过，可你没有管理过企业，很多事不明白。国有企业职工收入低，福利多，工资都是固定的，外企、民企相对灵活，做得好的收入很高，就像你们律师的奖励提成制，做得越多，收入越高。可国有企业不行，有严格的规章制度，因此，国有企业的骨干力量是外企民企的争夺对象，国企的领导都要动点脑子，搞点主营外的收入，给职工发奖金，多发点福利。不然的话，怎么调动员工的积极性呢？尤其是技术人员怎么留得住？像我老婆这样的技术人员在外企的待遇非常好，这对国企的技术人员的冲击很大，如果一家企业连技术人才都留不住，还搞什么技术创新呢？"

段韬听了点了点头，喝了口咖啡说："不患寡而患不均，能够理解。他可以只发给下面人，自己不要牟利呀。"

"你没有管过下属，真的不懂。领导不拿，下面哪个敢拿？我与徐老师过去就有接触，在国外留学时，他就经常接济我们和其他中国学生。这次合作接触得更多，有了更深入的了解。我认为他不是个贪财的人，相比金钱他更在意科研项目、科技成果，我们审查过他们公司的账目，按财务分类计算，还是有结余的利润，完全可以通过股东分红的方式得到。他是大股东可以合理合法地拿到更多，可他从来没有分配红利，而是全部再投入科技研发。这次公司上市，他的目标很清晰，就是筹措资金开发第二代、第三代数控中心和无人生产车间。我们集团按评估市值十元的价格收购公司部分股权，他却以一元价格转让自己部分股权给专业技术人员。谁都知道一旦上市成功，这些原始股将会暴涨数倍甚至更高。他说过他的目标是把科研搞上去，争取荣获'工程院院士'的称号。"

"我在看守所见过徐董事长，确实很另类，在监房里要读书，还要教学生，想得很开。"

"我了解他，他的内心一定很痛苦，很后悔。他把时间和精力都投入科研项目的研究上，他根本不懂企业管理，也不懂财务。国家鼓励科研人员创业，让技术人员带着技术入股与企业分享利益，激发科技人员研发创新的积极性，这也是留住科技骨干力量的措施。这个政策非常好，当年徐老师就是这样带着技术和科研项目入股研究所的三产公司，才有了现在的自强科技，从而彻底改变公司面貌，成为数控行业的领军企业。科技人员创办企业可以，管理企业就不一样了。企业管理者需要财务知识、行政能力和法律意识，而科技人员大都是理工男，都像我老婆一根筋，只有专业知识，不像我们学文科的具有触类旁通的综合能力，如果让数学家陈景润办企业，那一定是失败的。徐老师也一样，除了专业，几乎什么也不懂，他哪里有能力判断这样分钱是违法犯罪行为，如果知道，给他一百个胆子他也不会做的。"

"他不懂，可以请职业经理人进行管理呀。"段韬有些惋惜道。

"在我国，除了国有企业有职业经理人，大量民营企业都是自己管理，还是农耕意识，小作坊的管理思维。徐老师生长在这片土地上，虽然留过洋，也无法摆脱传统思维方式。我当时想投资自强科技，不仅是为了上市，更重要的是想将自强科技改造成现代化公众公司，建立职业经理人制度，让科技人员安心搞研发，管理人员专职管理，专业的人做专业的事。可惜徐老师进去了，自强科技又回到原地，未来如何发展无法预测，这是徐老师的悲剧。"刘浩鹏长长叹了一口气。

段韬一边听一边在思索，刘浩鹏说的资本在背后操控，倒是给他指点了迷津，虽然这对案件本身已没有多大益处，但是如果能揭开这个背后的秘密，还是值得期待的，也许能减轻对徐董事长的处罚。"浩鹏，非常感谢你介绍徐董事长的许多情况，让我对徐董事长有了更多的了解，为从轻处罚徐董事长打下基础。"他又问刘浩鹏，"你的停职调查会不会与此事有牵连？这位老板也许也是你的仇家。"

刘浩鹏摇摇头说："姚警官多次让我回忆有没有仇家，我想到过他，但我毕竟代表的是国有企业，不是决策者，只是参与者，还不至于成为仇家。徐老师一定是他的仇家，他把徐老师赶走，因为徐老师挡他发财的路。"

段韬说："有道理，据姚警官说至今没有查到那个凶手的踪迹，你还是要仔细想想，或者围绕你老婆的周围关系再想一想。想起什么告诉我，时间不早了，你明天还要出差，我就抱着丑丑送回我妈家。"

刘浩鹏说："你还是骑那辆摩托吗？我出差几天，你不如就开我的车，丑丑也安全点。"

"好吧，那你抱着丑丑，我送你回家，换辆车。"

段韬骑车送刘浩鹏回到名苑小区，刘浩鹏回到家准备丑丑的物品，段韬换上刘浩鹏的汽车，带着丑丑回家。出了小区大门，段韬在马路对面停车，走到理发店，看见依旧是铁将军把门。他问隔壁的饭店老板，理发店什么时候开门，饭店老板摇摇头说："不知道，大概快了。老板娘的人缘还不错呀，好几个民工都在问。你想理发？前面又开出一家了。"

段韬给他一张名片："如果见到老板娘回来，麻烦请给我打个电话，上次理发忘记件东西在店里。"

段韬把丑丑送回家交给老妈，老妈不知何时又捡来一条温顺的小柴犬，两只小狗相遇非常愉快，家里也多了一分欢乐。段韬安顿好丑丑，给詹姆士发条短信，让徐一凡到事务所见面，把书送来，不一会儿，詹姆士回复："OK。"

二十七

　　翌日，段韬来到律师事务所，一方面等徐一凡送书来，另一方面向邵老师请教下一步做什么。可是看到邵老师正在忙着，没敢去打扰，他只好回到自己的位子上。他今天手上也没有其他案件，想起刘浩鹏介绍的徐董事长的背景情况，就打开电脑，查询有关自强科技公司的信息，了解他们研发的数码科技是个什么技术。否则怎么和这位大专家徐董事长交流？他接到詹姆士短信，短信上说一凡从公司直接过来送书，他就不来了。

　　快到中午，涛涛过来说："段律师，徐淮的女儿到了，邵老师已经去接待室了，不过他有事要先走，让你接待一下。"

　　段韬来到接待室，邵普元见到他："小段来啦！"再转向徐一凡介绍道，"徐小姐，这是段韬律师，也是我的助理，年轻有为，可以增强为你父亲办案的力量。他刚成功办好一起案件，找到新证据，说服检察官重罪改轻罪，当事人非常满意。他和检察官都在一个学校读书，容易沟通，他会尽力处理好你父亲的案件。"

　　徐一凡已和段韬打过交道，对他没有太好的印象，只是冷冷地看他一眼，对邵普元说："段律师我已见过，送送书、传传信还可以，出庭辩护还是希望邵大律师亲自出马！毕竟我们来国华律所，

请的是你呀！"

邵普元尴尬地笑了笑："放心，在法庭上我一定会全力以赴的。"此时，涛涛进来说："客户的车到了。"邵律师说："小凡，不好意思，我还有点事，你们多聊聊。"

不知是真的有事，还是不想面对徐一凡，邵普元说完就快步离开了办公室。他走之后，办公室里的气氛更奇怪了。段韬站在原地，坐也不是，走也不是，徐一凡还是坐在桌前没有正眼看他。段韬见她面前没有茶水，赶紧对前台秘书说："快，给徐小姐来杯拿铁，多加点糖。"徐一凡抬头奇怪地看看他，段韬说："我瞧你的气色不好，估计早饭也没有吃，加点糖增加点能量。"

秘书送上一杯香气浓郁的拿铁，放在徐一凡面前。徐一凡轻轻说："谢谢。"她端起来抿了一口，也算表示对段韬的谢意。段韬在她的对面坐下。

徐一凡从桌下拿出一个灰色帆布包放在桌上说："这是我爸要的那些书，你什么时候去看我爸？"

段韬说："你有什么话需要我转告吗？"

"你和詹姆士很熟吗？"

徐一凡突然问了一句很奇怪的话。

"我们是俱乐部的车友。"讲到这里，段韬突然笑起来，"说是车友，其实我们根本就是两个档次的。他开的是进口豪车，我开的是国产老爷车。不过詹姆士很热心，有时会给我推荐案件，他经营的餐厅也做得很好，我们年龄相仿，很聊得来。"

"他说他的交通违章，是你帮他解决的，对吧？"

"举手之劳，属于我专业范围的事，能帮就帮了，况且他是个遵纪守法的好人。"

"我听詹姆士说，本来想帮你换辆车，但你没要？"

"就那件小事，他请我吃过一顿大餐，那是本市的网红店，最昂贵的西餐厅，我已知足，我的律师费没有那么贵的，无功不受禄嘛。"

"你倒是个知足的人。"徐一凡冷冷地说了一句。

"知足常乐嘛！"段韬笑着说。

"你这次参与处理我父亲的案件，也很辛苦，我知道律师费主要是老师的，你只能拿点奖金，不会多的。如果你能完成任务，我可以额外再付点给你，不用开票。"

段韬一愣，看着徐一凡，本想立即反驳，但一想没有必要与她较真，有钱人习惯用钱解决一切，当时她处理碰瓷时脸上也是这种表情，自己也没必要装得很清高，就说："我只是送送书，传递一下信息嘛，不过费点油，你的詹姆士给过两张油卡，够用的。有什么需要我会和他交流的。"

徐一凡端起咖啡喝了一口，终于露出一丝笑容："男人有男人的秘密。"

段韬问："你有什么话要转达给你父亲？我下午或明天去见他。"

徐一凡说："我的状况你都看见了，我要嘱咐的话，相信你都会说的。确实还有件事需要他做决策。上午我在自强科技，自父亲出事后，海城退出，上市停摆。这几天原合作者聚富集团提出重返自强科技，希望恢复战略合作地位和重启上市程序。公司内部有两种意见截然对立，以爸爸的学生乔总工程师为代表的技术人员坚决反对，以龚维为代表的管理人员坚决支持。乔总工程师说，我父亲的民事权利没有被剥夺，他还是大股东，应由我父亲来决定；龚维认为我父亲面临刑事处罚，不能行使股东权利，要请示研究所领导决定。这件事你能不能转达一下，请他表明自己的观点。"

段韬说："这件事与刑事案件无关，当然可以转达了，再说他的案件还在审理中，没有剥夺他的民事权利。他是股东，应当行使股东权利。"

徐一凡站起来，一口气把杯中拿铁喝完说："你调制的咖啡甜度很适合我，谢谢。"

二十八

段韬拿到徐一凡给的书后，下午就去看守所给徐董事长送书。他把书交给看守所专门接收犯人家属物品的窗口，然后到律师会见室等候。他想，从之前查阅的有关自强科技和徐董事长本人的情况看，他在数控技术领域确实是个了不起的专家，他曾解开国外进口设备数字系统，重新建立一套非常安全的数据系统；他还研发自己的数控中心，打破数控中心依赖进口的局面，可以说是国内这个专业的顶级专家。现在因他虎落平阳，身陷囹圄，才有我这个小律师与他接触的机会，这是自己的荣幸，否则自己只能仰视他，不会有太多交流的机会，徐董事长只是把他充当"快递员"完全可以理解。他做足心理准备，与他慢慢交流，争取获得他的信任。

没想到徐淮一进来就一反常态，笑嘻嘻地看着他，这令段韬非常意外。

"段律师，你来啦？"徐淮坐下后冲他点点头。

段韬客气道："你要的书，我已交给看守所了，他们说晚上就转到你手上。"

"你见过我女儿了，一凡她好吗？"

"父亲不在女儿身边，女儿怎么会好？她日思夜想很焦虑，现在有男朋友陪着她，吃喝没有问题，就是情绪不好，不过她还是挺坚强的，一心一意在寻找关系帮助你。我爸常说家有女儿是个宝，总在埋怨我这个儿子从不想着他们。"

徐淮笑笑："一凡也不容易，中学毕业就去美国读书，她妈妈到美国陪读，我也在美国进修，当时我要回国，她妈妈坚决反对，最后只能离婚。我知道这对女儿的伤害很大，但是有母亲在身边，我放心得下，依然坚持回来。这次我出事，没想过她会回来，真是对不起她，让她受苦了。一凡像我，她一定能够经受考验，坚信我是一个好爸爸。"

段韬说："严格意义上讲，我已见过她三次，深有感触，父亲在她心目中是伟大的、崇高的。"

徐淮感慨地说："谢谢你能理解她，支持她。有你的疏导，我也放心一点。"

段韬脸一红，说："徐董事长，不好意思，我还批评过她。"

徐淮说："批评不是坏事，她长期在国外生活，受到西方文化影响，思维简单，往往会有不切实际的想法，批评她，能够让她清醒地认识自己，不会在我的事情上上当受骗，迷失方向。"

段韬惊讶地说："谢谢您的理解，我这个人也简单，该说什么就说什么。"

徐淮说："段律师，你可不简单呀！我听3986的监友说，你是他的免费律师，做事非常认真，也有不俗的能力。把他的两重罪，减掉一条杀人重罪，前两天仅以盗窃罪判刑。他好开心呀，说你是他的救命恩人。"

段韬觉得脸烧得厉害："原来他是与你关在一起呀，他叫黎田，是个快递小哥，不是我有什么本事，只是被我撞上了，做事认真一点，对得起这张律师证。"

"自从你会见过他，他就天天为你做广告，这两天安静了，一审判决后他没有上诉，被送到监狱服刑了。一起法律援助案件，你办得这么认真，不容易啊！我就喜欢'认真'二字。毛主席曾说过，世界上怕就怕'认真'二字，他还说过'世上无难事，只要有心人'。我搞科研就是遵循这句格言。"徐淮这番话说得很是真诚。

段韬点点头，很是认同。段韬不想话题过多地停留在自己身上，他还有更重要的事得请教徐淮："徐董事长，您女儿要我问您一件事。在您出事之后，由于海城集团退出，自强科技的上市终止。现在听说聚富集团又要回来重组，准备再启动公司上市，公司里有两种意见，一凡想听听您的意见。"

听段韬这么一说，徐淮面色一沉，情绪在瞬间起了极大的变化："我坚决反对，哪怕公司不能上市，也绝对不允许再与聚富集团合作。"

段韬故意问道："我听说这位杜老板是个很有钱的富豪，在本市也算有名气的企业家，还做过一些慈善，是个不错的人呢，为什么不与他合作呢？"

"起初我也是这么觉得的，他为人乐善好施，应该是个好人，才选择与他合作。但是接触下来，却发现不对劲，他满脑子都是市盈率、股价，后来慢慢才知道，这人没读过什么书，是靠时代机遇才发家致富的。我认定他是个投机分子，不是科技事业的投资人，如果自强科技和他合作，肯定会毁于一旦。"徐淮斩钉截铁地回答。

"所以你就选择了海城集团？"段韬追问。

"海城集团是我朋友推荐的，有国资背景，正好我的学生在那儿担任发展部经理，信任度更高，沟通起来更容易些。最重要也是我最看重的，是我们都有相同的责任感和使命感，所以我选择了海城集团。你知道吗？技术开发确实需要大量的资金支持，但绝对不是资和，而是人和。人的因素第一重要，我选择海城放弃聚富集团，那个杜老板找过我，开始想收买我，被我拒绝，又威胁我，如果不与他合作就会身败名裂，家破人亡。我这个人就是认个死理，从美国回来也被威胁过，我都没有怕过，难道能怕他不成？反而更加坚定了我不与他合作的决心。你去告诉我女儿，告诉公司的同人，即便是不上市，也不能让他再回来。"

段韬突然感觉对面的徐董事长站了起来，一点点高大起来，是个既有情怀又意志坚定的科学家。一时之间，他不知从哪里说起，只是说："徐董事长放心，您的指示我一定转达到位。"

瞬间安静下来，两人都不知再从哪里说起，段韬想了想说："徐董事长，中国有句谚语，'断人财路，如杀人父母'，会不会是您断了杜老板的财路，才会遭此报复？"

徐淮调整了一下坐姿，反问段韬："你是不是觉得我有点傻？"

"开玩笑，您是有名的科学家，怎么会傻呢？"

"我怎么会猜不到是谁在害我呢？当然知道，我被调查入狱，一定是他在背后运作。可我知道自己的缺点，做事太认真，认真到不近人情，而且脾气特别大，得罪过不少人。公司员工也有很多非议，也有人举报过，不过都是发发牢骚而已，他们都明白我是什么人，都是为了工作嘛！这次有人组织材料举报我，虽说可能是杜老板指使的，可我自己也没做好嘛，确实存在违法犯罪的事，被人抓住把柄，不能怪别人，是我咎由自取，无话可说。只要是人，都会犯错，吸取教训就行。"

段韬说："您倒是大度，如果查出有资本操弄，有人借题发挥，也许可为您减轻处罚呀。"

徐淮笑着说:"随便啦,该怎么样就怎么样,有书陪伴,我在里面的日子也好过一点。对了,小段,你读不读金庸的武侠小说?"

"武侠小说?小时候读过一点。现在只记得杨过、郭靖、小龙女,其他情节都忘了。"段韬觉得徐淮的问题有点不着边际。

"我记得有家电视台采访过金庸。曾有这样的命题,如果在'不读书但人身自由'和'读书,但要一直坐牢'之间二选一,你猜他怎么选?"

"那当然是自由了,自由价更高嘛。"

徐淮突然大笑起来:"错了,金庸选择了'读书,但要一直坐牢',他好像也坐过牢的。"

"我无法理解。"段韬承认。

"年轻人啊,你不理解很正常。我能理解他,如果给我这两个选项,我也一定会选择徜徉在书海里。"徐淮止住笑容,眼睛直勾勾地看着段韬,一字字地说,"真正的自由并非人身自由,而是精神上的自由啊!"

快到下班时间了,管教已站在门口,徐淮起身说:"段律师,别在意,这只不过是我身陷囹圄自我解嘲罢了。我放风时,曾看到小鸟自由自在地飞翔,感慨万千,自由真好。真的很希望早点离开这里。"说完,他跟着管教回监房去了。

段韬离开律师会见室,走到空旷的院外,看到一群鸽子在天空翱翔,完全能体会徐董事长矛盾的心境。内心似乎在告诫自己,应该为他做些什么。

他给徐一凡打个电话转告徐董事长的态度。徐一凡说:"我正在公司,如果有空请来公司直接转达董事长的意见。"

二十九

　　自强科技公司会议室。龚维副总经理正主持会议，召集公司管理层听取杜富财介绍重新启动公司上市的计划，有公司的乔总工程师和徐一凡以及股东代表参加。

　　杜富财气势很盛地说："我们集团原来与自强科技签过合作合同，是战略投资人。只因徐董事长坚持更换成海城集团，我们玩不过国有企业，只能撤离。现在徐董事长被抓，海城放弃合作，我念及过去的友情，决定重返自强科技，继续投资，履行原来的协议，相信我有能力让公司尽快上市，这样你们手中的职工股，才值钱。这样大家可以一起发财，对不对？请你们好好考虑一下呀。要知道徐董事长当初通知解除合作协议，仅退给我们七千万元，最后一笔三千万元没有退还，他自己就进去了。给你们三天时间考虑，尽快给我一个答复，否则，集团会采取相应的法律措施，那就不是我个人说了算了。"说着，起身带着自己的法务人员准备离开。

　　恰在这时，段韬冒冒失失地闯进来，见徐一凡在场，不管不顾地就大声说："我转达徐淮董事长的意见，他坚决不同意让聚富集团重返自强科技。"

　　杜富财吃了一惊，立马回过头看着他："你是什么人？"

段韬说："我是律师，是徐淮董事长的辩护律师，刚见过徐淮董事长，他让我告诫公司同人不要再和聚富集团合作。你是谁？"

杜富财鼻子哼了一声，看也不看他："小律师，没有必要让你知道我是谁。"然后他说，"龚总，你们看着办。"头一抬，转身走了。段韬一愣，此人怎么一点不尊重人，真有点狂妄。他推断此人应当就是聚富集团的老板杜富财。

段韬的出现，杜老板的离开，立即引发大家的激烈争论。以副总龚维为首的员工坚持要与杜富财合作："公司可以上市，可以筹措到资金，摆脱困境，科研项目能尽快上马，更重要的是职工手中的股票就有变现机会，否则一文不值。"乔总工程师和徐一凡则坚持徐淮老师的观点，不能同意与杜富财合作。双方各执己见，僵持不下。

龚维突然问段韬："段律师，徐董事长虽然是公司大股东，但是他现在是被羁押的刑事犯罪分子，他还能行使股东权利吗？"

段韬用清楚的声音回答他："据我所知，徐董事长只是刑事案件的被告人，还没有被法院审判定罪，应该不是犯罪分子，他的民事权利还是有效的，即便是今后判决生效了，只要法院没有判决没收他的个人全部财产，他依然可以保留公司的股份，行使民事权利。"

龚维不信任地说："你应该只是邵大律师的助理，徐董事长请的是邵大律师，应该请他做出权威的解释。"

段韬并不退缩，说："龚总，您说得对，应当请教邵大律师。不过，我相信我们的观点应该是一致的。"

龚维只能说："现在公司股东有两种意见，又牵涉刑事案件，我们还是请示研究所领导，由他们做决定。"

会议一结束，乔总工和几位技术人员纷纷围着段韬询问徐董事长的情况。徐一凡在一旁看着他，似乎想起那个黄昏，那个人也是这样说"我是律师"，不由得暗自好笑，居然那么巧。

　　她上前劝说："乔总工，时间不早了，人家段律师还没有吃饭，我陪他去吃个饭。"

　　段韬便跟着徐一凡一起离开公司。

　　徐一凡说："詹姆士说请你吃饭，补上次没有吃完的饭。"

　　段韬说："又去吃西餐呀？那一道道菜太烦琐，也吃不饱，能不能就来一份牛排？"

　　徐一凡笑笑："你倒是很实在呀，你还是骑你的摩托？那就餐厅见。"

　　龚维立即赶到聚富集团办公室，找杜老板商量对策，他建议去找律师提起诉讼，说："研究所领导最怕打官司。只要起诉，领导一定大事化小，小事化了，一定会支持与你合作的。"

　　杜富财不屑地说："打官司还不简单，我就找那个邵大律师打。"

　　龚维有些担心地说："邵大律师可是徐淮的辩护律师，他会答应吗？"

　　杜富财满不在乎地说："你不是认识他吗？请他打官司让他赚钱，律师都会答应的。我做东，你安排。"

　　龚维一口答应，立即出发去找邵律师。

　　段韬开车来到西餐厅，可找停车位花了不少时间。服务员看见他，立即把他带进包房。詹姆士和徐一凡都在了。他忙打招呼："这里车难停，还很贵呀。"

詹姆士很细心，问："段律师，怎么鸟枪换炮，开车来的？买的什么品牌的车？"

"小律师哪里敢买车呀，临时借来用用。"段韬在他们俩对面坐下。

詹姆士说："听一凡说你就想吃牛排，小店刚好从澳洲进口了M9牛排，尝尝，包你满意。"

"牛排还分三六九等，第一次听说呀。"

"那当然，等级不同，价格不一样的，段律师辛苦，今天上M9享受最高待遇。"

服务员端上红酒，詹姆士说："红酒配牛排是最佳搭配。今天喝一点，车就放在这里。"

徐一凡举起高脚酒杯说："段律师，谢谢你赶到公司转达父亲的意见，绝不与聚富集团合作。"

"这有什么好谢的，鸿雁传书，不就是我的使命吗？"但他还是和她碰下杯喝了一口，再和詹姆士碰一下喝一口。

詹姆士舔了舔嘴唇，说："段律师，你的使命何止于此，此事我正想请教一下，徐董事长不同意与聚富集团合作，他有没有合适的人选呢？现在海城集团已经放弃，公司非常困难，如果上市不成，就会资金短缺，人心浮动，不要说科研项目上不去，公司也可能关门歇业。最重要的是，职工手中的股票就成了一张废纸。我猜想，这次徐董事长受难与他突然放弃与聚富集团合作，上市被迫延期有关，那些持股的职工反响强烈，开始举报。俗话说，小民唯利是图嘛。"

段韬一惊问："詹姆士，你怎么了解得这么清楚？"

詹姆士眉头紧锁，显得很认真地说："一凡的事，我怎么能不关心呢？这也不需要调查，只要到网上浏览一下，各种奇谈怪论都有，还有各种背景分析。你当徐董事长的律师，可以关注一下。"

段韬点点头说："你说得有道理，我只看与案情有关的报道，其他都当成八卦新闻一扫而过，没有在意。"

徐一凡晃了晃酒杯，说："我可不管小人的利益，还是老板的利润，我只坚决执行父亲的指令，绝不和聚富集团合作。"

詹姆士喝了点酒，话有点多，说："小凡，我们应该冷静一点，今天段律师在，一起听听我的分析是否值得你参考。徐董事长是你的父亲，也是我的长辈，理应执行徐董事长的嘱咐。但是我仔细在想，其中必有误区，徐董事长是位卓越的科学家，得到过无数的荣誉，具有知识分子的清高，开始看中聚富集团的资金和他们合作，后来发现这位杜老板没有什么文化素养，又有了海城集团这家国有企业的加入，会放弃与杜老板的合作理所应当。可现在徐董事长被抓，海城退出，其他投资机构都在犹豫彷徨，上市计划停滞。自强科技投入筹备上市的几千万元都打了水漂，自强科技自身造血能力有限，国家科技扶持资金更有限，我估计再有一两个月，自强科技一定会出现资金短缺，可能连员工薪水也发不出，自强科技真是危在旦夕。一凡，你知道，自强科技也是徐董事长的女儿，他想选个好人家出嫁没有错，但是现实很严酷，自强科技已不是黄花闺女不愁嫁，而是自身难保。如果自强科技不能上市，职工手中的股票就成为废纸，他们会把所有的仇恨都发泄到徐董事长身上，到时舆论一边倒，段律师他们想救他，请求从轻判决也难以实现。"

段韬点头道："是的，要想从轻处罚，群众的反应、单位的意见都是很重要的。"

詹姆士又说："现有聚富集团再次出手，重启上市，虽然杜老板不是善类，是个利欲熏心的家伙，甚至徐董事长怀疑是他在背后使坏，再次拒绝，是可以理解的。但是现在只有杜老板不计前嫌，愿意再次出手拯救自强科技。一旦公司上市成功，职工手上的股票就变成一张百万英镑，徐董事长成为亿万富翁，他的学生们个个千万身家。何乐而不为呢？"

段韬说："你说得倒也有点道理，但据我和徐董事长不长时间的接触，我觉得他考虑不与此人合作，想法没有那么狭隘，而是思考企业的未来，科技事业的长远发展。"

徐一凡说："我父亲不是爱财的人，当年他在国外，有好几家企业，出百万年薪，还送股份，都没留住他，他没有想过自己要发财，要成为什么亿万富翁。"

詹姆士说："那都时过境迁了，当下他身陷囹圄，前途未卜。小凡，你父亲是个有情怀的科学家，我们都是凡夫俗子，你父亲没有想到的事，我们应该帮他考虑，他有了这笔钱，下半辈子衣食无忧，你也有一大笔资产。想去哪儿去哪儿，想干什么就干什么。只有财富自由的人，才有理想自由。"

这时，大厨端上还在吱吱响的牛排。

詹姆士笑笑说："当然，我只是在为一凡着想，没有一点私心，仅供你们参考。一凡，你做任何决定，我都支持。来吧，段律师，趁热尝尝，味道好极了。"

段韬拿起刀切了一下，牛排还在流血水："这么生呀！"

詹姆士说："M9只能煎到五分熟，否则就失去了它的价值。尝尝看。"

詹姆士帮徐一凡切牛排。三人肚子也确实饿了，不再讨论严肃话题，大口吃起来。

徐一凡再次举杯说："段律师，我还要感谢你，上次是你为我解的围。"

詹姆士一愣："解什么围？我怎么没有听说过。"

徐一凡笑着说："那次我开车转弯时，撞到一个老头，是他站出来说老头在碰瓷，帮我解的围。"

段韬也才想起来似的，笑说："只是碰巧被我撞见，没有想到还是被你认出来。"

詹姆士嘟嚷说："看来你们早就认识，怎么没有说起过？"

段韬晃着脑袋说："是啊，我也没有想到那个很有气质的小女子，就是你的女朋友。来，一起干一杯，为我早已目睹芳容。"喝了酒，段韬忍不住叹道，"一凡呀，你真的要改变现在的生活状态，和詹姆士出去散散心，调整心态，就能恢复原先的模样。"

徐一凡抚了抚脸说："我现在很丑吗？"

段韬哈哈一笑："詹姆士这么帅气，你可不能变丑，俗话说帅哥靓女才是天生一对。"

詹姆士也哈哈一笑："段律师，就冲着你这句话，我再敬你。三个人一起再喝一杯。"

三十

　　聚富集团的会所是一个装修非常豪华的私密餐厅，高端大气。龚维邀请邵普元来小聚，邵普元走进会所后暗吃一惊，他虽然见多识广，还是被这里金碧辉煌的气势所震惊。

　　龚维向邵律师介绍杜老板与他认识，说："这是杜老板的一处私人聚会的场所。他是当下本市企业界的大老板，也是投资界的大佬。"

　　邵普元和杜老板握手后说："从这里的装饰足见杜老板的财力，你有什么案件需要我帮忙呀？"

　　龚维说："杜老板原来和我们公司合作，一下子就支付一亿元的定金。不知海城集团怎么做通徐董事长的工作，成为新的合作者，上市进程被推倒重来。公司上下反响强烈，议论纷纷。徐董事长出事后，海城退出合作，上市无望，手持职工股的人意见更大。现在聚富集团讲义气重感情，再次重返自强科技。多好的事呀！可是有些人依然拒绝与聚富集团合作。你说可笑不可笑，现在到哪儿找这么好的投资人？"

　　邵普元问："公司引进海城集团，有没有与聚富集团解除合同？"

　　龚维说："虽已解除合同，退了部分定金，还有三千万元没有支付给他们。徐董事长说过要付一点违约金的。可他进去了什么钱也没有付，现在公司连本金也付不出，别说违约金了。"

杜富财说："我知道，如果按照定金法则，退一罚一，可以要回一亿多元。但我想要帮助公司继续投资，谁知这位徐老板不同意，真是狗咬吕洞宾，不识好人心呀。"

邵普元说："这么说，解除合同没有履行完毕，倒是有机会，聚富集团可以要求结清尾款，主张支付违约金，也可以要求继续履行原合同。"

杜富财说："我不差钱，要的就是履行原合作合同。"

龚维望着邵普元说："杜老板就想请你出马打这场官司。"

邵普元为难地说："龚维，当时是你请我办徐董事长的案件，现在再为聚富集团做代理起诉自强科技有点不太合适吧？"

龚维直说道："我只是推荐而已，正式委托你的是徐董事长女儿，而不是我们公司。现在我也是推荐，这是为了徐董事长好，如果公司早点上市，徐董事长还能给女儿留下一大笔财产，自己的后半生也能丰衣足食。"

邵律师笑着说："这倒是个理由。只要你们自强科技没有意见，我可以考虑一下的。"

杜富财财大气粗地说："邵律师，我打官司不是为了钱，只要能履行原合同，只要我再次成为自强科技的战略投资人，你的律师费随便开，今后自强科技公司上市我是控股股东就聘你为法律顾问，你就是上市公司的首席律师。"

邵普元很感激地说："谢谢杜老板的信任。这也是帮徐董事长做件好事，在他出狱后，保障他安享晚年。这是值得合作的事。"

段韬喝得多了一点，回到家就躺下，一觉醒来已经是第二天早上九点多。他立即起床，赶到老码头车库开车回到事务所已经十点多，就在楼下的咖啡店买点心当早中饭，他要了一份三明治和一杯冰咖啡。在等餐品时，看见邵普元和杜富财从电梯的轿厢里走出来，两个人谈笑风生，显得十分亲热。送到大门口，邵普元双手握住杜富财的右手，向他微微鞠躬，态度殷勤得近乎谄媚。他很少见邵普元这样谦逊。

"先生，您的咖啡好了。"

服务生的声音将段韬的注意力拉了回来。他匆忙接过装有咖啡和三明治的袋子，见邵普元送走杜富财后，回到电梯按电梯键。段韬三步并作两步地跑进电梯说："邵老师，那是谁，好脸熟呀？"

邵普元被这突如其来的声音吓了一大跳，见是段韬，才缓过神来。

"你要我老命啊，吓我一跳。人家是著名企业家杜老板。"邵普元拍了拍自己的胸口。

邵普元被段韬惊吓了一下，内心很不舒服。前两年邵普元因为血管堵塞，装过支架，患过大病，为人也想得很明白，待人接物要温和，尽量克制情绪，不要有太大的起伏。

现在电梯轿厢里只有他们两个人。

"邵老师，是聚富集团的杜富财吗，他找您什么事？"段韬跟在身后迫不及待地问。

邵普元不耐烦地说："聚富集团要起诉自强科技，请我做代理人。"

"聚富集团要起诉自强科技，我们能接吗？"

"为什么不接？这案子标的不小，还要请我们当自强科技上市的律师，我年纪大了，不能总在法庭上与人辩论，该转行做做非诉案件了，省力又赚钱，何乐而不为呢？"邵普元白了他一眼。

段韬摇摇头："可我们是徐淮的辩护律师啊！怎么又代理聚富集团起诉自强科技的案子呢？这不会有利益冲突吗？"

邵普元放缓了口气说："你不懂。我们代理徐淮的刑事案件，聚富集团打的是民事官司，是两个法律关系嘛！两者没有利益冲突，更何况徐淮案件不是自强科技委托我们，是他女儿委托的。"

"道理没错，可我总觉得怪怪的。"段韬说出自己内心的想法。

邵普元调整了一下情绪说："为了保险起见，我还让自强科技的龚维签了豁免声明。你放一百个心，去认真办好徐淮的刑事案件，怎么样，和检察官交流过吗？"

电梯到了律所的楼层，涛涛已经站在门口："邵老师，助理们都还在会议室等您布置新的任务。"

邵普元转身对段韬说："小段，你们都是年轻人，相信你，会交流好的。我们的目标只有一个，让徐董事长获得从轻处罚。"说完，跟着涛涛去了会议室。

段韬听了邵普元的嘱咐，默不作声回到自己座位上。他打开电脑，搜索有关聚富集团和杜富财的相关信息。在网上有一篇报道，介绍杜富财发家致富的历史和如今的辉煌成就。报道称，杜富财在大开发大建设时，靠挖土方赚了第一桶金，后又转行做房地产开发，房价上涨，实现了财富飞跃，成为一代富豪，他也赞助过一些慈善活动，因此又被誉为社会名流。段韬吃着三明治，喝着咖啡，心想他真是时代的幸运儿。人们都说物质文明一定会带来精神文明，有钱人可以通过包装自己改变形象。杜富财还拥有 MBA 学位，算是有文凭的人，可那天见面却是那样傲慢无礼，连尊重他人都没有学会，也许这人和人不一样，他依然没能改变身上的匪气。

三十一

　　手机响了，打断了他的思路，一看是刘浩鹏打来的。刘浩鹏说："我下午到家，晚上能不能把丑丑送回来？好想它呀。"段韬答应他晚上送回丑丑，但要晚一点。

　　段韬想起詹姆士说的有关徐淮案件的背景分析，上网一搜索果然五花八门说什么的都有，什么资本黑手、股权之争，等等，都是标题党，题目很惊悚，内容很一般。突然跳出一篇标题更离奇的——《警惕徐淮案件背后的外部势力》，再看内容，空洞无物，全都是些天方夜谭般的猜想。此人借网上对徐董事长事迹的报道，如第一个解开进口设备的数字后门，建立国内数字控制系统，研发出国产第一台数控中心，打破国外企业的垄断，是人工智能化的先锋人物，提出要警惕外部势力的作祟，等等，抒发了爱国豪情。对律师来说，没有任何参考价值，但是有一篇控股权之争的文章，详细地介绍聚富集团和海城集团争取成为自强科技的战略投资人的来龙去脉，尽管添油加醋，凭空想象，还有点干货，可以了解自强科技上市的概况。段韬想，晚上见到刘浩鹏再了解一下具体过程。

　　段韬回家带上丑丑，又开车来到刘浩鹏家，丑丑看见刘浩鹏立即扑上去，刘浩鹏也赶紧搂抱着它，像久别的小情人。安顿好丑丑，两人坐在晒台上边喝茶边聊天。

刘浩鹏给段韬沏茶说："这是景迈山的古树茶，特别醇香，回味无穷。"

段韬开心地说："我刚学会红酒配牛肉、白酒配海鲜，还不知道如何品茶。"他喝了一口问，"怎么，这次工作还顺利吗？"

刘浩鹏说："这次就是去了解一下情况，没有什么好不好的，可是回来就听说聚富集团起诉自强科技一事。"

段韬说："企业之间有纠纷，通过法院解决，不是件坏事。"

刘浩鹏说："杜老板是想通过诉讼，逼迫自强科技就范，再请他回去重启上市。"

段韬说："自强科技上市也不错呀，公司可筹措到更多的资金，继续研发数控中心项目，职工手中的股票也值钱了，将来到股市上都赚个钵满盆满。"

刘浩鹏说："职工手里能有多少股票呀，连同徐董事长的及技术人员的个人股份不会超过 25%。上市前要进行股改，引入新的投资人，公司增资扩股，他们的股份就会稀释到不足 10%。杜老板个人表面上只占 10% 左右，可他联合其他投资人或者由他实际控股的投资公司入股，他可能就是上市公司实际控制人，上市后以科技研发的名义募集的资金，很大可能流入他的房产项目，我知道他开发的房产非常缺钱，他就是想通过上市圈钱，弥补资金不足。徐董事长就是看出杜老板的目的，断然抛弃了他。"

"既然徐董事长选择了你们，可你们为什么要退出去呢？"

"你要知道国有企业最怕涉及刑事案件，更不可能与罪犯打交道，徐董事长一出事，公司开始还怀疑过我与徐董事长有什么勾结，是否有利益输送。其实徐董事长在这方面是很抠门的，请我吃饭也都在职工食堂，徐董事长被抓，我被审查，合作项目只能终止。"

"你的审查已经结束，不是可以重新合作了吗？"

"国有企业领导考虑更多的是政治因素，而非经济利益。那要等待徐董事长的最终处理结果出来，现在重启不太可能。"

"这么说，杜老板因祸得福了，徐董事长被抓，他是最大的受益者。"

"那当然，我一听说杜老板要起诉自强科技，目的是夺回自强科技的控制权，重启上市。我就在想一件事，你还记得那名陪我去看演出的女同事吗？"

"知道啊，叫什么李雅，她怎么啦，又缠上你了？"

"她辞职后，就失联了，电话怎么也打不通。"

"人家好端端的女孩，与男上司有这样的丑闻，只能离职另谋发展。"

"可我仔细想来，那天晚上发生的事太巧合了，好像被人设计过的一样。我记得我面试这个李雅时，感觉这个女孩确实长得很漂亮，性格也很活泼，我一眼相中就留下来到我办公室当文员。她总是很主动地接近我，在一次出差时就发生了性关系。在我老婆出事那天，我刚开完会，李雅就主动约我吃饭，说是要请教一下与男朋友分手的事，要听听我的建议。我很爽快地答应她。可是吃饭的时候，她说话有点前言不搭后语，讲的事似乎是编造出来的。快吃完饭，她又拿出两张芭蕾舞《睡美人》的票子，问我能不能陪她去看。开始我是拒绝的，结果她不依不饶，非要我陪她看，男人哪经得起美女撒娇，我就陪她去了大剧场。"

"人家女孩主动向你发起进攻，还是你没有守住底线呀。"

"我们到了剧场没多久，就接到了我妻子出事的噩耗，立刻赶去医院。在随后的调查中，公安找她谈话，她虽然能证实在出事时我不在场，但同时也把我们暧昧的关系告诉了警方。"

"我看过她的证言，说得比较具体，这也正常啊，人家从来没有被公安调查过，一见到警察就害怕，把所有事情都交代清楚，好像还说过她很喜欢你。"

"在审查时，纪委同志给我看过这份笔录，她说喜欢我，我也喜欢她，多次开房发生两性关系，还说我答应今后会娶她，她这么一说，把我搞婚外情定得死死的，那都是在瞎说，这也就算了，她有她的难处，我能理解。她辞职应该跟我联系，今后找什么工作，怎么生活，总要听听我的意见吧，是我惹的祸，要对她负责的，可是她与我玩起失踪，拉黑我的微信。"

"这么主动的女孩，又喜欢你，按理说，你老婆去世，位子空出来，对她来说是天赐良机呀，应该积极主动与你联系呀，她居然失踪，一无所求，倒是一个奇女子。"

"是吧！我觉得反常，所以我找朋友对李雅做了个背景调查。"

"怎么样？"段韬被他吊起了胃口。

"我朋友查出来，这个李雅曾经在聚富集团就职，现在已经出国了，她去香港一个月，回了一趟深圳，又去香港，就再也没有回来，可能再转道去了哪个国家。"

段韬一下子明白刘浩鹏的意思——他怀疑李雅有可能是杜富财派去他身边潜伏的"燕子"，以女色诱惑，把他搞臭，说："你还有这样神通广大的朋友？"

"他是我的中学同学，中学毕业后和你一样去当兵，就此失去联系，也不知道他在干什么，从事哪个行业。我在一次同学会上遇见他，加个微信，他不知怎么知道我老婆出事，打过几个安慰电话，说有事可以找他。于是我就请他帮忙，也就是试一试，没有想到他帮我查出李雅的去向和背景资料。当然，即便证明这娘们在聚富集团待过，也无法确定她就是杜富财派来搞我的。这个李雅不在国内，已无法核实，只留下一个猜测。"

段韬一惊说："一个反常现象可以理解为偶然出错，一连串的反常现象背后必然有内在联系，这叫底层逻辑。有没有一种可能？李雅在聚富集团干过，如果是做杜老板的女秘书，那就符合逻辑了，当杜老板知道海城投资自强科技成为控股人，又是你在主导，他知道无论是资金还是信誉都敌不过海城，正面对抗不行，只能耍阴招。他把李雅安排到你身边接近你，利用你的弱点，与你上床，建立性关系。那天约你吃饭看戏，她可能不清楚将会发生什么事，但一定知道那晚有事，不需要你在场。而这个晚上正是你老婆遇害的时候。"

刘浩鹏吓一跳："这不可能，就算我也是他的仇家，挡住他发财的路，害我害徐老师都可以，可我老婆与此事无关呀，为什么害她呢？"

"你想过吗？你老婆不出事，你的事情会暴露吗？你会被调岗吗？如果只是一封生活作风的举报信，就只暴露李雅，你们的私情只有你们两个知道。他让那个小女子约你吃饭看戏，就是不想让你在家，他们可以去威胁你老婆。他们了解过你，知道你的弱点，也一定知道你老婆患抑郁症，利用你在外面与女人花天酒地地潇洒，去刺激你老婆的神经，加重她病情爆发。老婆对丈夫的婚外情最为痛恨，就在她犹豫彷徨之际……"

丑丑突然跳到刘浩鹏的身上，刘浩鹏用手缓缓抚摸着丑丑的脑袋。段韬继续说："尤其是此人企图杀死丑丑，更加刺激你老婆的神经。后来小偷再潜入你家，突然出现在她的面前，让她更加恐惧，各种因素叠加，最终导致你老婆自杀身亡。"

"真是当局者迷，旁观者清呀。你的分析很有道理，我老婆是为我而死的，这个仇我一定要报。"

段韬继续说道："现在分析，这个计划一环扣一环，天衣无缝，但也暴露出那个神秘的凶手不为财也不为情，很可能是受人之托。这个人最大的可能是杜老板。终究是为了财起杀心。如果你这小子早点想起来，告诉姚警官，那个小女子也许跑不掉的，抓着她，查出幕后黑手，还你老婆之死真相。真像你说的股权交易失败，资本一定会露出真容。"

刘浩鹏点点头，又长叹一口气悔恨地说："都是我贻误战机。"

段韬说："我们要把这个情况汇报给姚警官，请他查一下杜老板的那天活动安排，有没有作案嫌疑。"段韬立即打电话给姚铁。

姚铁说："明天没空，要来现在来，我正在吃火锅。"

"那你发定位给我，我和刘浩鹏一起过来汇报个事。"

三十二

段韬和刘浩鹏一起赶到那家乐山牛肉火锅店。姚铁正在请几位警员一起吃火锅。他们两人坐下来。

姚铁问："段律师，听说黎田的案件判决后，你又接到徐淮的案件，开始办大案件赚大钱了，那今晚就你买单了。"

段韬说："吃火锅，这也太便宜了吧。"

旁边的警员说："律师的口气就是不一样，姚探长，你早说有人买单，我就不在网上下单了。哪天让段律师好好请我们吃顿大餐。那，你们慢吃，我们先走了。"

段韬问道："老姚，刘浩鹏家中的那个神秘人有没有新发现？"

姚铁正在涮毛肚，被他这么一问就来火，毛肚又掉进了辣汤里，他用筷子再去捞，早就没影了。他用责怪的语调对段韬说："你有完没完，能让我吃块毛肚吗？"

"我和刘浩鹏发现一个可疑对象。"

段韬伸出筷子，将那块毛肚夹起来，放进姚铁的碗里，脸上堆满了笑容。

姚铁惊奇地问："刘浩鹏发现自己的仇家，想利用我公报私仇吗？"姚铁没动那块毛肚。

"怎么会呢？我可没让你去拘人家，就是给你提供一点破案的思路寻找嫌疑人。你不是说过吗，罪犯总要有所图，不为情就为财。我在代理徐淮案件，发现这案件与自强科技上市控股权的争夺有关。徐淮开始选择与本市聚富集团合作，后来改为与海城集团合作，赶走聚富集团，这就彻底得罪聚富集团的杜老板，挡住他的发财路，因此，他就记恨徐淮和刘浩鹏，设法报复他们。"

姚铁放下筷子说："徐淮案件是检察院办的，我不了解，可你说的图财害命倒是有点意思，不过你有什么线索吗？让我调查有点方向。不过，有想法不一定是犯罪，有行动才是犯罪行为，这不用我教你吧。你的猜想，你编的故事，对我来说没有任何价值。"

火锅里的辣汤不停地翻滚，冒出的热气熏得两人看不清对方。

段韬对刘浩鹏说："你说说那个小女子的事。"

刘浩鹏说："姚警官，在我的事情上有位叫李雅的同事，她为我做证，证明当时我和她在一起，没有作案时间，排除了我的嫌疑，对吧？"

姚铁笑笑："是呀，你还在想着她？真是个非常性感的女孩，与你吃过饭、看过戏还上过床，情有可原，怎么啦？花点钱补偿人家一下也是应该的。"

刘浩鹏说："我想补偿，可她没给我机会。我调查过，她原是聚富集团的员工，总裁秘书，到我这里后，虽说是我的秘书，按公司职级只是办公室文员，月薪不到一万，远远低于她原先的收入。在我被审查期间，她辞职走人，而且就此失联。据我调查，她已出国，不知去向。"刘浩鹏出示航空公司的出票信息。

姚铁一听，很感兴趣，接过出票信息仔细看看，辨认一下真伪，说："像是真的。她走了，你解脱了。你就省下了一笔开支，免费开心，是好事呀。"

段韬说："这世上最昂贵的就是免费服务，根据他老婆自杀的那个晚上发生的过程，我分析，这个李雅的任务是看住刘浩鹏，不让他回家，留给那个神秘人一定时间，去威胁他老婆，这一切都是有幕后黑手在操控，这个人就是聚富集团的杜老板。他自从被自强科技放弃后，失去发财的机会，怀恨在心，采取报复行动，一方面举报徐准的贪污行为，一方面暴露刘浩鹏的婚外恋，导致他们一个被抓一个被查。如此一来，他就有机会卷土重来。这位杜老板最具有犯罪动机，可能就是那个神秘人，或者神秘人是他雇来的。他是最大的犯罪嫌疑人，应该列为重点调查对象。"

姚铁大吃一惊："什么，去查这位杜老板？你是在开玩笑吗？你应该知道这位可是大企业家、社会名流，聚富集团是重点保护企业。我记得他公司的人因物业纠纷大打出手，到派出所处理，很快就被局领导叫停，交由治安处处理，对主要打手行政拘留，单位罚款了事。要查他也轮不到我这个小小警察，再说都是你凭空猜测，没有任何有价值的线索，也不可能打报告请示领导的。"

段韬说："那个李雅就是重要证人，可以从她身上突破，由她指认幕后黑手就是杜老板。再询问杜老板，就能查出那个神秘人是谁，是不是他安排的，也可能就是他本人。"

姚铁："段大律师，你把我们侦查工作想得太简单了，就算你说李雅是证人，可她已不在国内，我去哪里找？出国找她？像我这样的小警察出国调查，还不知道要办多少审批手续。你以为上个红色通缉令，就能请国际刑警帮助，那想也不要想。她和刘浩鹏在一起，刘浩鹏排除了犯罪嫌疑，她也一样，肯定不是犯罪嫌疑人，充其量只是个胁从者、知情者，不可能上通缉令的。即便是找到她，也不可能把她带回来。你是不是看过《名侦探柯南》，都当真了，侦查工作也有不少程序的。"他又转过脸来对刘浩鹏说，"你是在国有企业工作，更应该懂得工作程序，不像这小子，天马行空，想入非非，尽出难题。"

刘浩鹏点点头说："我懂的，国有企业任何工作都有严格程序，我想公安机关更应该这样。"

"段大律师，你提出的要求，我是爱莫能助，不过我倒有个建议，徐淮的案件是反贪局办的，你把你编好的故事说给检察官听听，她是你的同学，也许会相信你。如果她信了，请反贪局再查一下这个案件背后的故事，他们可是查处经济犯罪案件的专家，也敢硬碰硬，说不定就查出一条大黑鱼，把那个神秘人带出来。"

段韬说："反贪局重点是查处国有企业、国家机关的干部贪腐案件，你们公安负责社会上抢劫杀人等刑事案件，他老婆被害是刑事案件，就应当你负责查，难道你怕杜老板吗？"

姚铁也生气了："你说我怕，我怕过谁？你给我记住，在我辖区犯的刑事案件，我都会查，一个也不会放过的，等你有了可信的线索，再跟我说。明天我还要办案，就不陪你了。"说完，一转身走了。

刘浩鹏赶紧拉住段韬说："你也别怪姚警官，他说得有道理，我们手上确实只是有一条线索，没有证据证明杜老板与此事有关，都是我错失良机，我会承担责任的。"

段韬说："你也是受害者，什么责任不责任的，我会慢慢找的，我就不信杜老板和那个神秘人不留下任何痕迹，我会盯着这位杜老板的。俗话说，要想人不知，除非己莫为。走吧，你刚回来，丑丑还在家里等你呢。"

两人一起走出火锅店，各自回家。

三十三

段韬在事务所接待室接待一起交通事故的当事人，刚送走他们，就接到徐一凡打来的电话，请他立即来公司，有要事商量。他猜到大概是公司收到聚富集团的起诉状，要他过去解释一下。律师对当事人的要求只能满足。他到楼下，骑上摩托车赶过去。

公司会议室，龚维、乔总工和徐一凡心事重重地看着桌上法院送达的起诉状和冻结令，自强科技公司的临时领导班子一时没了主意。

段韬匆匆走进来，龚维介绍说："段律师，我和乔总工是公司临时负责人，遇到重大事项我们邀请徐一凡参加，她是公司大股东徐董事长的代表。公司现在被聚富集团起诉，要么退还定金三千万元，赔偿五千万元违约金，要么请他回来继续履行原合作合同。一凡说请你过来商量一下，你也是徐董事长的辩护律师，请你出个主意，怎么应诉。"

徐一凡说："我听说，聚富集团请的是邵大律师作为代理律师。这是怎么回事？"

段韬一边翻阅材料，一边解释说："邵律师是徐董事长刑事案件的辩护律师，聚富集团与公司发生的是经济合同纠纷，一个是刑事案件，一个是民事纠纷，从法律上说，应该不属于同一类案件，邵老师说他已得到公司的豁免。"

龚维赶紧说："是的，我记得邵律师给我打过电话说起有这件事，他也是这个观点，这是不同领域的案件，没有什么太大的利益冲突，我就答应了。再说由邵律师代理，也许还有很多周旋余地的。"

乔总工说："既然他们请邵律师，那我们也可以请段律师代理，这样他也容易与徐董事长沟通决定。"

段韬说："这是万万不能的，法律规定一个民事案件，原被告不能都请同一家律所的律师代理。更何况邵老师是我的老师，不可能发生师生对簿公堂的场面。本市有上千家事务所，上万名律师，打民事纠纷官司的律师大有人在。再说这个案件是债务纠纷，没有复杂的法律关系。关于对方主张五千万元违约金，我看过那份解除协议的合同，并没有确定违约金数额，法院不一定会全部支持，最多赔偿资金占用费，与贷款利息差不多。案件也很简单。"

乔总工说："他们醉翁之意不在酒，杜老板就是想重返自强科技，让他成为公司控股股东，主导上市，这是逼迫我们投降。"

龚维说："既然都知道聚富集团的真正目的，那就因势利导，进行和解，要知道公司的账户已经被查封，下个月的工资就发不出了。再说公司目前也拿不出这么多钱还债呀。"

乔总工说："公司现在是很困难，我们可以勒紧裤带过日子，把该省的都省下来。不够再想办法，杜老板采取这种威逼利诱的方式，更不能让他重返自强科技。"

龚维说："乔总工，你这话什么意思，我主张与聚富集团合作上市，也是为了企业好。为了职工手上的股票，当然也包括你、我和徐董事长，我们都是持有股票的人，你不想我们的投资都打水漂吧？那都是我们这些年辛辛苦苦攒下来的血汗钱。这就是我的私心，有错吗？"

瞬间，会议室悄然无声。

段韬立即转移话题，打破僵局，说："我们还是就事论事讨论这个案件如何处理，不讨论对与错。目前这还是个合同纠纷，还没有到讨论聚富集团能否重返自强科技的境地，尽管对方提出要求履行原合同，那也是建立在公司无法偿付欠款的基础上，再讨论的和解方案。这要等到法院判决，进入执行阶段才有可能实施。根据我的经验，两个人不想结婚，法院很难判决要你们结婚的，再说从一审、二审到执行法院审理，大约有一年，公司有足够的时间筹措资金。我建议公司第一步请个律师代理此案，争取时间，免掉违约金，把资金占用费压缩到最小范围。"

龚维说："什么，要一年？这怎么可以？上市是有时机的，现在市场上有许多热钱，股票在涨，股市很好，公司上市立即受到投资人追捧，如果错过这个大好时期，公司就失去投资价值。俗话说，机不可失，时不再来。研究所领导已明确要求尽快解决经济纠纷，避免对研究所的负面影响。"

段韬说："我认为是金子总会发光的，不要在乎一时得失。"

徐一凡很欣慰地看着段韬。

乔总工说："段律师说得对，自强科技就是颗钻石，越打磨越有价值，经得起时光的检验。我也是研究所的总工程师，会去说服研究所领导接受我的意见。一凡，你的意见呢？"

徐一凡说："段律师，请你把乔总工的意见转告我父亲，刚才你说要找个与邵大律师旗鼓相当的律师代理公司的案件，你有没有可推荐的律师？"

段韬说："龚总推荐邵律师担任徐董事长的辩护律师，是个正确的决定，我相信他一定会为公司请到合适的律师。"

龚维原以为段律师会揽下这单生意，没有想到他主动推给自己，笑笑说："我可以试试，不过现在律师费很贵，公司资金已捉襟见肘，怎么办？"

段韬说："债务纠纷可以采取律师风险代理方式，先预付基本费用，后期根据减免损失的比例给予奖励，这也是当下律师界流行的风险代理方式。"

徐一凡说："基础律师费由我出。"

龚维手机响了，他看了一下说："领导来电话又在询问公司的意见，我先去汇报。乔总工，就看你能否说服领导了。"

乔总工看着他的背影愤怒地说："我怀疑徐董事长的事，都是他在背后捣的鬼，自从徐董事长决定放弃与聚富集团合作后，他极不满意，上蹿下跳，他不仅是为了他自己手上的股票，他当时投资不多，徐董事长为了让他管理公司行政工作，还送给他一些，他也成为第五大股东。可他还不满足，搭上杜老板，以为找到了靠山，他见了有权有势的人就点头哈腰，没有一点骨气。"

段韬说："我也觉得徐董事长的案件一定是有内鬼的，否则，举报内容不会那么详细准确。"

乔总工说："这分钱的事也都是他在主导，他是分管行政和财务的副总，是他提议要分点钱给大家。说实在的，我们都不懂法，他说可以分，我们都没有反对。徐董事长一出事，他主动退出全部资金，坦白从宽，还推卸责任，说是徐董事长做的决定，他是按领导意图操作的，纪委找我时，我把分来的钱退了，可我坚持说，这是公司集体决定的，可惜当时没有形成书面的会议纪要，这本是他应该做的事，他没有做，这可把徐董事长害惨了。你说他是不是严重失职？"

段韬说："我看过书证，白纸黑字，只有徐董事长一个人签字，难以推卸，徐董事长真的一点不懂法呀。"

乔总工也只能叹口气："你转告徐董事长，让他放心，我和科研人员会按照他制订的科研方案继续研究下去，也告诉他，现在公司远没有我们当年创业时那么艰难，我们一定会克服一切困难，坚持把项目搞成功，让自强科技这颗钻石闪闪发光。"

段韬重新打量这位专家，由衷地表示敬佩，向他点点头。

会后，段韬和徐一凡一起回到老码头街区，并没有去西餐厅，而是沿着江边散步。

徐一凡说："你真是这样看待我父亲的？他是一颗金子吗？"

"当然，不仅是徐董事长，还有乔总工程师，他们这些知识分子真是了不起的，令人敬佩。"

徐一凡说："谢谢你这样评价我父亲。"

段韬说："我知道父亲在儿女心中的地位和形象，是不允许被玷污的。但是作为父亲，是个人自然会犯错，就像金子也会蒙上灰尘，沾上泥土，是金子总会发光，是沙石只能消失在泥潭里。所以你不要颓废，也不用埋怨，要打起精神，只有你保持乐观向上的状态，过着健康的生活，才是对父亲最大的鼓舞，你们才能共同度过这段艰难时期。"

徐一凡听了很感动。她觉得与段韬在一起有足够的安全感。

两人离西餐厅越来越远，段韬赶紧停住了脚步说："一凡，快回餐厅吃饭，詹姆士一定在等你，我还有事，就不去了。"说完，挥挥手离开了徐一凡。

徐一凡恋恋不舍地看着他离去的背影，心里涌起一股感触，流下了一行热泪。

段韬其实没有什么事，只是想如果被熟人发现他和女当事人一起漫步江边，不知会传出什么绯闻来。他想起刘浩鹏好多天没有和他联系，他也想丑丑了，就给刘浩鹏打电话，手机在关机状态，段韬吓一跳，心想这小子会不会出什么事，应该不会吧？大概是手机没电了，或者是一个单身汉耐不住寂寞又去哪里鬼混了。妈的，自己不也是单身汉吗？能去哪儿快乐呢？再一想自己是个律师，总要自律一点，还是回家睡大觉吧。

三十四

　　香港，铜锣湾酒店咖啡吧。刘浩鹏独自坐着，他非常警惕地看着来往的人，显然是在等人，自从姚警官告诉他，要想通过杜富财查出那个神秘人，必须先找到李雅。为了查清老婆自杀的真相，他下决心找出李雅，弥补自己的过失。他的同学告诉他，李雅在香港消失，只有先去香港，查清她的踪迹，才能知道她去了哪里。同学告诉他，香港会有朋友帮助他的。

　　一杯咖啡的工夫，一个戴着墨镜的男子在他对面坐下，低声问："你是刘先生吗？"

　　刘浩鹏点点头，男子悄悄拿出一个信封，递到他面前："我是孔先生的朋友，他让我把这个交给你。"

　　刘浩鹏说声"谢谢"，立即拿出一个信封给他。那人收下信封，捏了捏，知道是该给的费用便立即离开。在香港什么都可以用金钱交换。刘浩鹏立即拆开信封，里面是李雅的护照复印件、签证申请表以及登机信息。原来李雅在香港参加雅思考试，获美国纽约大学留学资格，再乘坐美国联合航空班机飞往美国了。

　　这时手机响了，是孔同学打来的："东西收到了吗？"

　　刘浩鹏说："收到了，李雅不错呀，在香港雅思考到七分以上，现在去美国纽约大学读书了。"

"那你怎么办？"

"我在美国留过学，到纽约能找得到她的。"

"你一个人去，恐怕不行，有危险的，我去美国出差，要办许多手续，一时三刻出不去，不能陪你。"

"我和她还有点私情，对她一直也不错，应该不会有什么危险的。"

"她本人没有什么问题。我担心她背后有人安排。我认为可以让那位段律师陪同，他当过兵，有点功夫，又是律师，懂得法律界限，他的美签很方便的，有他在你身边我放心，你可别再出什么差错。"

刘浩鹏说："明白，让我想一想，要找个理由的。"

"你就告诉他李雅在美国留学，他一定会去的。不过你不要用这个电话与他联系，也不要告诉他太多，到了美国单独与我联系。"说完就挂了。

刘浩鹏放下电话，端起咖啡喝了两口，思考怎么说服段律师一起去。其实现在这事与他无关，黎田的案件也判了，他的使命已完成。刘浩鹏结完账回房间去。

段韬一早来到事务所，想起昨晚没有打通刘浩鹏的电话，也没接到他的回电，他再给刘浩鹏打电话，还是关机状态，觉得十分反常，有点紧张起来，立即给他单位打电话，办公室的人说："没看见他，听说他休年假，不知道他去了哪里。"休假也该跟他说一声呀，那丑丑交给谁带呢？他想起宠物乐园的秋羽，立即给她打电话询问，秋羽还是那么爽快，说："丑丑在我这里寄养呀，浩鹏叔说，他要出国十来天，就送到我这里了，怎么，想丑丑了？想看看它吗？是不是也应该看看我呀？"段韬答应她，过几天和浩鹏一起来看她。放下电话，刘浩鹏有去向，没发生什么意外，他悬着的心也就放下了。心想：这家伙这段时间够倒霉的，老婆自杀，自己被审查，真够他受的，是该出去放松一下。说不定去泰国潇洒走一回。怎么不叫上我？我也很苦呀，真不够意思。就在这时手机响了，一看是刘浩鹏的电话，立即打开手机，开口骂道："你这家伙在哪里？手机也不开。"

刘浩鹏笑道："我在香港呀。"

段韬说："香港有什么好玩的，不就是买点便宜货吗，还是去泰国好玩。"

刘浩鹏说："我哪有心思玩，我在这里发现了李雅的行踪。"

段韬大吃一惊："你去查李雅了？"

刘浩鹏说："我丢失的东西，我要去找回来。不过李雅已不在香港，去美国读书了。"

段韬说："她不是在香港旅游吗，怎么又去美国读书了？"

刘浩鹏说："她是个很聪明的女孩，赶上香港的雅思考试，考了很高的分数，她又有985大学文凭，被美国纽约大学录取，我准备去美国找到她，与她谈谈。"

段韬一听有点急："你一个人去呀，你的同学不陪你吗？这同学本事不小呀。"

"人家上班，哪有空儿呀。我一个人去，凭我和李雅的关系我想还是能说服她的，再说在美国我还是有些朋友的，应该没有问题。"

"不行，李雅能这么顺利地去美国读书，一定有状况，你一个人去太危险，我陪你去，我去办旅游签证，你等我几天，和你一起去。"

"如果你真的想去……"刘浩鹏没有想到段韬那么坚决。

"没有如果，我必须去，你一定要等到我才能见她。法律上我比你懂的，千万不要轻举妄动，你可不能再出什么事。"段韬接住他的话说。

"好吧，我等你，拿到签证后直接飞纽约，订好机票发给我，到机场接你。"他没有想到段律师这么坚决，不需要理由，够朋友。

"好，一言为定。"段韬放下电话，找到涛涛问，"我要去美国，怎么办手续？"

涛涛说："段律师，你去美国干什么？是一个人去，还是和女朋友一起去度假？"

段韬笑道："一个人不能去旅游吗？我很想去黄石公园，那里的景色很特别。"

涛涛羡慕地说："你真会选景点打卡呀，邵律师出国签证都是我办的，你放心交给我，三天内让你去美领馆面签，你放心，中国律师有足够的信誉度，一定会 OK 的。"

段韬高兴地说："那就太感谢你了，回来给你带巧克力作为奖励。"

涛涛不屑地说："现在进口巧克力满街都是，就这样打发我？"

段韬转而说："我知道你们女孩子喜欢包包，你把喜欢的牌子发给我，给你带回来。"

涛涛这才开心地说："看来你也很了解女孩子嘛，和你开个玩笑，就两块巧克力吧，你有这份心就够了。"

段韬回到自己的位子上，打开电脑看看近期的安排，根据涛涛办签证的效率最快第四天就能出发，还有三个工作日，抓紧处理一些案件上的事，出国前再去见一下徐董事长。他给徐一凡打个电话告诉她要去见她父亲，问她还有什么指示要传达。

徐一凡想了一下说："能不能见面说？詹姆士也想见见你。我知道你喜欢中餐，我订好饭店通知你。"

段韬答应说："订好座发给我，我自己过来。"

段韬来到老码头街区一家人气港式茶餐厅，广东人喜欢吃早茶，本地人喜欢吃午茶，各式点心琳琅满目，吸引了不少食客。他被服务员引入一间小包房，白白的色调，干净雅致。徐一凡和詹姆士已经在等他了，眼里充满期待。

徐一凡让段韬坐在他们中间，詹姆士醒过普洱茶的茶汤后，给段韬倒上一杯香气纯正的熟普，笑着说："段律师，真要感谢你，自从你接手徐董事长的案件后，一凡脸上有了笑容，气色也好了，再现美丽的光彩。"

徐一凡不好意思地笑了："哪有你这样吹捧的？"

段韬谦虚地说："这么说我不就成老军医了？那是时间换空间，随着时间推移，受伤的心也能平复，心境好一点，容貌自然修复，一凡本来就是天生丽质嘛。"

服务员把点心车推进来，三人各自拿自己喜欢吃的东西，段韬要了软糯的凤爪和鲜嫩的虾饺。

段韬边吃边说："我明天去见一下徐董事长，把聚富集团起诉自强科技的事告诉他，也告诉他乔总工他们正在和研究所领导商量对策，想办法筹措资金解决纠纷，请他放心。"

詹姆士不解地问："这个杜老板是不是脑子坏了，起什么诉？不会好好谈，做做工作吗？一起诉把公司的人全得罪了，今后还怎么合作？"

段韬说："他不傻，他知道公司困难重重，再压上一大块债务巨石，俗话说'一根稻草压死一头骆驼'嘛，这样他就可以趁火打劫，拿下自强科技。他以为人都会为一斗米折腰，恰恰遇到徐董事长带出来的科技团队个个是铮铮铁骨。"

詹姆士说："这就叫聪明反被聪明误。"

徐一凡说："官司就让他慢慢打吧，我父亲的案件还有多长时间？"

段韬说："前两天联系过检察官，他们还在核实，估计还要个把月才移送法院，法院审查一个半月，之后才会开庭审判。法律程序就是这样一个环节一个环节地推进，在这过程中律师没多少事要做，我明天去见你父亲，之后要出国几天，大约一个星期。"

徐一凡一惊："是出差，还是度假？"

詹姆士说："段律师接到国际大案件了，好极了，去哪个国家？"

段韬脱口而出："去美国。"

詹姆士十分惊讶："你去美国？去哪个城市？"

段韬发现他的眼神不同往常，有点后悔说得太快，赶紧编个由头说："是跟着一家顾问单位去美国考察进口设备，实质就是公费旅游一趟，他们说去纽约，还有拉斯维加斯。"

徐一凡说："这些都是华人旅游团必去的景点，你在纽约要去时代广场、百老汇，那都是美国文化的经典，很值得看看的。"

詹姆士笑道："这是到了我的地盘。好呀，我在美国这么多年，对美国很了解，也有些朋友，需不需要提供帮助？包括人、财、物。"

段韬说："好像都是由旅行社安排，跟着走就是了，第一次去美国只能走马观花，看个热闹。下次自己再去，就少不了找你帮助，我也可以少花点钱。詹姆士，你不是说过要带上一凡出去玩玩吗？我听说日本奈良这个地方很适合二人世界的。你们去玩个十天半个月的，等我从美国回来，再研究徐董事长的案件。"

徐一凡看看詹姆士，詹姆士说："一凡想去吗？段律师出去玩，我们也可以放松一下，我来安排。"

徐一凡点点头："可以呀，是该去散散心了。"

三人举起茶盅碰了一下，徐一凡说："一路平安。"

段韬从美领馆拿到签证，直奔看守所会见徐淮，可看守所民警告诉他今天不行，检察官正在提审徐淮。他只能走出看守所，心想，从美国回来再见也不迟，骑车回家准备行李，给刘浩鹏发了一个航班的信息。

三十五

纽约国际机场，熙熙攘攘的人群。刘浩鹏在接机处接到段韬，开车带着段韬一起住进一家希尔顿酒店。进了房间，段韬憋不住了，急切地问刘浩鹏："李雅找到了吗？"

刘浩鹏沉稳地说："找到了，我有个朋友曾在纽约大学读过书，还是小有影响的人物，他给我介绍现在纽大华人学生会的人，他查到李雅学的是电影编导专业，只是刚来还没有接触过，她没有住在学生宿舍，而是住在皇后大街的单身公寓里，我去过那条街，是个破旧老街，社区混乱，租金相对便宜。"

段韬有些担心地说："一个女孩只身到美国读书，没有住在学校而是住在外面，一般来说都是有人出钱安排的。看来这个杜老板许诺的条件还不错呀。要见她可要很好地研究一下方式方法，千万不要打草惊蛇。"

刘浩鹏一头雾水："会有这么严重吗？"

段韬解释说："我在武警部队时，参加过公安破案工作，听那些侦查专家讲过，许多案件的嫌犯为了掩盖犯罪行为，要精心布置，毁灭证据，甚至杀人灭口。"

刘浩鹏恍然大悟："怪不得你在小偷案件中有那么多发现，从丑丑身上发现那个神秘人。"

段韬叹了一口气说:"这个神秘人至今杳无音讯,姚探长还没有发现他的踪迹,说明这个人很狡猾,我想他一定知道公安在找他。如果他也是杜老板安排的,那么他一定知道李雅去向。李雅是我们至关重要的证人,对他们也非常重要,一旦李雅被突破,他们就会露出马脚。因此,见她一定要小心翼翼,尤其是在美国一定要慎之又慎。"

刘浩鹏点点头:"我明白。"

段韬说:"从现在开始你不要再找那个华人学生会的人,我们自己去查李雅的行踪。不要牵连你的朋友。"

刘浩鹏说:"可以,反正纽约大学没有围墙,我们去学校找她。只要她去上学一定会被撞上的。"

段韬说:"那好,我们先去踩个点,了解一下周围环境,看看哪个地方见她最合适。"

刘浩鹏说:"现在中国是白天,这里是晚上,你好好睡一觉倒倒时差,明天一起去纽约大学。"

段韬摇摇头说:"我在飞机上睡了一大觉,现在没有睡意,带我去看看美国的夜景,听说时代广场灯火通明,很好玩的。"

刘浩鹏说:"只要你不累,完全可以,你不怕被人认出来吗?"

段韬说:"在这里我们都是无名小卒,没有人认识我们,走吧。"

刘浩鹏带他去逛时代广场。时代广场灯火辉煌,璀璨迷人,闪烁不停的大屏幕上,显示着世界各地的股市动态。

上午十点多,刘浩鹏带段韬来到纽约大学街区,找到电影学院那栋楼,因为正好是上课时间,街道上人不多,两人像旅游者在周围散步，段韬一直在寻找合适的观察点。在一栋大楼底层开着一家咖啡店，刚刚开门营业，里面没有客人，两人走进去选择一个靠窗的位子坐下，通过玻璃可以看见学院大门。段韬朝刘浩鹏点点头，刘浩鹏一扬手，叫来服务员点咖啡。两人坐下，有的没的瞎聊天，消磨时间。

快到十二点，下课了，开始有学生陆续出来。段韬对刘浩鹏说："你在这里仔细观察，我出去问问，反正李雅不认识我，撞见也没有关系。"段韬走出咖啡店，在街上像游客一样闲逛，华人学生朝他们点点头打招呼，他们有的走进麦当劳，也有的走进牛排店，估计是吃午餐。段韬看见一对男女中国学生有说有笑地走过来，主动迎上去问："同学，是从中国来的吗？我是中国游客。"两位学生点点头。段韬继续问："在这里读书怎么样，感觉好吗？我有个外甥也想来这里读书，我乘旅游先来看看。这个学校怎么没有围墙？"

男生笑道："这里是自由的，不需要围墙。只要自己努力，各种知识都可以学到。"

段韬再问："那这里的课程紧张吗？下午还有课吗？"

男生说："有的要上，有的不用来，下午主要是自修课。"

那个女生拉着他说："快走，抓紧吃饭，下午是好莱坞大导演的演讲。"

段韬说："同学，问一下，外面人也能听吗？"

女生说："开放式教学，在阶梯教室只要抢到位子都可以听。"

段韬和他们挥挥手说："谢谢。"目送两位学生离去后，回到咖啡店。

刘浩鹏向他摇摇头说："没有看见，出来的学生不多，估计这个学院不止一个出口。也有人留在教室里。"

段韬说:"可能的,刚才同学说,下午有大导演讲课,一般学编导的学生都会去聆听,目睹大师的风采,她应该会去的。"

刘浩鹏说:"是的,美国学校经常有大师讲课,平时课堂上也就十来个同学。一到大师上课就会人满为患。"

"你把照片发给我,我进去看看,她不认识我,不会被发现,我看见她会发微信给你,你做好准备,我会观察她周围是否有人保护,如果没有人,就通知你上。"

"什么,我一个人上去?"

"当然,你一个人冲呀。"

"那,我见到她,说什么呢?"

"你把人家都骗上床了,还不会说点甜言蜜语、重温旧情的话?在美国我们没有执法权,不能强迫她,只有说服她,让她告诉我们事情的真相即可,只要你能让她坐下来聊天,我再过来,动之以情,晓之以理地说服她,当然不是让你们的私情故态复萌哟。"

"怎么可能?"刘浩鹏的脸瞬间红了,有点不好意思。

"我们先去吃饭,一点多再过来。"刘浩鹏结了账,两人一起离开咖啡店。

阶梯教室里已坐满学生,大导演的演讲开始了。段韬穿着 T 恤走进教室,找个角落站着,开始扫视四周,然后沿着墙边向前移动,寻找李雅。终于在前几排发现李雅正坐在那儿聚精会神听着演讲。他激动地拍了一张照片发给刘浩鹏,李浩鹏很快回信息确认了。

他仔细观察这位李雅同学,还真算是文静的小女生,一双水灵灵的眼睛一眨不眨地盯着大导演。他想起当年在学校时，也是在阶梯教室，他和季箐一起聆听一位大检察官的演讲。季箐也是这样全神贯注听着检察官谈笑风生的精彩演说。也许正是这次检察官的演讲，让她坚定地选择检察官之路。

教室里爆发出热烈的掌声，大导演的演讲结束了，听讲的学生开始三三两两地走出教室。段韬收住回忆，跟上李雅，观察她身边是否有其他人。李雅可能是个新生，没有与同学结伴而行，更没有男同学相随，一个人孤零零地走出教室，走到大街上。段韬赶紧通知刘浩鹏可以拦住她。

在一个路口，刘浩鹏突然出现在李雅面前，叫了一声："小雅。"

李雅看见刘浩鹏惊恐不已："刘总，怎么会是你？"

刘浩鹏用有些颤抖的声音说："小雅，自从你辞职后，我一直在找你，听说你来美国读书，我正好出差，就来试试看能不能见到你，我没有抱多大希望，还真给撞上了，看来我们的缘分未尽，还是让我找到了你。"

"你找我有事？"李雅仍有些茫然。

"那当然，你为了我丢掉工作，我一定会补偿你的，你想到美国留学，可以跟我说，我在美国留过学，有经验，也有朋友。找地方坐下来聊聊嘛，看看我怎么能帮助你。"说着，刘浩鹏伸手拉着李雅的小手，生怕她再跑了。

李雅看着刘浩鹏真诚的脸，到美国后还没有人和她聊天，见到曾经相爱过的男人，自然也十分感动，她点头答应了。两人走进一家咖啡店。

段韬在远处观察没有发现有什么人在跟踪他们，内心一喜，他也走进咖啡店。

刘浩鹏站起来对李雅说:"不好意思,和我一起来的还有位朋友。"段韬上前与李雅握手:"李雅,我听浩鹏多次说到过你,好像有点情有独钟呀。"

李雅淡淡一笑:"那都是过去时了。"

段韬说:"对浩鹏来说,还是现在进行时。"

"现在相隔千里,是不可能的,现在流行的说法,丈夫丈夫,一丈之外就不是丈夫了。"

"没有想到小雅同学到美国没几天就这么开放。好,既然这样,那我就开门见山,直奔主题。"

李雅惊讶地看了一眼刘浩鹏。

刘浩鹏不看她的眼睛,说:"他是我的律师朋友,他想了解一件事,才特地来美国的,请你把知道的都告诉他。"

段韬说:"这与你有关,也没有关。我是律师,一直在调查他老婆是怎么自杀的,有人一直在怀疑是浩鹏害死了妻子。"

"我已经在公安局做证,刘总那个晚上和我在一起,公安已经排除了他的嫌疑。"

"是的,可是有一件事,我不明白,那个晚上你邀请浩鹏吃饭,又邀请他看戏,这是为什么?不会仅仅是巧合吧?"

"你,这是什么意思?"

"我知道你在公安局说,你很喜欢浩鹏,可在事发后就辞职,这件事是刘浩鹏伤害了你,让你在公司待不下去,辞职可以理解,可是你还拉黑他的微信,一走了之,杳无音讯,这不符合常理。你说过爱他,发生这事也应该找他商量一下。"

"他老婆刚死,又在接受审查,自顾不暇,找他有用吗?有意义吗?我不是那种乘人之危的女人。"

"你是个很有个性的女孩子，可你的家境一般，靠奖学金读完大学，在大学读书时成绩很好，尤其是英语还考了八级，这次雅思成绩能考过七分，才能到美国留学，足见你是很优秀的。可是，你的第一份职业是在聚富集团当文秘。"

李雅非常震惊："怎么，你什么都知道呀？"她绝望地看着刘浩鹏。

刘浩鹏点点头："这都是过去的事，说清楚，一切都会重新开始的。"

段韬说："一个人一生都会犯许多错误，只是不要把错误当成包袱，压在自己身上，否则这一生都会过得很辛苦。放下包袱，轻装上阵，才有美好的未来。人们不会计较他人历史上的过错，只在乎今天和明天不犯同样的错误。李雅，我想也许你也有很多委屈，也有难言之处。"

李雅瞬间流下眼泪，轻声哭泣。

刘浩鹏想上前去安慰她，段韬制止他："让她哭一会儿。"

李雅哭了一会儿，擦干眼泪，呆呆地看着段韬。

段韬说："我知道你还是相信浩鹏，他是个好人，他会帮助你的，否则他也不会千辛万苦跑到美国来找你。"

刘浩鹏说："小雅，我们接触大半年，你应该了解我的为人处世都是坦诚的，相对也是负责的，算是个有责任心的男子汉。只有查清我老婆是怎么死的，有个交代，我才能放下，否则这辈子都在寻找真相的路上，艰难前行。"

李雅这才点点头说："刘总，我真的对不起你，我大学毕业后就到聚富集团就职，不久被招募到杜老板身边当秘书，他给了我很好的待遇。他知道海城集团入驻自强科技后，心情烦躁，常发脾气。有一天，他对我说，交给我一个任务，就是进入海城搞定刘浩鹏，会给我一大笔报酬。这时，他也找到新的秘书了，我知道，和他在一起一定没有未来。我就答应他，这样我就来海城应聘当文员。国有企业的部门经理没有秘书这个职位，但我还是被刘总留在身边，很快就有了单独接触的机会。杜老板知道我们有了私情后奖励了我一笔钱。不久后，他突然指示我在那天晚上缠住刘总。于是我就主动邀请刘总吃饭，又一起看戏，房间也开好了。没有想到就发生了刘总老婆自杀的事。刘总被审查后，杜老板安排我到香港小住一段时间，我正好赶上香港的雅思考试，取得雅思成绩后申请到纽约大学。拿到录取通知书，就告诉杜老板，他还算讲信誉，结清我的最后一笔钱，这样我才有了第一年的学费。我出国留学就是想摆脱是非之地，过上清净的生活。"李雅说完这些后，长长地叹了一口气道，"段律师，你说得对，这件事一直压在我心里，现在说出来了，尤其是当着刘总面说出来，心情一下放松许多，我不再欠任何人的。"

段韬说："谢谢你，能把真相告诉我们。"

李雅说："可我并不知道刘总的老婆究竟是怎么死的，与杜老板有什么关系。"

段韬说："从表面上看，他只要你稳住刘总，似乎与他老婆的死没有直接关系。我们通过他家失踪的宠物狗发现，就在你缠住刘总时，有人潜入他家，可能是告诉她，刘总正在与其他女人鬼混，这让身患抑郁症的妻子受到刺激，选择跳楼自杀。但是这个神秘人至今下落不明。如果你是杜总安排的，那么这个人一定也是他安排的，也可能是他本人所为。"

李雅简直不敢相信，惊讶地看着刘浩鹏。

刘浩鹏说："我们一直在想法找出这个人。查清这个神秘人究竟是谁，又有你作证，公安就能调查杜老板。"

李雅心慌地说："我是不可能回国作证的。"

段韬安慰说："你是一个重要证人，现在肯定不能回去，还是有危险，甚至我认为你在美国也不安全。既然你已经告诉我们事情真相，我们一定要报告警方，他们会调查杜老板的，可你在美国的学校以及住所，他都知道，所以你在美国并不安全。我想让你换个地方，避开一段时间，再决定留在哪里。"

李雅不解地问："换地方？我好不容易到了美国，读上我喜欢的专业，我哪儿也不想去，杜老板在国内有点势力，他又不懂英文，在美国要上个厕所也不一定能找到，再说美国是个法治国家，应该是安全的。"

刘浩鹏说："我去过你住的地方，你刚来不知道，那里是流浪者酗酒吸毒、抢劫杀人时有发生的地区，美国虽说是个法治国家，可连社会治安都没管好过。"

段韬说："现在那个神秘的人物，警察还没有发现他的踪迹，应该说他是个很专业的罪犯，我们不能不防。不能因为你提供了证据，让你再受到伤害，律师没有权力保护证人，咱惹不起，但躲得了。因此，你必须换地方，直到他们被绳之以法，你真正过上平静的生活，再来美国读书也不迟，在美国上大学可以休学一年半载的。"

李雅眼里闪出一丝疑惑，说："那我去哪里呢？"

段韬很有主意地说："我在想，你学的是电影编导专业，说明你喜欢艺术，我建议去欧洲，欧洲有悠久的历史、灿烂的文化，美国只有二百多年历史，历史文化遗产也没几个。好莱坞文化虽很时尚，但商业化太严重，没有深邃的文化内涵。欧洲文艺复兴时期，诞生过许许多多的艺术大师，制造出无数艺术瑰宝，卢浮宫、大英博物馆足足可以让你欣赏半年十个月的。"

李雅说："我是想过的，可是没有条件去。"

段韬想了想说："只要你想去，办法总是有的，我想浩鹏会负责送你一程，到欧洲找个不为人注意的小地方住下，生活成本不高，歇歇脚再想办法。"

刘浩鹏信心十足地说："我去过欧洲旅游，我认为马耳他是个很小的地方，中国人很少去，但是那里文化底蕴深厚，有许多著名的博物馆，那里还是蓝色文明的发源地，景色优美，是许多明星的度假胜地，我也非常喜欢。"

李雅已没有太多主意，只好说："既然你们说得这么危险，就听你们的，可我没有欧洲申根签证。"

刘浩鹏又说："我知道阿尔巴尼亚算是欧盟候选国，他们对中国人免签证，到了那里再想办法，从那里再去马耳他很方便的。我在欧洲也有朋友，他们会帮忙的，我现在给他打个电话。"

刘浩鹏走到咖啡店外，给孔同学打了个电话，向他汇报在美国的情况，孔同学非常赞同他们的方案。他松了一口气，回到咖啡店说："我的朋友说没问题。"

段韬微笑道："那好，事不宜迟，小雅今晚就搬出公寓，住进宾馆，我们做份视频证据。三天后，你就和浩鹏去欧洲，我就回中国。"

三人立即离开咖啡店，一起去李雅的单身公寓取行李。

三十六

段韬从美国回来后，第一时间赶到姚铁办公室，给他播放李雅的视频。视频里，李雅陈述那天晚上发生的事，都是杜老板安排的。

段韬说："我做的证据你大可放心，真实可靠。"

姚铁看了也很兴奋，一拍大腿，大声道："这可是一条大鱼呀！你这小子在美国找到李雅，搞到这份证据算是将功补过。"可冷静一想，又说，"不过李雅的证言，只能证明杜富财组织策划搞垮刘浩鹏，并没有直接指认他参与害他老婆的行动，搞臭刘浩鹏不是犯罪行为，只是商场上的流氓行为，无法对杜老板刑事立案。"

段韬说："你又不要重新立案的，查找那个神秘之人不是已经立案了吗？只不过增加一个嫌疑人或重要的知情人嘛。"

姚铁说："你小子聪明，倒是省了一些手续，不过没有直接证据证明他是犯罪嫌疑人，对他进行调查不可能直接传唤，上门调查，只能悄悄地进行。"

段韬说："是啊，我相信以你的能力和把控力，一定能找到直接证据的。"

聚富集团的一间小会议室。邵律师在龚维的陪同下走进这间豪华的密室，邵律师看见一排礼品柜里陈列着各种古玩瓷器，墙上挂着名人字画，很有艺术气息。邵律师对这些古董字画只是扫了一眼，一掠而过，他知道在古玩字画中有太多的赝品。他看到一个橱柜里陈列着许多和田白玉，玉石不可能有假，只有品质好坏之别，就走近很仔细地观赏这些和田白玉。

杜老板走进来见状说："邵律师对和田玉很感兴趣？"

邵律师很感慨地说："收藏古玩是你们有钱人的游戏，我是望尘莫及，和田白玉还可以玩一下的，最近价格一直在涨呀。"

杜老板从里面拿出一块雕工精致的寸方玉牌和一块白如脂的仔料给邵律师："这是前两年新疆朋友送的，喜欢就拿去玩玩。"

邵律师一一收下，心里乐开了花，立刻攥在手心里玩起来："玉石随人，要经常把玩一下，会更加玲珑剔透。"

龚维恭维他说："看来邵律师很懂玉石的。"

三人分头在高档牛皮沙发上坐下，一名身材苗条、烫着一头大波浪卷发的办公室女秘书送上茶水。

邵律师喝了一口茶，很认真地说："杜老板，你的案件我与法官讨论过，法官说，聚富集团最近有不少官司，都是欠别人钱的被告，难得有一个当讨钱的原告。"

杜老板用手轻轻拍拍沙发说："开发房产的拖欠工程款、材料款都是很正常的事，等到收进房款再付点给他们就结了。"

邵律师说："既然公司资金这么紧张，那就不要履行合同再投资自强科技，只要把本金和违约金要回来就可以了。"

杜老板说："你们律师只懂法律不懂商场，更不懂资本。我要的是上市公司平台，以此解决资金缺口，基金公司想要自强科技。

现在科技股是独角兽，股市的宠儿，各取所需，共同发财。"

龚维说："研究所领导发话，希望案件尽快和解，可是乔总工程师和徐董事长的女儿还在坚持不合作。我正在请领导做做乔总工的思想工作，邵律师去做做徐董事长工作，让他们接受现实。"

这时女秘书推门进来说："老板，基金公司的电话。"

杜富财一听有些紧张，赶紧出去接电话说："我正在和律师研究尽快和解，结束诉讼，重返自强科技，现在只有那个乔总工在反对。"

只听电话那边有个神秘的声音说："我告诉你一个不太好的消息，你那个女秘书李雅失踪了。"

杜富财松了一口气说："她在美国读书，不在国内，我都安排好了。"

"我们去过纽约大学和她住的地方，她都不在，不过她也没有回国，不知去哪里了。"

"怀春的小女子在美国遇到新的男友，说不定还是老外，这也是她的目标，嫁给老外。可能一起外出旅游度假，很正常。"

"我们发现她已休学，公寓的东西也不见了，应该短期内不再回来。你想想有什么把柄留在她手上。"

"没有什么把柄，就是让她盯死刘浩鹏，搞定他，搞臭他，让他调职。她做到了，她想出国就资助她，让她走得越远越好。"

"我们听说徐淮的律师去美国了。"

"徐淮的邵大律师在我这里呀。"

"不是他，是个年轻的姓段的，他说是顾问单位请他去的。"

"那个姓段的臭小子，冲头冲脑的愣头青，我见过一次，他和李雅没有交集，应该不认识。"

"我们知道他一直在查刘浩鹏老婆自杀的事。"

"刘浩鹏老婆自杀是意外事件，与我们没关系。"

"这样，他老师在，你了解一下，他为什么去美国。另外，你自己也小心点，我警告你，以后你别再做那种下三烂的事，影响大局。"电话那头的声音有些严厉。

杜富财的额头冒出了点冷汗。他打完电话回到小会议室，见到邵律师，压根儿沉不住气，直截了当地问："邵律师，你的那个姓段的助理，去美国干什么？是哪家顾问单位请他去的？"

邵律师笑道："哪有顾问单位请他去，他请假时说是自费旅游。"

杜富财有些不耐烦地说："他自费还说是公费，真是屎壳郎趴铁轨——硬充大铆钉。办了徐淮的案件就自以为是大律师了。"

龚维在一旁帮腔说："你的这名学生不怎么样，口气很大，充当徐一凡的保护人，还鼓励乔总工把官司打到底，不调解。"

邵律师有些不快地说："应该不会的，律师不会干预企业的决策，最多提个法律意见而已，他没有做过企业法律顾问，我回去好好教育他。"

龚维紧锁眉头说："最好把他换掉，我和杜老板都不喜欢他。"

邵律师看着他们说："我给他的任务就是与检察官沟通，争取让徐淮董事长少判几年。"

龚维进一步说："他不受你的控制，他做的事远远超出你的任务范围，有时对你评头论足的。"

邵律师很不高兴地说："我的学生我会管教。"

大波浪卷发女秘书敲门进来说："杜老板，银行领导拜访你，财务总监已经在接待了。"

　　杜富财对邵律师说："邵律师，案件就交给你处理，争取尽快和解，我需要时间。"说完，就去接待银行的领导了。

　　邵律师快快不乐地和龚维离开。邵律师回到律师事务所，见到涛涛，没好气地说："看到小段回来让他到我的办公室来一趟。"

　　杜富财接待好银行的人，回到办公室，闷着头坐着，不知为什么感觉不好，来访的人中有一个不认识的人，肯定不是信贷部的。他有的没的问了一些与贷款无关的事，杜富财留他们吃饭，往常都会主动点这点那，今天却找借口回去了，有点反常。他想起李雅失联的事，他先用手机打李雅留下的美国号码，对方关机，又用座机打，依然不在服务区。妈的，这个小女人去哪里了？会不会与段律师去美国有关？内心没底有点慌。

三十七

段韬回到事务所见到涛涛，送上从美国买的 COACH 包包，虽说属二线品牌，已让涛涛非常开心。她对段韬说："快去见见邵老师，他在找你呀，你给他带什么礼物了吗？"段韬从包里拿出一条领带赶紧去邵老师办公室。

邵普元正在欣赏杜老板送的两块和田白玉，见段韬进来，将玉石放进抽屉。"小段，从美国回来了？"段韬立即送上真丝领带。邵律师看也没看就放在一边说："你自费旅游就旅游，对外吹牛说顾问单位请你去公费旅游。打肿脸充胖子，显示自己很厉害、很重要呀？要知道公费出国考察是一种待遇，你够格吗？不要办个徐淮案件就胡吹神侃，走花溜冰。只有真才实学才能赢得客户信任，建立自己的客户群。不要以为送根领带就能打发我。"

段韬莫名其妙被邵老师一顿批评。心想：我只和徐一凡他们吹过，邵老师怎么也知道了？真是好事不出门，坏事传天下。

邵普元继续说："聚富集团与自强科技的案件，你可以听徐淮的意见，只是转达一下，别掺杂自己的观点，还轮不到你去干预企业的决策。否则人家要投诉你的。"

段韬不解地问："邵老师，你不觉得徐淮的案件与聚富集团被赶出自强科技有关吗？这个杜老板为人很不地道，合作不成情谊在嘛，干吗要把徐董事长送进去，把海城的刘浩鹏往死里整？"

邵普元有点吃惊："你是不是以为比别人更聪明，更有本事，人家都不知道，就你知道了？这些事在网上流传那么久，对案件没有参考价值。"

段韬吓一跳，莫名其妙被批评一顿，没敢坐下，直挺挺地站着。

"你是个律师，不能听见风就是雨，跟着网上乱嚷嚷。我办了那么多干部腐败案件，网上一会儿说是有人要整他，一会儿说是得罪哪个人，都是胡说八道。徐董事长是咎由自取，他没有犯罪行为，反贪局能奈何得了他？他有权力，有荣誉，可是腐败了，今天不查，明天也会查的。律师代理案件就案论案，不要听信传闻，妄下结论。我们的职责是保障被告人的合法诉讼权利，争取最轻的处罚，那些没有依据的评论，不是法定从轻处罚的条件，更不是无罪的理由。案件背后的故事与你无关，我再次重申一遍，你的任务就与检察官沟通，争取对徐董事长从轻处罚。过两天，我去会见徐淮董事长，让他认清现实，公司上市对公司和员工都是好事，对他和他的家人都有好处。于公于私，都是有百利而无一害。我担任聚富集团的代理律师，就是想促成这件事。你还年轻，还不能理解我的良苦用心。今后你不要再管他们公司的事，也没有转达信息的任务。"这时候他的手机响了，邵普元向段韬摆摆手说，"赶紧去找检察官再谈谈，他们马上要移送起诉了，把我的想法转告她。"

段韬原本想争辩几句，见邵老师要听电话，只能灰溜溜地出去。

电话是龚维打来的，他问："邵律师，什么时候去会见徐淮？

领导也在等他最后的意见。"

邵普元说："我刚才严肃批评了段律师，让他别再掺和公司的事务，过两天我就去见徐董事长，听听他的意见，做做他的工作，不过你是我的朋友，段律师从网上看到有许多议论，我也要提醒你一下，你的那位杜老板可靠吗？有能力继续投资下去吗？"

龚维信誓旦旦地说："杜老板是个响当当的企业家，也是个讲义气的哥们，绝对信得过的。你就放心吧。"

邵律师点点头："我只信得过你。"

杜富财在办公室徘徊，他还在想李雅躲到哪儿去了，会不会给自己带来麻烦。这时手机响了，龚维打来报告说："邵律师就要去见徐淮，去做通他的工作。他已不许段律师掺和公司的事务，估计是狠狠把他臭骂了一顿。不过他说，这个段律师从网上了解到一些背景情况，要我们注意一点，别被人抓住什么把柄，再到网上炒作。"

杜富财说："你代我谢谢他，网上那种无凭无据的自媒体乱说，谁也挡不住，也没任何可信度，只是过过嘴瘾。你告诉他，我们都是正儿八经的人，没有什么可躲躲闪闪的。让他放心大胆地工作。"

这时鲍军走进来，他是杜富财的外甥，不需要敲门就可以进来。杜富财放下电话说："你这小子，从哪儿冒出来的？这些日子在哪里鬼混？"

鲍军俯下身子，神秘兮兮地说："老舅，我听到一点不好的消息，一位在公安当辅警的朋友告诉我，有人向公安反映你在上市不成后的所作所为，怀疑你有什么问题。"

杜老板白了他一眼说："那都是网上无凭无据瞎说。再说，我那些都是商业行为，又不是刑事案件，不归他们管。"

"他说有位姓段的律师老往公安刑侦队跑，还是徐淮的辩护律师。我知道这个律师在处理交通事故方面有点水平，当初我飙车的事托朋友找他当我的律师，他不肯，说已经代理了前面车手。妈的，他让那小子躲过一劫，我却被判了三个月，要不是你出手相救判个缓刑，我还蹲在大牢里。"

杜富财生气地说："怪不得，最近有些不好的预兆，见了不该见的人，问了不该问的事，原来是这个小律师在背后瞎捣鼓，和我过不去，是不是欠揍呀？"

"人家就是想借徐淮案件出名，掀起点浪花，要当大律师才能赚大钱。真他妈的，该出手时不出手，不该帮的瞎帮忙。老舅，跟律师讲道理，是瞎子点灯白费蜡，就是要靠拳头解决问题。"

杜富财点点头："一个小律师，教训一下，让他老实点，要想惹事，别选错对象，走错门户。"

鲍军看能为老舅干事，兴奋地一挥手，说："我来干，也正好出口恶气。"

杜老板想了想，还是叮嘱了一下："点到为止，不要伤及性命，教训一下即可，否则局面难以掌控。"

鲍军满脸堆笑，点点头，领命出去。

三十八

段韬奉命再次来到检察院求见季箐。季箐依旧衣着端庄，带着书记员走到接待区。她看见段韬已经点好卡布奇诺，笑道："你还是不肯失面子呀，一定要还这个礼。"

段韬很羡慕地说："这里价格好便宜呀，不到外面的一半。"

季箐却说："机关内部食堂，味道没有外面好呀。你来得正好，徐淮的案件很快就要结案移送法院审理，我还想听听老同学的意见。"

书记员快言快语地说："段律师，这次讲点新鲜的理由，就不要在程序上老生常谈，吹毛求疵，季姐都已核实过了。"

段韬很实在地说："被告人认罪认罚，对于犯罪事实，犯罪行为定性确实没有什么可争的，程序上的瑕疵也由行政规定弥补了。那我就说说这案件背后的一点事。我认为徐淮的案件背景比较复杂，与自强科技上市有关，我总觉得有一股势力在左右，有资本的力量，是利益驱动所致。"

书记员说："这都是网上看来的吧？我早已下载收集起来，供领导参考。不过，这些对徐淮的量刑没有实质性意义。"

季箐说："可以听听，他在学校当过编导，有丰富的想象力。上次凭借他的想象发现一条小狗，避免了一起轻罪重判的案件。"

段韬说："谢谢，也正是在黎田的案件中发现那个神秘的人物，虽然至今毫无踪迹。我的第六感认为此人可能与徐淮的案件有关。"

段韬这么一说一下子吊起两位检察官的兴趣，书记员刚端起咖啡就不动了，就像在听惊险小说。

段韬说："我们知道自强科技上市，原本是与聚富集团合作，后来改为海城集团。聚富集团本想通过上市圈钱，接住一个天上掉下的大蛋糕。但在最后时刻被踢出去，杜老板岂不怀恨在心，伺机报复？不久后就发生徐淮董事长因贪腐被查，海城集团的主管刘浩鹏因婚外情被撤职的事。国有企业因怕牵涉刑事案件选择退出。现在聚富集团抓住机会，企图以民事诉讼方式重返自强科技，夺回控股权。"

书记员松了口气说："这都是网民们无凭无据的猜想，编出来的故事，没有什么新奇的，你也信呀？"

段韬说："网民的智慧是无穷的，俗话说群策群力嘛。自我接手徐淮案件后开始浏览相关分析文章。说实在的，我原先只是想就事论事，为徐董事长找个从轻判罚的理由，说服你们，给个合理的量刑意见。后来，我看过一些背景分析后才豁然开朗。你们记得在黎田的案件中有这么件事吗？就是刘浩鹏老婆自杀那个晚上，刘浩鹏被一个叫李雅的女孩缠住不回家，给了黎田可乘之机。我通过失踪的小狗发现有个神秘人事前先进入他家威胁被害人。我怀疑这可能不是巧合，而是有意为之。刘浩鹏发现李雅离职后失踪了。他开始怀疑此女的失踪有点蹊跷，为了查清老婆自杀的原因，开始调查李雅行踪，发现李雅此前就职于聚富集团，后来才到海城。在刘浩鹏被审查时，李雅从海城辞职后去香港旅游，在香港参加雅思考试，现在去美国留学。记得我们大学毕业时，有很多同学想出国留学，自费留学要花一大笔钱才行。我家贫穷，只能望而却步。李雅的家境不富裕，能去美国留学，背后一定得到他人的资助。为了证明我们的猜想，我和刘浩鹏去了一趟美国，在纽约大学找到李雅，她还是个很单纯的小女生，她承认受人指使诱惑和稳住刘浩鹏的事实。我相信你们也应该猜到那个指使她的人，就是聚富集团的杜老板。"

书记员睁大了双眼说："那让她回国指认这位杜老板呀。"

季箐却断然摇头说："能指认什么？段同学，你这回不仅讲了一个精彩的故事，还千里奔波寻找证人，花费不少精力。这个李雅的陈述只是一个非常重要的民事证据，却证明不了杜富财有犯罪行为。众所周知，商场如战场，各家为了商业利益打得头破血流。杜富财利用美色诱惑对手，虽然不足挂齿，非常下作，但是刘浩鹏意志不坚定被拉下水，自废武功，也怪不得别人。你们是海底捞月，白费功夫。"

段韬强调说："他能安排李雅诱惑刘浩鹏，就不能雇人潜入他家，威胁他老婆一扫心头之恨？"

季箐喝了一口咖啡，笑笑说："你可以先入为主，我们可不行。犯罪事实都要讲证据的，这个神秘人公安还在查。李雅的陈述与徐淮的案件无关，我不再听你讲述剧情的发展，我们要按照诉讼程序推进案件进度。我们准备结案，移送法院审判。我可以给你个建议，当初参与私分公款的员工都已退清赃款，可被告人还没有退清，你应该让徐淮家属把赃款退干净，这是法定从轻的条件。这样我们把赃款发还单位，也可缓解一下公司的资金困难。"

段韬吃惊地问："反贪局没有查获他的赃款吗？"

季箐叹道："他的账户里钱不多，不知他用到哪里去了，他不愿意多说，不退清赃款，仅有认罪认罚，从轻减轻还是缺口气呀。"

段韬只能答应再做做徐一凡的工作，争取早点退赃。

三十九

段韬离开检察院回到事务所，走进邵老师办公室，想汇报与检察官交流的情况。邵老师不在，他只能用电话通报："邵老师，徐淮案件很快就移送法院，进入审判阶段。检察官希望被告人家属尽快退清赃款，再考虑出具量刑意见。"

没有想到邵老师今天心情很好，在电话那头立马表扬他："检察官能主动提出要被告人退赃，那有可能适用减轻处罚的规则，那就太好了，你继续努力，保持沟通。另外，你做做一凡的思想工作，退足赃款，再准备罚金。我明天去见徐淮董事长，也做做他的工作，再努力一下争取量刑在五年以下。"

段韬很高兴，挂了电话，给徐一凡发条短信："一凡，何时回来？"很快收到一凡的回复："明天从日本回来。"

刘浩鹏同时也发来一条短信："一切安排妥当，明天返回，想丑丑了。"

段韬一见，立即回复："我带丑丑到机场接你。"发完后，拿起一瓶饮料，一仰脖子咕噜咕噜一口气喝完。好爽呀！

他回头一看，办公室冷冷清清的，剩下几个人在加班。再一想今天是周末，律师们该去哪儿玩，都去哪儿玩了。自己是个单身汉，又没约会，真有点可怜呀。他想起季箐，她曾是令他心动过的女人。现在只得笑笑。她让家属退赃的建议，有利于减轻处罚，算是个有情有义之人。别看她一脸严肃样，关键时刻还是向着自己的。不过她说，徐淮董事长账户里没有多少钱，这倒是有点奇怪，按理说他的工资不低，收入不会少的，那钱会去哪里呢？也许用于女儿读书，那徐一凡退得出来吗？他重新打开电脑，再次仔细阅读徐淮的案卷。这次，他看到银行的查询报告显示徐淮账户里只有三十多万余额，再看司法会计的鉴定报告显示他挪用公司的一百五十万付到一家房产公司，那应该是买房子了。他觉得这家房产公司的名字有点眼熟，但一时想不起来。只有等徐一凡回来问问她家里有几套房。再认真研究徐淮的笔录，他对赃款去向的解释，都是说自己用的，但想不起来怎么用的。看得出徐董事长是怕牵涉其他人，故意闪烁其词。等邵老师见过他后，再去见见他，与他聊聊。

这一晃就到十点多，肚子也有些唱空城计了，段韬收拾一下东西回家。快到家时，在附近的一家沙县小吃吃了碗油滋滋的盖浇饭充饥，然后骑车回家。

他的出租屋处于城乡接合部，租金便宜。现在已是夜深人静，路灯昏黄，行人稀少。段韬拐进一条小马路，前面不远处就是他居住的小区。突然，路边窜出个人，把他吓一跳，他赶紧急刹车，路上有点滑，差点摔倒。他叫住那人，想问他怎么走路的，话还没出口，就觉头顶传来一阵剧痛，双腿一软，摔倒在地！他下意识里知道头被人用棍子狠狠打了一下！就在倒地的一瞬间，他顺势往旁边一滚，躲过后面的连击。袭击段韬的人一招打空，却不急着上前。

段韬身形半蹲，心想这不是前面闪过的行人，而是身后还有人，看来这是蓄谋袭击，正思索间，忽地背上又是一阵闷痛。看来对方不止一人。此时，只见四个民工模样的年轻人挥着粗木棍围上来，段韬一个鲤鱼打挺，跳将起来，猛挥右拳，狠狠击中了其中一人的鼻梁。那人吃痛往后退了几步，鼻血也被打了出来。段韬这才看清对方的身姿，非常强壮，身高足有一米八五以上。那人吃了痛，更加暴怒起来，挥舞着木棍冲段韬袭来。段韬一个闪身，躲过攻击，却被另一人一记横扫打中太阳穴，顿时耳鸣眩晕。他立住脚步，伸手去抓棍子，却抓了个空。无奈之下，便整个人向偷袭者冲去，将其拦腰抱住。那人被段韬抱住腰，棍子便不好挥舞，一时间没了主意。段韬双手发力，将对方原地抱起，并在转身的同时，依靠上身之力，将对方狠狠摔在地面上。只听嘭的一声，偷袭者被狠狠砸在水泥地上，疼得大声喊，同时木棍也应声脱手。段韬眼疾脚快，一脚将棍子踢开两米。当他准备转身去对付另一人时，左大腿被击中，整个人失去重心，再次倒在地上。段韬意识到自己犯了一个巨大的错误。他还是新兵时教官曾经说过，以一敌二，或者以一敌多，切记不能将自己的后背暴露给对方，最好的办法是边打边退，这样即便敌人追击上来，你面前也至多一两个人，否则对方绕到身后，就会形成围攻之势，除非你是泰森，否则一定会被痛殴。段韬刚才将所有注意力都集中在一个人身上，导致身后被人趁机击打，瞬间鲜血从段韬的头顶流淌下来，模糊了他的双眼。视线受阻、四肢麻痹，倒在地上。这四个偷袭段韬的人也围上来，拿着木棍又在他身上乱挥乱打。段韬死命抱住头部，胳膊、背脊、大腿、脚踝都被木棍打得彻骨疼痛。

恰在此时，一辆送外卖的电动车路过，四人见有人来赶紧撤离，四散而去。快递小哥赶紧下车去看看躺在地上的受伤人，不由得大声惊呼:"段律师,怎么是你呀?"原来送快递的不是别人而是黎万年。段韬见是黎老汉,微微一笑:"快送我去医院。"黎万年赶紧拨打120,段韬躺在黎老汉的怀里,实在支撑不住,便昏了过去。

四十

当段韬睁开眼时，已经是在医院里，躺在病床上，他看见季箐正坐在他病床前，这一瞬间，他以为自己是在做梦。

"你终于醒啦？"季箐脸上没有笑容，看得出她很心疼，"你感觉怎么样？"

"是你呀，我还以为做了个金陵春梦。"段韬虽然头还很疼，但不忘调侃。

段韬吃力地支起身子，想要坐起来。季箐见状，忙去帮他调整病床的角度："被人打了，还想入非非？"

"你当时不在现场，不知道我有多厉害。那几个小毛贼被我打得落荒而逃，嘿嘿！"可能是牵扯到了伤口，段韬上一秒还在威风凛凛讲述自己的英雄事迹，下一秒就痛得龇牙咧嘴。

季箐见他这副熊样："你是刀尖上耍杂技呀，被人家打得头破血流还要逞英雄。"

段韬咧嘴一笑，病房里的气氛也缓和了不少。

"我只听说过有人报复警察和法官的，也有检察官挨打挨骂的，却没怎么听说当事人报复律师。段大律师，你们不是替坏人说好话，就是救好人于苦难之中，两头都讨好，怎么会遭人毒手呢？"

季箐伸手在病床边上拿起一只苹果和水果刀问他，"吃不吃水果？"

"吃啊！"段韬笑笑说道，"我们律师只要吃一家，就会得罪另一家，被打也很正常，你们有制服加身，袭警是重罪，人家还有忌惮，律师一无所有，打伤了最多判个伤害罪。"

"你既然知道，不能小心点吗？别一味帮着一方，得罪另一方。"

"所以我只想办理刑事案件，保护罪犯，得罪你们，不就很安全吗？"

"那你是猪八戒照镜子——里外不讨好。"

"那我是八戒买凉粉——人丑名堂多呀。"

这时，病房门被人推开，姚铁走进来，笑着说："你就是个八戒，皮比猪还厚，真是扛得住打啊。昨晚看你的样子，估计是活不过来了，现在神气活现又在吹牛皮说大话了。"

段韬一惊说："你昨天就来过了？"

姚铁说："昨晚一位快递老头报案说段律师被人殴打，已送到医院。我连忙派人过去调查，赶到医院看真是你，你的样子吓我一大跳，又从警队调上几个人，一定要抓住那几个行凶的人。"

季箐说："怎么样，抓到了吗？"

段韬说："那是黎田的父亲，送外卖恰巧路过救了我。姚探长出马，还能跑得掉吗？"

"总算被大律师表扬了！"姚铁笑嘻嘻地拉过一张椅子，坐在离病床不远处，"抓到两个，跑了两个，不过很快就会被逮回来的，都是附近工地的民工。"

段韬来了精神："说说看，那一定是有人指使他们干的？"

"他们承认是收了钱，特地教训你的。他们的老大是他们的包工头，也是收钱办事的。听老大说，付钱的人说那个律师太牛了，请他办个案件，他还不办，要教训他。让他记住，要他帮的就帮，不该帮的不要瞎帮。那人是谁不知道，老大也不清楚，现在都是网上下单，网上支付的。老大还在逃亡中，估计回老家躲起来了。"

"怎么可能？我一个小律师想要接案件都接不到，哪里敢拒绝，全是鬼话。"

姚铁说："没有人会相信，不过他们提供了网上的联系方式，倒是有可能。现已通知网警排查，找到那个 IP 地址，毕竟那个老大没有抓到，赶快去做个伤情鉴定，如果是轻伤，可以拘留他们，追究刑事责任。"

段韬表示理解："算了吧，我只是受点皮肉之苦没有伤及内脏。这些民工也是为了赚点小钱而已，即便是轻伤责任分散，也判不重的，冤家宜解不宜结。"

季箐说："你倒是大度呀，法律不允许他们逍遥法外。更何况这是一种新型的犯罪方式，要高度重视。"

这时，刘浩鹏风尘仆仆地从机场直接赶过来，闯进病房，见到段韬头上身上都缠着绷带。"段律师，你被人打了？"他看见姚警官和季检察官都在，愤怒地说，"你们两位都在，正好，我知道是谁指使的，幕后元凶就是杜老板。"

姚铁和季箐都大吃一惊。

姚铁说："怎么可能？"

刘浩鹏说："我和段律师到美国找到陷害我的李雅，她向我们讲述，她就是根据杜老板的指示诱惑我的，杜老板还指示她不让我回家，他再派人威胁我老婆，他就是害死我老婆的凶手。"

姚铁紧绷着脸问："杜老板与你有仇，可与段律师有什么关系呢？"

"段律师是徐淮的辩护律师，他一直在怀疑徐淮案件背后有黑手，坚决不同意杜老板重返自强科技，这次又与我一起追到美国，找到李雅。为了保护证人，我们把李雅转移到其他地方了。杜老板一定是发现李雅失踪，怀疑有人把她藏起来，估计他是发现段律师最近去过美国，害怕事情败露，就伺机报复，杀人灭口。"

姚铁说："你说得也太玄乎了，从袭击的动作和段律师的伤痕分析，只是蓄意报复，没有下狠手，置人于死地。再说李雅的证言我都看过了，仔细研究了，她只能证明杜老板针对你本人施展美人计，并没有其他指令，说他要杀人灭口还不至于吧。你才和段律师在一起几天，也喜欢胡思乱想，瞎编故事。"

段韬说："目前还没有足够的证据证明杜老板有犯罪行为，只是那个神秘人至今没有浮出水面，还是来无影去无踪，不得不让人浮想联翩。"

刘浩鹏气愤地说："为了我老婆，我一定会查下去，找到证据的。我这次回来就是要说服海城集团领导，恢复收购自强科技的投资计划，坚决阻止杜老板重返自强科技。我已不怕再得罪他，成为他的仇家。"

段韬鼓励他说："对呀，这正是徐淮董事长的希望和要求，我会尽全力配合你的。有姚警官保护，我们还怕什么？"

姚铁说："别别，别把我扯进去。"

季箐严肃地发问："刘浩鹏，你是怎么发现李雅去向的？她现在在哪里？"

刘浩鹏一愣，看着季箐说："兵有兵路，将有将道。在我被审查期间，李雅辞职走人，审查结束后，想对她做些补偿，她却失踪了。我觉得奇怪，就私下找人调查她的情况，发现她去了香港，又去美国纽约大学读书，我知道她家境比较困难应该没有财力支持她出国留学的，觉得非常反常，就去美国找她。果然这里面有个阴谋。"

季箐说："那你是通过非法途径找到她的，这份证据的收集程序是不合法的，我看过李雅的视频，但她是不是在受到威胁或利诱的情况下而做的陈述呢？更何况你们没有带她回国做证，无法证明她是在自愿情况下做的陈述。如果收集证据的程序不合法，真实性必被质疑。按照规则，非法证据将会排除。无论是谁提供的非法证据都不能作为证据使用。"

刘浩鹏惊讶地看着段律师。

段韬说："我以律师的名义保证证人是在完全自愿的状态下陈述的，他是按照法律法规合法收集到这份证据的。她现在不能回国，今后安全如果有保证，她可以回国做证，也可以接受你们的当面聆讯。"

病房的气氛瞬间紧张起来，姚铁赶紧说："一个检察官，一个律师，一见面就唇枪舌剑，针锋相对。这里是病房，不是法庭。你小子已没有大事，好好再养几天。季检察官走吧，让他们讨论什么投资不投资，收购不收购的商业上的事。"说完拉着季箐离开病房。

在停车场，季箐对姚铁说："姚探长，段律师他们提供的李雅视频，对于查找那个神秘人非常重要，这给你提出一个新思路，你顺着这条思路试一试。"

姚铁笑道："这个段律师很敏感，是块做侦察的好料，只可惜为了赚钱去当律师。他讲的情况已经安排下去了，我们会对杜富财那天的活动进行排查，对他公司的人进行摸底调查。只有抓住那个神秘人，段韬他们才安全。"

季箐笑着和他击掌致意，各自上自己的车离开。

下午，邵普元带着涛涛和几位助手都来慰问他，涛涛看到段韬的惨状非常难过，轻轻地抚摸着他的伤口问还疼不疼。

邵律师非常愤怒，一连串地发问："这是什么人干的？干吗要打律师？律师又不是得罪人的职业，某种程度还在帮助罪犯维权，没有想到被人暴打一顿。公安查了吗？人抓到了吗？他们怎么说？"

段韬说："公安同志来过了，已经抓住两个袭击者，跑了两个，不过都是民工，是收钱办事的人。他们说，是我没有接案件，不做某人的代理人，就伺机报复一下。我想不起来是什么案件。"

"真是岂有此理。我要到司法局呼吁一下，律师的执业也是公务活动，对这些打人者必须依法严惩。"

一位律师大声说："不仅要追究刑事责任，还要追偿经济损失。段律师，你要算一下医疗费、护理费，还有误工费、精神损失费，让他们出血赔死。"

段韬笑笑："我的事，我自己会处理的，谢谢你们关心。邵老师，警察说我头皮硬，肉结实，扛得住击打，片子拍出来了，没有伤到内脏，很是幸运，所以养两天就好了。邵律师，我知道你很忙的，谢谢你和大家来看我，请回吧。"

邵普元从包里拿出一个信封递给他："这是我们团队给你的慰问金，一点小意思，就收下吧，好好养伤，早日回来。"

段韬很感动，收下慰问金，再三表示感谢。

邵老师刚走，刘浩鹏抱着丑丑又来看他。丑丑跳到段韬的床上，伸出舌头舔他受伤的头部和手上，段韬用一只没受伤的手搂着它，亲吻它。

这时秋羽走进来笑道："亲够了吗？把它当女朋友啊？它可是个条公狗。"

秋羽端上保暖锅，里面是热气腾腾的鸡汤："这是我们乐园里自家养的老母鸡，我专门为你做的大补鸡汤。你看丑丑是否已经痊愈了？怎么样，也到我们乡下寄养一周？保证伤愈复出，精神抖擞。"

丑丑似乎也听懂了秋羽的话，立即配合着开始各种表演。

秋羽活泼开朗，她一来满屋笑声。

四十一

　　徐一凡和詹姆士迈着矫健的步伐走出机场，坐上专车。徐一凡神色自然地给段韬打电话，电话处在关机状态，她有些奇怪，看看詹姆士："他说有事找我，怎么关机呢？"

　　詹姆士想了一下说："段律师可能在开庭吧，等会儿再打。"

　　段韬正在医院里开始做各种检查，先做核磁共振，再做CT。

　　徐一凡还是没打通段韬的电话，就给邵律师打了个电话。邵律师告诉她，段韬被人打了，住在医院里。徐一凡吓了一跳，告诉詹姆士，詹姆士也大吃一惊："知道是谁打的吗？走，一起去看看他。"

　　段韬检查结束后，回到病房休息。

　　徐一凡和詹姆士走进病房。徐一凡捧着一大束鲜花，詹姆士提着一个包装精美的果篮，胸口还抱着一堆营养品。护士对他们说："病人刚做完检查有点累。"他们赶紧把东西安置到床头柜上，不知道碰到什么东西，段韬听见醒了过来，他一看是徐一凡和詹姆士，要坐起来，被詹姆士拦住："你就躺着吧。"护士还是把他的床摇起来，让他靠着。徐一凡上前扶住他。

　　詹姆士一脸惊讶地说："在国内怎么还有人打律师，是什么人所为？太无法无天了。"

段韬叹口气无奈地说："我自己也不清楚得罪过谁，公安正在调查，好像抓到两个，跑了两个，估计是跑不了的，等抓到就清楚了，看看我究竟得罪了哪路财神。好了，不说我的事，说些高兴的事，看气色你们俩在日本过得很愉快。"

詹姆士这才缓和了神色，说："段律师，多亏你的疏导，一凡和我一起在奈良泡温泉、尝海鲜、吃牛排，度过愉快的一周。你看，一凡现在美丽不美丽？"

徐一凡害羞地一笑说："这次晒黑不少。"

段韬说："脸红扑扑的，朝气蓬勃，充满青春活力，多好，就像回到学生时代。"

徐一凡说："段律师夸人也不一样啊，你在美国玩得怎么样？"

段韬说："跟着旅行团走马观花，美国到处都是现代建筑，只是有点陈旧。在纽约，我登上一艘供参观的航空母舰，上面摆放着各式战机，就像个流动的机场，具有超强的远程打击能力，美军威风八面大概在于此。听说我国的国产航母也快下水了。到那时中国海军也能与美军抗衡一下。"

徐一凡说："你下次再去夏威夷，那里是美军太平洋基地，能看到里根号航母、核动力航母，那才叫威风凛凛呢。"

正说着话，姚铁打来电话，他开心地告诉段韬："我们抓到那个发布打人信息的人了。"

"怎么样？"

"还在押解的路上，先把好消息告诉你呀。"

詹姆士这时也接到电话，他只是在听着，没有说话，放下电话对段律师说："消防局到店里检查消防设施，老板要我立即赶过去处理。我们就先回去，过两天再来看你。"

段韬说："没事的，过两天我就回家了。一凡，我找你是想转告一下检察官的意见，她要求家属尽快退清赃款，你回去算一下能筹措多少钱，过两天我再见你父亲会和他讨论一下，退赃的事我们再具体讨论。"

徐一凡一愣，说："你先安心养伤，等你好了我们再讨论。"恋恋不舍地跟着詹姆士离去。

四十二

在郊外有一个十八洞标准高尔夫球场，球场旁边绿树成荫，小河环绕。树丛间是一栋栋豪华别墅，堪称本市最昂贵的住宅小区。杜富财驾着车来到其中一栋大别墅前，在管家引领下，穿过一楼会客厅，乘坐电梯，走进二层办公室。一位老外满脸怒气地站在中间。老外见到他走进来，便用一口流利的中文，劈头盖脸骂道："杜老板，你这个无耻之徒，为什么打律师？"

"不就是小律师嘛，他多管闲事，打了又怎么样？没有废了他，算是便宜他了。再花点钱摆平就是，过两天那几个民工就放出来了，有什么值得大惊小怪的？"

"你知道个屁，你的那个外甥已经被警方抓到，自以为聪明从网上下单，却被网警抓个正着。"

杜富财虽有点震惊，但还是故作轻松地说："你放心，他是几进几出的人，经验丰富，会找到合适的理由应对的，绝不会牵涉我。"

老外说："你傻，警察不傻，凭你和他的关系，打的又是徐淮的律师，这律师一直在盯着你，他认为徐淮被抓与自强科技上市有关，你就是幕后黑手。据我们所知，他应该见到了你的那个姓李的

284

秘书，还把她藏了起来，他一定是发现了对你不利的证据，怎么会不牵涉你？你怎么不动脑子想一想，还要给警方调查提供一个理由？一旦警方深入查下去，大家都很麻烦的。"

"就是他在嘀嘀咕咕乱嚷嚷，还力主不让我们重返自强科技，我是教训他，让他闭嘴，该管的管，不该管的不要管，敢和我对着干就是找死，他找到姓李的又怎么样？不就是搞定那个姓刘的吗？没有违法犯罪呀。警方也拿我没办法，怕个鸟啊。"

"你这个没有文化的。对付律师完全可以花钱收买，何必动手动脚使用武力呢？一旦产生严重后果，警方就会一查到底，你这个蠢货也跟着完蛋。上次出动民工的事，也是他做的吧？尽一切可能把你那个外甥捞出来，否则后果自负。"

杜富财当上老板后还没有被人这样训斥过，一拍桌子怒吼道："他妈的，你老外算老几，一会儿说我傻逼，一会儿骂我蠢货，不就投资几千万美金吗？还要专款专用，只能投到自强科技。你就出那么点钱，要知道我的集团有几十亿资产，你不可能成为大股东，没有资格爬到我头上拉屎撒尿。告诉你，我不鸟你们，想合作就合作，不想合作，我找别人，等我拿下自强科技，跟我合作的人多的是，还有好几家基金公司等着呢！"杜富财一摔门，怒气匆匆地走了。

一出门，一阵凉风吹过，杜富财一下子冷静下来，倒是有点后悔，太冲动了。人家毕竟在他最困难的时候，给了几千万美金，相当于三个多亿人民币，他投到自强科技只用了一个亿，挪用两个多亿到房地产项目上，一下就解决了流动资金短缺的问题。在金主面前过了一把嘴瘾，有点过分。他回过头看见老外站在窗前看着他，他赶紧向他挥挥手，再鞠个躬，算是道个歉。老外也向他挥挥手表示接受。杜富财钻进小车离开。

晚上，姚铁和季箐再来到医院，叫上段韬一起去吃饭。季箐见到段韬，上下打量一番，问他："你感觉怎么样？还好吧？"

段韬笑了笑："住在医院里，该查的不该查的都拉去做检查，活了这么多年第一次被里里外外查一遍，明天才能出报告，我自己知道应该没事的！"

季箐板起脸说："身体是你自己的，是自己的感受，如果哪里不舒服，别硬撑，及时就医。相信科学，听医生的，知道吗？"

"遵命，检察官同志！"段韬做了个鬼脸，"医生和律师都一样，先把问题讲得很严重，治好了，方显英雄本色。"

三人来到医院旁边的一家粤菜馆。这家店是姚铁的发小开的，给他们安排了一间幽静的包房。

姚铁一边点菜一边说："你段大律师被打，她要我请客，今天只能吃病号餐，以清淡为主，清蒸鱼、白灼虾，加例汤。"

季箐说："再加个芥蓝和豆苗，给他吃点素，增加些维 C。"

姚铁说："那还是老同学心疼你呀。"

服务员送来一壶菊花茶，给他们每人倒上一小杯。

季箐喝了一杯，问姚铁道："姚探长，背后的指使者抓到了？"

"没错，一个不少都关进看守所了，几个民工就要放了，那个指使者刚抓到，你知道吗？这个姓鲍的，是杜老板的外甥。已经有人上门打招呼了。"姚铁回答。

"那么巧，怎么样？有没有供出真正指使者是谁？"季箐问道。

姚铁说："看得出来他是个老油条，查过他的底档，是个无所事事的混混，仗着有钱，整天打架酗酒，没有干什么正经事，也不是第一次进看守所，开始还想抵赖，不到半天就承认是他指使的。他说，是因为他曾经有一起飙车事件，被定为危险驾驶，知道你是处理交通违规方面的专业律师，想请你做辩护人，你却耍大牌不做，而做了前面的车手美籍华人的代理人，让那个美籍华人躲过一劫，自己却被判了三个月，所以一直怀恨在心，伺机报复。在度过缓刑期后，就找了农民工教训你，解解气。"

段韬想了想说："好像确有此事，当时我确实接受前面的车手美籍华人的委托，他是我们摩托俱乐部会员，也算是给朋友帮忙，再有人找我代理当然不能接，只能拒绝。怎么可能为这事报复我呢？如果因为不做代理人也要被打一顿，那不是天天要被人打了吗？好像不合理。"

"我审了一天，他坚持这个说法，说得有鼻子有眼的。我查过，他确实因危驾罪被判了三个月缓刑，现在也刚过缓刑考验期。你也证实确有其事。算是合情合理。但他是累犯，又是幕后指使人，我们决定拘留他，到时再看检察院是否批捕。"

季箐说："作为团伙犯罪的首犯，雇凶打人都是犯罪的从重情节，必须严惩，加上他是累犯，应当考虑批捕起诉的。"

姚铁说："你就配合一下做个伤情鉴定，定为轻伤，也可以判三年以上。"

段韬叹口气说："我一个律师被人打得头破血流，如果到法庭上，说是英雄救美女挨打，那还是值得骄傲的事，可是为件小事被打，还打不过人家，又到法庭上诉苦，请求赔偿。在行业内就是一段笑话，那多丢脸呀。算了吧，不去做了。"

季箐说："你这人就是死要面子活受罪。"

姚铁说："你不做鉴定，估计他关不久的，你知道，他的舅舅杜老板是个有能量的人，已经自上而下打招呼了，同意赔偿放人。到时施加点压力，我这个小警察可顶不住呀。"

季箐说："这种网上招募打手的方式，属于新型犯罪行为，要重点打击，有人打招呼，你就说检察院已经介入。这种纨绔子弟，能够熟练运用网络招募打手，可能不会只有一次，应该深挖一下。如果有二次三次，就足够从重处罚的。"

段韬非常感激地看着季箐，发现她有强烈的职业敏感性，将来一定会成为优秀的检察官。被她这么一提醒，他突然想起什么，说："老姚，你还记得那个理发店的老板娘被打的事件吗？也是民工所为，这两个案件会不会有点关联？"

姚铁说："那是民工酗酒斗殴，即兴爆发，而这次是精心策划、蓄意行凶，不一样的。"

段韬说："如果打我，是因为我去美国找到诱惑刘浩鹏的女秘书，管了不该管的事；而理发店老板娘就住刘浩鹏家对面，也许她看到了不该看到的东西呢？是不是她看到那个民工就是那个神秘人？"

姚铁一听来了兴趣，说："你这个分析有点道理，我让网警再查一下，我也去再好好审审他。"

季箐说："你们再查一下微信转账记录和他的账户，查清他资金的来龙去脉，也许会有所发现的。"

姚铁说："放心，我一定查个水落石出。"

服务员送菜上来，季箐夹块鱼送到段韬的碗里，姚铁说："还有我呢。"

季箐笑道："你又不是病号，哪天你受伤了，也让你享受一下。"

段韬不好意思地说："这样看来，我这次挨打，还真值了。"

　　说完这句话，他就有点后悔，尽管他与季箐从前有过一段恋情，但现在季箐毕竟已经有家庭，说出这么轻佻的话，确实有失体面。不过季箐似乎没把这话放在心上，三人哈哈一笑，肚子饿了，大口大口地吃起来。

四十三

段韬的检查结果出来了，各项指标都正常。他立马出院，回到律师事务所上班。他看到邵律师团队又在忙里忙外。涛涛看见段韬，招呼他去会议室。会议室里，邵老师放下手上的工作，指挥助理们欢迎段韬康复归队，然后把段韬带回自己的办公室。

"关于徐淮的案子，你和你的那位检察官同学交流得不错，你的任务也已经完成，从现在开始，你一起加入我刚接的一起重大的案件，正式成为我团队的骨干成员。"邵普元开门见山地说。

段韬非常兴奋地问："是个什么案件？"

"聚富集团有个在建的商业广场，投资十多个亿的项目，聘请我们提供项目的全程法律服务，律师费三百多万，人家杜老板指名道姓请你参加。"

段韬说："我只是个小律师，怎么可能轮到我，还不是看在您邵律师的面子上。"

邵普元笑道："那是自然的，我在他们面前一直夸奖你的能力，他就同意让你参加。"

段韬说："那徐淮案件怎么办？那位季检察官，还没有拿出量刑建议，还在等待家属退赃呢。"

"这很简单,我已见过徐董事长,他同意退清。让其女儿想想办法,实在不行把房子卖了清偿。徐淮的事,你就不要管了,要集中精力做好商业项目的法律服务。这也是给你一次锻炼的机会,要想成为大律师,就要在诉讼和非诉两方面积累足够的经验。"

段韬有点急了,忙道:"邵老师,我刚和徐淮建立了一点信任,尤其是和他女儿徐一凡相处得不错,因为您代理聚富集团起诉他们,她很有想法,好不容易说服她,所以我们之间的沟通还是很顺畅。要她积极退赃,还要我再做做工作的,这样检察官才会出具从轻量刑的建议。"

邵普元想了想说:"那就仅限于做好徐一凡的退赃工作,如何辩护,怎样辩护你就不要管了,也不要去见徐董事长,再传递有关公司经营的事。律师只要做好执业范围的事,别狗拿耗子多管闲事!你听懂了吗?"

段韬点点头:"谢谢邵老师的指教。"

邵普元说:"去吧,和团队成员多磨合磨合,毕竟是第一次合作。下午去聚富集团参加签约仪式。"

段韬离开办公室后并没有去会议室,而是回到自己的座位上坐着发呆。

下午,段韬跟着邵老师来到聚富集团,参加集团与律师签订全程法律服务合同的仪式。在会议室里,邵普元把段韬介绍给杜富财。

杜富财握着段律师的手说:"小段律师我见过,真是名师出高徒呀。邵律师,我想和段律师单独聊聊。"杜富财把段韬带进自己的接待室说,"小段律师,真是不好意思,听说我家的外甥指使农民工把你打伤了,对不起,我代表我和我姐向你赔礼道歉。"

段韬倒是没有想到杜老板会这么直截了当，只能装作很惊讶的样子说："怎么是你的外甥，我又不认识他，更没有得罪过他呀？"

"我家外甥自小失去父亲，被我姐宠坏了，没有好好读书，送到国外留学，没有两年就被赶回来。只知道打打杀杀，瞎胡闹一气。我也没有办法，打也不是，骂也不是，毕竟不是自己的孩子。你这次被打得不轻，你没有做伤情鉴定，没有定为轻伤，就算是很帮忙，很讲义气，够哥们，我非常感谢你。不过对你的伤害，我还是要赔偿的，他的律师会找你签个赔偿协议，你开出任何条件，我都接受，绝不讨价还价，那还是纸面上的东西，我一定会私下再补偿你的。"

段韬已经明白杜老板的意图，也开门见山地说："谢谢杜老板。你的赔礼道歉，我接受，你把这么重大的案件交给我们所，还指名道姓让我参加，就是做了补偿。我能理解。我既然放弃鉴定，也就放弃一切赔偿。对我来说这事已经过去，不会再关注，相信公安会依法处理的。"

杜富财没有想到段韬这小子很聪明，并不鲁莽，看来是个不太好对付的对手，赶紧说："段律师，谢谢你的理解，今后我们大有合作机会。"

这时女秘书进来通知杜富财签字的时间到了。杜富财拉着段韬一起出来，和邵普元一起签字握手。

看守所审讯室里，姚铁再次审讯鲍军。鲍军坐在椅子上，满不在乎地说："我该交代的都交代了，该承认的都承认了，打伤那个律师要赔多少就赔多少呗。"

姚铁说："打律师的事你是说了，可打其他人的事还没有交代过，想想，还打过其他人吗？"

鲍军说："打架倒是时有发生。大都亲自上场，叫人打架也就这么一次。"

"你这么熟悉网上操作，一次就学会了。不会吧？你又不是很聪明的人，想想看，练过几回？"

鲍军笑笑："这事很简单的，加入一个群，发发微信，不用学也就会了。"

"你应该知道，只要在群里发过微信，都会留下记录的。"

"在群里发发消息，说说笑话，都是瞎说，没人会当真的。"

"如果你在那个'消灾'群里发出邀约，有人接受邀约去执行任务，你兑现奖赏就算交易完成了。"

"程序是这样的，不过也就这么一回，试试看。"

"想想看，你付过几次钱？付钱也会留下痕迹，再仔细想一下。"

鲍军一愣，有点后悔为什么不找人付现金，小眼睛一转，说："我想起来了，好像还有一次，那次主要是为了试试网上下单能否成功，试下来效果还不错，就有了这第二次。"

"那次有没有目标？"

"没有啊，只是找个人打一下而已。"

"那你为什么要另外支付十万元呢？"

"他们说打架时无意伤及一个看热闹的女人，他们发给我照片，那女人头破血流。他们告诉我，派出所出面处理，要求赔偿医疗费和营养费等十万元，我只能付钱。后来我才知道人家只要五万元，他们黑了我五万元。"

"你很会编故事呀，据我们了解，你的目标就是那个理发店老板娘，为什么？"

"什么理发店老板娘？我不认识，这都是他们捏造出来的，他们打人，选定什么目标和我没有关系，就是想再诈我一笔钱。"

"看来你是不想说实话了，我坦白告诉你，你舅舅已经在到处找人想捞你出去，但是你不老实，不彻底交代，就属于累犯，任何人都救不了你。你不相信，可以试试。"

四十四

段韬匆匆赶到老码头的一家咖啡店。他接到詹姆士的电话说检察官通知徐一凡，请她去检察院，要他过去商量一下。他赶到时，徐一凡和詹姆士都在等他。

徐一凡说："有位姓季的女检察官找我，要我去检察院谈话。"

"你父亲的事，检察官找你做什么？为什么要你去？"詹姆士不高兴地说。

"她没有具体说，我怎么知道，肯定是去了才知道！"徐一凡似乎对詹姆士的盘问有些反感，口气也变硬了不少。

段韬见气氛不对，忙打圆场说："我不是提醒过你吗？徐董事长的案件要结案，检察院要徐一凡去一趟。"段韬把脸转向徐一凡说，"他们要了解你爸的钱的去向，再看看你能不能把赃款退出来。弥补经济损失，也是给你父亲一个从轻处罚的理由，我觉得应该去。"

"我肯定得去！段律师，你能陪我一起吗？"

詹姆士也自告奋勇地说："我也一起去。"

徐一凡没好气地说："我问过，人家检察官说了，同意带律师去，你是律师吗？"

"我不是律师，但我是你男朋友啊！我担心你的安全，难道这也不行？"詹姆士反问。

"我去一趟检察院，又不是晚上去炸街，能有什么危险？更何况有段律师陪着我，你有啥不放心的？"

她这话说得詹姆士哑口无言，脸一阵红一阵白。

"没问题，虽然我是徐董事长的律师，陪家属去谈话也义不容辞，我陪你去。"段韬对詹姆士说，"放心啦，一凡去谈谈话，我保证把一凡完完整整地交回你手上，少一根汗毛，你拿我是问，好不好？"

詹姆士点点头，并不说话，看得出他心里很不是滋味。

段韬说："在去之前有几件事我想问一下，你知道你父亲的钱去了哪里吗？"

"我不清楚，我一直在美国生活，我的学费主要是我妈提供的，父亲每月给我一两千美金的生活费，已够用了。他的收入怎么用，我不清楚。"

"那你家在国内有几套房子？"

"我父亲应该只有一套房子。父亲和我妈离婚后，他把原先学校分的房子给我母亲，他回国后不久正好赶上研究所参建商品房，他就加入其中，拿到一套150多平方米的房子，也就是他现在居住的那套。"

"他没有买过新房？或者他为了你回国有地方居住，再买套房子给你？"

"我没有听说过，应该不会的，家里有什么事他都会和我说的，更何况买房子这么大的事，他不会不告诉我的。"

"那我问你，检察官让你退赃，你怎么办？你父亲在里面肯定是没有办法的。"

"我负责还，我和我妈联系过，她正在筹钱，再不够我准备把父亲的房子卖掉，等他出来，我就带他去美国生活。"

詹姆士说："你就量力而行吧，房子不能卖，一卖你就一无所有了，再说退清赃款，也减不了一年半载的。段律师，你说呢？"

段韬说："退赃虽然不是法定的减轻条件，但是徐董事长认罪认罚，再退清赃款一定会有利于对他的从轻量刑。徐董事长再三表示，要退清全部非法所得。"

一凡说："没有商量的余地，我一定会按照父亲的意愿去做，哪怕少判一天都是好的。段律师，我们走吧。"

段韬发动摩托车载着徐一凡去检察院。詹姆士看着徐一凡搂抱着段韬有点吃醋，突然他接到一个电话，电话里的人有些着急地说："据说那次打伤理发店老板娘的民工，已被公安带走了。"他顾不上再吃醋，立即驾着宝马摩托车匆匆离去。

大约半个小时后，段韬和徐一凡赶到检察院。季箐已在门口等候他们，看着他们驾着摩托而来。书记员带着徐一凡去接待室。段韬和季箐拖在后面。"哟，香车美女，段律师好风光了嘛！"季箐见徐一凡容貌姣好，不由自主地对段韬揶揄起来。

"哪有！美女是美女，这是辆老车。不过还没有到换的时候。"段韬轻声地说。

一起走进接待室，书记员问："徐小姐从美国回来应该喝咖啡，段律师来过，只喝红茶。我帮你们点好了。"还没等屁股坐热，季箐就向徐一凡提问了。段韬了解季箐，她的办事效率一向很高。

"徐小姐，关于你父亲的资金流向，你知道多少？"

"我从初中毕业后就去美国读书学习，学费由母亲提供，生活费用靠父亲供给，直到去年我开始工作，就不让他寄钱给我了。一般每月两千美金左右，至于一共给了多少生活费，对不起，我真的记不清楚了。"徐一凡如实回答。

"他有没有给你大笔的金额，比如替你买房子、买车子等高档消费品？"

"我知道父亲有两套房子，一套是原单位分配的房子，房改后买下的，和我母亲离婚后这套归我母亲，他回国后参加研究所联建房，买了一套居住，已经有几年了，只有这两套房。"

季箐说："你父亲有没有在美国给你买住房？"

"没有。"说到这里，徐一凡的情绪略有些激动，甚至站了起来。

"徐小姐，请你冷静。我只是了解一下情况。"

段韬赶紧手心朝下压了压，示意她可以坐下说话。

徐一凡平复了一下情绪，然后重新坐回椅子上说："我讲的都是实话。"

季箐说："现在你父亲还未退清全部非法所得，家属应当积极主动归还全部赃款，这是让你父亲获得从轻处罚的条件之一。"

徐一凡紧接着说："那你们给我一个数额和时间，我一定如期全部偿还。哪怕是卖房，也要还清全部非法所得，还包括罚金。只要能让我父亲少受牢狱之灾，哪怕只是一天。"这是她的真心话，单从语气中就能感受到。

季箐把目光移向段韬："段律师，别光盯着看，你有什么意见吗？"

段韬被她这句话逗得脸红，本想争辩几句，怕越描越黑。他确实一直在看徐一凡，但并不是季箐想象的那样，而是怕她出错。"我当然支持家属积极退赃。"

书记员递上一份笔录，交给徐一凡："你仔细看一下有没有差错，没问题就签字走人。"

一凡扫了一眼，就签了字准备离开。

段韬对徐一凡说："你先回去，我还有事和检察官聊聊。"

"段律师，我们之间好像没有私事可以聊了吧？"季箐瞥了他一眼。

段韬也不理会季箐，回头对徐一凡说："你先回吧，我和检察官还有点工作上的事需要沟通。"徐一凡心事重重地独自离开。

季箐冷笑道："你有什么公事不能当着家属的面说啊？"

段韬感觉到季箐有点醋意，心里很舒服，不过现在是谈正经事的时候，他说："季检察官，我在会计报告中看到徐董事长确实有一笔资金打入房地产公司，过了半年多又打回公司，他可能想买房，没有买成就退回来了，公司没有损失，能否不认定为挪用资金？减去一条罪名可以更轻一点嘛。"

"那你知道他挪用到房地产公司是干什么的吗？他不是自己买房，而是给一个叫苏秦的女人买房付的部分首付款。半年之后，人家房地产公司提出购买私房不接受单位付款，他又从自己的账上打到苏秦个人账户一百五十万，再汇到房产公司，房产公司才原路返还到公司。难怪也有人举报徐准包养女人的事。真没有想到，这位科学家表面光鲜亮丽，品德高尚，内心世界也肮脏不堪。"季箐说这话时白了段韬一眼，"怎么世界上的男人都一个德行，朝三暮四，金屋藏娇。你说，真的有意义吗？男人为了女人毁一世英名，一点不值得。"

段韬知道季箐是借题发挥，现在不是争辩的时候。他没有想到还有这个情节，问道："这个情节在案卷材料里怎么没有？"

"这是我们在审查起诉时，补充调查查明的，相关证据会在移送法院时一并移送，到时候你就可以看到了，我们认定挪用公款都是有事实依据的。"

"那你说的那个苏秦就是刘浩鹏的老婆吗？"

"正是，他们有一段师生缘。"

段韬更加震惊："应该不至于吧？我去会会徐董事长，听听他的解释。"

他走出检察院大楼时发现徐一凡并没有走，而是站在他的摩托车边上等他。

"你没回俱乐部？"

"回去也没事干。"徐一凡说。

"詹姆士还在等你呢！"

徐一凡苦笑道："毕竟不是他的父亲，没血缘关系，感受完全不同。那是我父亲，我自己的事自己解决。"

"詹姆士很关心你的。他一直陪在你身边，这是很重要的时刻。"段韬也不知道自己该说什么，只能这样安慰她。

"不说他了。对了，刚才留下来谈了些什么？"

"没什么大事，为你争取点时间。"他只能隐瞒徐董事长为苏秦付房款的事实。

徐一凡见段韬有些犹豫，立刻道："不说也没事，或许我不应该知道得太多。段律师，你很专业，也很通情达理，能理解我关心父亲的心情，我也很信任你。"

"谢谢。我是在和季检察官商议，怎么再给你父亲找个从轻量刑的理由。"

"她会答应吗?"徐一凡问。

"你别看她一脸严肃,内心也是柔情似水。她曾经说过,徐淮董事长是国内知名的科学家,对国内的数控技术做出了重大贡献,但不是合格的企业管理者,更不是贪得无厌的人。徐董事长太缺乏法律常识,不懂法律的人也可能被毁于一旦,我们要相信他会汲取深刻教训的。"段韬说这番话当然是安慰一凡,不过他觉得也不算欺骗她,话虽不是季箐说的,但至少这话是她自己内心的想法。他对徐淮的人品从未怀疑过。可是苏秦的事又怎么解释呢?他还没想明白,只能暂时隐瞒。

徐一凡听了,果然心情好了不少:"对了,我看出来了,你和这位季检察官是不是有过一段感情?"

"哪有!你们女人就是这么敏感。"段韬的脸立刻微红。

徐一凡知道自己猜对了,露出不怀好意的笑容:"季检察官很有气质,不仅打扮精致,而且长得也算漂亮,你当年没能追到手,真是可惜啊!"

段韬连忙摆手:"当年她是年级里的一朵花,追求者无数,排队都可以排到北京,哪里轮得到我呀。不过呢,如果我有你家詹姆士的一半颜值,倒可能得手了,哈哈!"

"说实话,你可不比詹姆士差。"徐一凡又问,"你现在还喜欢季检察官吗?"

这话让段韬不知道怎么回答才好,他想了半天才说:"各有各的生活方式,谈不到喜欢不喜欢。都是同学,还能说上话!对了,你和詹姆士也是同学吧?"

"同学?我有这么老吗?"徐一凡嗔道,"他可比我大好多岁呢！我在学校读博士的时候，詹姆士经常来学校找我玩，在我找工作的时候帮了很大的忙！是他在追我，我觉得他也不错，又有中国血脉，就答应了他！"

段韬竖起大拇指，赞叹道："还是詹姆士厉害！在追女朋友这方面，我远不如他！"

徐一凡说："说不定也有很多人喜欢你，只是你不知道呢！毕竟像你这种直男，感情的事都是后知后觉。"

"是吗？对于感情这种事，我不擅长的，只能替人打官司吧！对了，我送你回去，詹姆士还在等你呢！"

徐一凡摇摇头说："不用了，我刚才微信发消息给他，告诉他不用等我。"

"那詹姆士岂不是很失落？"

"你以为他天天黏着我呢？别搞笑了，他平时也很忙啦，这次在日本度假也是电话不断，有时还神秘兮兮的不让我听见，说实话我都不知道他在忙什么。"徐一凡趁机抱怨道。

"我还以为你们俩是秤不离砣呢！"

"在国外异性之间都会留足空间的。不像中国，传统观念太重，一爱就是死去活来，忠贞不渝，非你不嫁。我们喜欢就在一起，不喜欢就各奔东西。你为我父亲做了那么多事，忙前忙后，总要谢谢你的。一起吃个饭，怎么样？当然，如果你已约季检察官吃饭，那我就不打扰你们了，哈哈！"

段韬被她这么一激，慌忙道："胡说什么呢？吃就吃！你选地方！下午我还要去会见你父亲，那就晚上吧，也好通报一下你父亲的情况。"

"好嘞！那你送我去市中心，做个水疗，我在那里等你。"徐一凡跳上摩托车，紧紧抱着段律师。

段韬载着徐一凡直奔市中心，在一家大型商场附近放下一凡，刚准备开车出发，手机响了，一看是刘浩鹏打来的："浩鹏，我在马路上骑车，有什么事快说。"刘浩鹏说："你晚些时候到集团来一次，几位领导要听一听徐淮案件的情况，看来重启自强科技项目有戏。"

"我正好去看守所见徐董事长，回来就直接去你们那里。"

四十五

段韬来到看守所，在律师会见室再次见到徐董事长。

徐淮见是段韬，笑着说："我以为是邵律师呢，他前几天来过，和我分析我的案件移到法院后的发展趋势，还和我讨论聚富集团起诉的案件。我说，我的意见很简单，我都这个样子了，还怕打官司吗？那就打到底，不就是还钱吗？他说研究所领导的意见是尽快调解。我告诉他，虽说这家公司是我一手发展起来的，我又是大股东，但这家公司毕竟也是研究所的，他们有权决定公司的命运。我尊重领导的意见。"

段韬没有笑，说："你们公司的经营行为，轮不到我这个小律师说三道四，我就事论事讨论您的案件。"

徐淮说："你很少这么严肃，出现什么新情况了？很严重吗？"

"不是什么新情况，就是反贪局认定您挪用资金这个事实，也许是我的疏忽，没有详细问过您，您能不能告诉我，这笔资金打到房地产公司是做什么的？"

徐淮一愣："这事我都认了，是我指使财务汇入房产公司，是支付房地产定金的，后来房地产公司说买私房不能用公款，我就让他们退回来了，就这么简单。"

"您可不是为自己买房，是帮别人买的？"

"这有什么区别呢？都是挪用了公司的资金，没有什么可说的。"

段韬说："不是说不说，而是客观事实，您是不是帮您的学生苏秦付房款，不过要告诉您一个不幸的消息，苏秦死了。"

段韬说完这句话，不敢去看徐淮的表情，他只觉得时间忽然停止了，仿佛空气也不再流动。徐淮很长时间都没说话，世界也静止了数分钟。

"她死了！她是怎么死的？"徐淮想尽量让自己的语气正常，但还是在颤抖。

"法医的说法，是她患有严重的抑郁症，因病情发作，跳楼自杀的。"

"怎么可能？"徐淮懊悔地说道，"那是我害了她呀！"他忍不住流下眼泪。他捂着自己的脸，眼泪从手指缝里流出来。

段韬很震惊，也能理解，苏秦是徐老师最心爱的学生，她突然离去，怎么不心疼？过了一会儿，他递过去一些餐巾纸。

徐淮擦干眼泪，重新看着段韬说："你不知道苏秦对我有多么重要啊。苏秦是我的学生，海外留学时也是学习计算机专业，她原本打算留在国外工作，听了我的意见，他们夫妻俩一起回国发展。我本想招募她到研究所从事研究工作，可她去了一家外资的化工企业。她说，丈夫进了国有企业，她就去收入高一点的外资企业。我能理解她，外资企业的收入远超我们。

"我研究自动化数控技术，可是研究所的网站打不开国外顶级科技网站，尤其是一些重要的实验室和科学家的网页。老外都用的'推特'，对我们搞屏蔽。有一次，我和苏秦聊起这事，她说他们外资公司都可以访问，不久后，她给了我一份国外最新数控技术研究成果，对我们的研究大有启发。科学技术没有国界，国外的科学家在这个专业领域的研究，要领先我们许多。只有了解，才能学习，再能跟上。从此，她每月都从国外各大专业网站上，摘录国外的研究新动态和最新成果，由于她学的是计算机专业，在选择数据资料和自己分析时都非常到位，对我们了解国际研究动向，学习外国先进技术，解读专业数据，都起到非常积极的作用，成为我们技术攻关团队最重要的信息来源，我曾邀请过她参加我们的攻关团队，还送她股份，她都拒绝了。她说这是念在多年师生情谊的分上，利用业余时间做点服务，报答老师的教育之恩，别无他图。如果说我们的科研成果，三分之一是由乔总工这些技术人员做的贡献，三分之一就是她的奉献，我有个三分之一的作用已算高估。"

徐淮说完，长长叹了口气，眼里饱含泪水，说："可惜啊，可惜了。"

段韬被徐董事长的真情所感动，不由得也长叹一口气说："没有想到苏秦这个小女子，还有这么大的贡献。"

"你说得没错，是我帮她付的购房预付款。前些年，她想生孩子，想买套大房子，看上的都要上千万元，她丈夫刘浩鹏在国企上班，福利很好，实际收入不高，她收入好，负责首付，刘浩鹏负责按揭贷款。我知道她父母家条件不好，她留学主要靠奖学金，现在年收入五六十万，还要养父母和兄弟姐妹，负担也很重的，我记得她的首付要五百多万元，一时拿不出，我就帮她付了一百五十万。当时我自己账上没那么多钱，就让公司直接付给房地产公司，等到钱分到我账上，就从自己的账户再付到她个人账户，说实在的，给她一百五十万我都嫌少的，没有想到，她让房地产公司把公司付的钱退回来，还非要给我写一张一百五十万的借条。我没当回事，那张借条也不知道放在哪里了。"

"这个情况，您没有告诉检察官吗？"

"他们当然问过。我觉得这是公司分给我的钱，由我支配，我想给谁就给谁，所以我就回答，分的钱都是自己花的。我估计苏秦在得知我被抓的消息之后，她一定非常难过和自责，她是个非常洁身自好的女人。"说话间，徐淮的眼角又湿润了。

段韬点点头："难怪她丈夫刘浩鹏说，苏秦在知道您被抓后，到去世前一直很焦虑，还去精神病院就诊过。她的抑郁症发展得很快。"

"我猜到，一定与那一百五十万元有关，我了解苏秦，她最大的弱点，就是追求完美，不允许有一点点尘埃。她担心的是这一百五十万元说不清楚，成为她人生污点。不过，苏秦也不是那种非常脆弱的人，也经历过许多磨难，曾经历过父亲突然离世的打击，她都挺过来了，应该不会是轻易选择自杀的人。"

"徐董事长，您还记得那个曾为我做广告的犯人吗？"

"记得，怎么了？"

"就是他潜入刘浩鹏家行窃时，撞见苏秦跳楼自杀的，所以警方一开始就认定他是害死苏秦的凶手。后来我从苏秦家的一条失踪的宠物狗查起，发现小偷行窃之前，已经有人先行一步，进入家中，所以才排除他行凶的可能性。起初我怀疑刘浩鹏是凶手，后来他的嫌疑也被彻底排除，而这个神秘人至今还没有浮出水面，公安已查了一段时间还是没有线索，我开始怀疑是不是聚富集团的老板杜富财雇人所为。他要清除所有挡住他发财之路的人。"

徐淮面对突如其来的变化陷入沉思，过了片刻说道："段律师，你今天说苏秦的死是另有人所为，我需要冷静地思考一下。另外，你转告邵大律师，我的态度非常明确，绝不能让聚富重返自强科技，谁说了都没有用。你再去转告研究所党委书记，这就是我的态度，他很尊重我，应该会接受的。"

段韬知道苏秦的死对徐淮的打击非常之大，是需要好好地思考。

段韬站起身说："徐董事长，我坚决完成任务，过两天再来看您。"

徐淮也站起来："段律师，还有一件事，关于苏秦的事不要告诉我女儿一凡。"段韬点头答应了。徐淮又说："还有，你能否说服那位女检察官不要在法庭上提及此事？保住苏秦的名节，保留她最后的尊严。"

段韬非常惊讶地说："这恐怕有点难，所有事实和证据都要在法庭上出示的，不能不说。"

徐淮说："我看得出来这位女检察官是个很有正义感，而且非常严谨的人。这样，你去找乔总工，让他把苏秦提供的信息报告整理出来送给这位检察官，她看后，一定会改变想法的，也应该能理解我不说的原因。如果她坚持在法庭上展示，我也决不会承认。哪怕放弃认罪认罚也在所不惜。"

段韬点点头："那我只能试着去完成这项艰巨的任务。"

徐淮说声"谢谢"，返回监房。

四十六

　　市中心商务大厦顶层餐厅，徐一凡打扮得焕然一新，在等待段韬的到来。詹姆士匆匆赶到，看到一凡今晚如此美丽，上前拥抱她，亲吻她，说："一凡，你才是我最喜欢的女人。"

　　徐一凡轻轻推开他，示意旁边还有服务员。

　　詹姆士坐在她身边，说："怎么，段律师还没有到吗？"

　　徐一凡说："他去看守所见我父亲，估计路上有点堵，或者有其他事被耽误了，应该很快就会到的。"

　　詹姆士说："我发微信催催他，约会哪有女士等男士的，过去都是我等你的。"

　　徐一凡说："该来的总会来，不想来的，催也没有用的。"

　　海城国际大厦门口，刘浩鹏送段韬出来，边走边说："段律师，你介绍徐淮案件有理有据，对徐淮的评价客观公正，我相信一定能解除领导的疑虑。尤其是你带来的研究所党委尊重和坚持徐淮意见的消息，是能够打动我们领导的。谢谢。"

　　段韬说："你也学会溜须拍马了，尽说没有用的奉承话，我还有事要问你。"原打算问他买房子的事，这时手机的微信有提示，段韬一看詹姆士在催他，就对刘浩鹏说，"你快回去向领导报告自强科技可行性分析。我等待你的好消息。我去约会了。"

刘浩鹏笑了:"看你这着急的样子，一定是与女性朋友幽会。祝贺你，总算有个异性朋友了。快去吧。"

段韬快步向不远处的洲际宾馆赶过去。

在酒店大堂，看他穿着 T 恤，还有一脸的灰尘，服务员拦下他问他去哪里，他大声说："去鼎星会所。"服务员一愣，斜了他一眼："那里是行政商务俱乐部。"段韬说："我不能去吗？"服务员无奈地指指里面的一部电梯说："那请上直达电梯。"

段韬走进包间，见到徐一凡和詹姆士，赶紧打招呼:"抱歉，迟到半小时，我自罚一杯。"拿起红酒杯就要喝。

徐一凡站起来拉住他的手说："你酒量不好。喝一口就行，还有许多事要商量的。"

詹姆士说:"就是就是，今天不许骑车了。"

段韬喝了一口，然后坐在徐一凡对面，对她说:"好，先汇报一下见你父亲的情况，一会儿喝多了就说不清楚了。我见过徐董事长，有一个好消息，一个坏消息。好消息是，徐董事长明确表示，退赃不用卖房，可以转让自己的股份筹措资金，哪怕失去大股东地位也要退清全部非法所得。自己的事自己解决，不会牵涉女儿。"

詹姆士说:"公司没有上市，他的股票不值钱的，银行也不能质押。"

段韬说:"徐董事长说，他坚信研究所领导慧眼识珠，会收购他的股份的。我已将徐准董事长的意见转达给研究所领导，领导答应，会认真研究的。"

詹姆士说:"如果研究所收购徐董事长的股份，成为自强科技大股东，就可以处置自强科技的全部事务，徐董事长也就失去大股东的地位。虽说有点可惜，但能解决资金问题也是个好消息。"

徐一凡听了非常感动："谢谢段律师，你不仅帮助我父亲解决问题，也是帮助我摆脱困惑，如果把房子卖了，我父亲回来又住哪里呀？真的太感谢你了，段律师尽心尽力了。还有什么不好的消息？"

段韬说："是我不好。徐董事长心情不错，我们随便聊天，他问起一些学生的情况，其中问到刘浩鹏的情况，我一不小心说出他的学生、刘浩鹏的老婆苏秦死了，他一听很伤心，瞬间泪流满面，情绪非常不好。都是我惹的祸。"

詹姆士说："这个苏秦与徐董事长是什么关系？"

徐一凡说："苏秦是父亲的学生，听父亲说过，在他的学生中苏秦是个佼佼者，是他非常喜欢的学生之一。她是怎么死的？是生病吗？"

段韬说："也是巧合，我办的一起盗窃案的被告人曾目睹苏秦自杀过程。听说是患抑郁症。现在是自杀者的流行病。"

詹姆士问道："你不是说过谋杀她的另有其人吗？这罪犯该抓到了吧？是谋财还是为情？"

段韬一惊说："你还记着呀？好像还没有，听公安说已发现此人踪迹，应该跑不了的。"

徐一凡朝他们俩摆了摆手，说："她只是父亲的学生，意外离世令人伤感，我父亲难过也情有可原。我相信父亲会接受的。她是怎么死的，没有必要再告诉我父亲让他更伤感。"

段韬说："那是当然，苏秦死因不明，现在一切都是猜测，等待水落石出的那一天，他也会知道的。"

徐一凡淡淡一笑："你的好消息坏消息都说了，你辛苦了，举杯致谢。我们该讨论一下，如果退清赃款，大致会怎么判，有没有可能判缓刑？"

段韬说："邵律师嘱咐我只负责办好退赃的事，具体如何辩护由邵老师决定，他会拿捏好方寸的，争取最好的结果。"

这时詹姆士手机急促地响起，詹姆士用英语打了一下招呼，便起身走出包间去接电话。

不一会儿，他回到包间，对段韬说："不好意思，餐厅里有人酗酒闹事，老板让我去处理一下。没有办法，给人打工只能听人使唤，我先走了。一凡，你就好好陪陪段律师，认真讨论一下能否争取缓刑，否则，还了钱，也不过都打了水漂，甚至连个浪花也没有。"说完便匆匆离去。

徐一凡说："不管他了。我觉得自从邵律师担任聚富集团的诉讼代理人后，对我父亲的案件心不在焉，我很担心呀。"

段韬说："大律师要办的案件多，一心二用很正常，不是还没有移送法院吗，在开庭前他一定会集中精力再研究你父亲的案件，拿出辩护提纲，我会根据他的辩护提纲整理出辩护词的，这点请放心。"他举起酒杯说，"我真心祝贺你终于丢掉幻想，回到现实，勇敢面对。"

徐一凡说："这还要感谢你的说教。"与他碰杯一饮而尽。

段韬放下酒杯说："再告诉你一个更大的好消息。"

徐一凡很惊讶："还有好消息？"

段韬点点头说："只能让你一个人知道，刚接到你父亲的学生刘浩鹏的通知，他终于说服海城集团重启投资自强科技的程序，全力支持科研项目的发展。这就打开了你父亲的心结，你父亲知道后一定激动不已。"

徐一凡高兴地一把拉住段韬的手:"太好了,太好了,自强科技有救了,我父亲的心愿也实现了。"

段韬放低声音,神秘兮兮地说:"此消息仅你一人知晓,不得外泄,因为国有企业还有一连串的审批手续要办。在没有公布之前,连他也不能透露。记住了?"

徐一凡放下段韬的手臂,说:"放心吧,就我一人。"

段韬说:"另外,乔总工的家你去过吗?能不能陪我去一下?见到乔总工后你必须马上离开,去哪儿都可以。这是你父亲交代的任务,请你理解。"

徐一凡只能点头接受。段韬说:"服务员,买单。"

徐一凡说:"詹姆士一定买过单了,请客吃饭他是很大方的,我们走吧。乔总工和我父亲住在同一个小区,打个专车一起回家。"

两人来到科苑小区,乔总工接到徐一凡电话后已经在门口等他们。乔总工带着段韬回家,徐一凡回到父亲家。

五星级酒店三楼中餐厅包房内,龚维和邵律师一起讨论聚富集团的案件。

龚维说:"邵律师,你的学生段韬非常活跃,他见过徐淮后又去见我们研究所党委书记,听说他还去了海城集团。"

邵普元很惊奇地说:"他这是要做什么?"

龚维:"你给了他办徐淮案件的机会,他怎么能不抓住机遇,建立自己的客户群?他和海城的刘浩鹏打得火热,听说他们还一起去了美国,他想通过刘浩鹏挤进海城担任法律顾问,可能还想推动海城集团投资自强科技的项目,这样他俩都可以从中渔利。"

邵普元说:"海城集团是市政府的长子,怎么会轮到他?他是个小律师，没有这个能力，也没这个水平的。"

龚维说："你可别小看这些年轻人，能力不大，野心不小，在利益驱动下，他们会利用一切手段，实现自己的目标。下午我见到司法局的人，我向他反映段韬利用办徐淮案件之机，传递消息，泄露案情，谋图私利。"

邵普元笑笑："你有点小题大做，上纲上线。别把他看得太重，事情也没那么严重。徐淮案件马上移送法院，他的沟通任务已完成，我把他撤下，不再参与徐淮案件的辩护工作就行了。"

龚维笑笑："现在是自强科技重启上市程序的关键时刻，不允许有任何闪失，如果聚富集团重返自强科技主导公司上市，我的那些股票可以解套，我和杜老板说过，也给你点内部股的认购额度，一上市翻几番没问题，到时就一起发财了。来，喝一杯。"

邵普元喝了口酒，说："我可没有做股票的福气，我曾在股市里投了上百万元，亏得只剩下零头，还不如当初买套房子，现在价值五百万元甚至上千万元，涨了十多倍了。谢谢，我还是赚点自己的律师费吧。怎么，杜老板还没有来呀？"

龚维说："人家大老板很忙的，估计快了。"

说话间，杜富财搂着一位妖艳的小女子走进来。他已喝过一场，这会儿来串个场。

龚维很兴奋地说："杜老板，知道你很忙的，请你过来，就是报告一下，我们研究所领导已经明确要求我们尽快解决这场纠纷，希望聚富集团尽快拿出一个合理的调解方案。你知道的，领导最怕打官司，杜老板，你的机会来了。"

杜富财说："也是你劳苦功高呀，具体方案就请邵律师拿主意。"

邵律师说："杜老板，原则你定，我们根据你的决策进行细化，再拿出具体的方案。"

杜富财笑笑："我早就说过，目标只有一个，就是重返自强科技，夺回控股权。所有的损失都可以不计，本金也可以打折。"

邵律师说："杜老板，你的要求是很明确，但是调解，总是要有个备选方案，如果自强科技不想履行原合同，那应该提出赔偿多少钱？违约金要加倍吗？你也应给个具体的尺度。"

杜富财说："在我这里没有二选一，只有唯一。我缺钱吗？钱不重要，重要的是上市。他妈的，只要拿到上市的主动权，所有的钱都赚回来了。"他端起酒壶，一口喝完，"我还有事先行一步，你们慢慢喝，我相信你们有能力争取调解成功。"杜富财说完就搂着小女子潇洒地离去。

邵律师和龚维看着杜老板的背影，只能相视一笑。

四十七

　　子夜，一阵急促的电话铃声把刚睡着的杜富财惊醒。他伸手去拿，手机上没有显示人名和电话号码。他知道这是基金公司打来的，有点不耐烦地"喂"了一声，他一听是基金公司老外经理的声音，顿时清醒。原本睡眼惺忪的杜富财忽然整个人从床上坐起。睡在杜富财身边的那位妖艳小女子，似乎对深夜来电有些怨言，虽然闭着眼睛，但眉头却紧紧皱起，翻了个身继续睡去。她身上没穿衣服，裸身抱着被子，看来他们刚才正经历着鱼水之欢。老外说："据可靠情报，海城集团准备重返自强科技，你马上来别墅，研究对策。"杜富财回道："是，立马就到。"他挂了电话，吓了一跳，额头上已渗出了汗珠。心里暗暗思忖道："如果再次被踢出局，基金就要撤回投资，还要履行对赌协议，集团立马资金枯竭，各种矛盾激化。妈的，一定要说服他们，告诉他们我有办法。哪怕拖也要拖过新项目开工，银行放款。"想到这里，他毫不犹豫地穿衣戴帽，立马出发。临走之前，他望了一眼躺在床上的女人，这是认识不超过四个小时的小妖女，真是功夫了得。他和朋友去了夜总会，一眼就看上了这个身材高挑、相貌秀丽的小女子。杜富财问她愿不愿意和他回酒店时，小女子露出了害羞神情。杜富财笑了笑，从包里拿出厚厚一沓现金，小女子从婉拒变成了欣喜不已。

"都是给我的？"女孩反复确认，生怕杜富财反悔。

"你要是能让我开心，就都是你的。"他说。

女孩一把将他抱住，疯狂地亲吻着杜富财的嘴唇，仿佛一对热恋中的情侣。

——钱果然是个好东西啊！他太需要基金公司的钱了。

杜富财来到地下停车库，发动他那辆帅气豪华的黑色保时捷卡宴。

老外住的别墅在郊外高尔夫球场内，杜富财也去过不止一次，他们还一起打过高尔夫球，算是轻车熟路，不需要导航。驾车驶离酒店，向右转个弯，上内环高架，疾驰十几公里，再拐到郊区的三号公路。郊区公路六车道很宽敞，半夜里车流量不大。杜富财点了一支烟，猛吸了一口，好让头脑清醒清醒。他在想怎么说服这帮老外，哪怕骗也要骗过他们。要拖住他们，不能让他们撤资。

突然眼前闪现一片白光，杜富财眼睛一黑，紧急打方向盘，忘了踩刹车，以一百二十迈的速度冲向路边，穿过树丛，翻到河里。杜富财满脸是血，奄奄一息。无力推开车门，渐渐被河水淹没。几分钟后，黑夜又恢复宁静。仿佛刚才的一切都不曾发生过。

姚铁一早上班，看到警情通报：今日凌晨，在市郊发生一起车祸，死者是杜富财。姚铁不由得大吃一惊，他最近一直在调查鲍军和杜富财的行踪，虽然排除他们是潜入刘浩鹏家的那个神秘人，但是他们发现鲍军的银行账上有大量杜富财的汇款，在鲍军两次雇人行凶后，杜富财的汇入数量较大。尤其是汇入一家施工单位的十万元，只隔了一天，显然是接受杜富财的指令而为之。杜富财殴打段韬是为了报复他，因为他发现李雅，还把她藏起来，但是报复理发店老板娘又是为什么呢？原准备突破鲍军，再传唤杜富财，看能否找到那个神秘人。没有想到，就在这关键时刻杜富财突然死了。难道自己的调查已经被神秘人发现了？

他立即赶往交警队。交警大队王副队长一见他很是惊讶："老姚怎么有空光临交警队，这里只有琐碎的交通事故，没有重大刑事案件，需要帮忙，打个电话就行了呀。"

姚铁与他是老战友，挥手捶了他一下："王队，我问一下，那个杜富财的交通事故是怎么回事？"

王队说："别乱叫，我只是个副队。据说死者是一家房地产公司的老板，本市名人，今天一大早已来过无数电话询问，市局领导也很重视，派出技术科再去现场勘验，法医也来了，刘队在配合他们。"

"你没有去过现场吗？"

"昨晚我值班，凌晨五点多接到村民报案说，在河里发现一辆落水的小车。我立马赶过去，看到郊区公路旁的小河里有一辆卡宴车，尾部还冒出水面。我立即通知拖车公司派来一辆五吨吊车，才把它吊起来。里面的驾驶员已经失去生命体征，没有其他乘客。我们把车和人都拉回交通队，对车进行了勘验，尸体送去法医室检查。"他打开影像设备，对汽车的勘验情况介绍说，"从车辆的外表看，没有发现与其他车相撞的痕迹，从车内的设施看，也没有发现人为破坏的痕迹，再看车底部，底盘有擦痕。再转到事故现场，发现汽车落水的地方确实有块大石头，从现场拍回来的照片分析，公路上没有明显的刹车印迹，说明驾驶员没有刹车，直接冲向小河，在河边撞上那块石头翻身下水，驾驶员因为被撞晕，无力打开车门，最后溺水身亡。经法医初步鉴定，在血液中检测到酒精成分，估计驾驶员几个小时前曾喝过酒，浓度不高，属于酒后驾车，这是一起意外事故。"

"你认为这是意外事故？我正在调查的一起案件牵涉他，正要找他呢，他突然就死了，我怀疑这是一起人为制造的事故。"

王队笑道："我们立即启动全市交通监控，发现这辆车在半夜十二点多从市区一家五星级宾馆出来，经过环线高架，从南桥出口下去，拐入郊区三号公路，行驶大约十分钟后就发生事故。我们立即赶到宾馆调查，在他开的房间里，找到还在熟睡中的小女子，经过询问，小女子交代，杜老板在十二点左右接到一个电话就离开了，去哪里不知道。我们查了杜老板的电话，在十一点五十五分，有一个国际电话，通话一分钟十秒，没显示地区和号码。无法猜到这个电话是谁打的，也就不知道他要去哪里，不过这个时候国外正是上班时间。在杜老板整个行程中，没有发现有尾随的车辆跟踪，一路上没有发生任何异常情况。"

姚铁问："这三号公路有六车道，非常宽敞，路况也很好，他有什么理由突然拐弯呢？"

老王笑笑："凭我二十年的经验判断，这个杜老板晚上喝过酒，又与年轻女子纵欲过度，应该是疲劳驾驶，人在疲劳时脑子容易出现空白点，两眼发黑，失去方向。以前也曾发生过类似事故，当然我只是推测，具体得等技术科的鉴定报告，才能得出最后的结论。"

姚铁听了老王的分析，非常失望，叹了口气说："妈的，前一段时间算是白忙活了。"他谢过老王，立即去看守所提审鲍军。

鲍军还是一副无所谓的样子："我都想过了，打伤老板娘纯属偶然，绝对没有目的，该赔的都赔了，该补偿的也都补偿了，还能怎么样？"

姚铁问："那补偿的费用谁给你的？"

"我自己的呀。"

"可从你的账上发现，这些钱都是你老舅给你的，你怎么解释？"

"我的生活费大都是老舅给我的，那次钱不够，我就问他要，他不知道干什么用。"

"这么说，你还想着你老舅能把你捞出去吗？你还以为你的那位老舅杜老板还会来救你吗？我告诉你，他死了，出车祸死了。"

鲍军大吃一惊，说："不可能，你在骗我！"

姚铁给他看警情通报中的杜富财车祸信息："这回你可以相信了吧？"

鲍军说："他发生什么车祸？一定是有人要杀人灭口。"

姚铁一愣，问："为什么？"

鲍军一急，坦白说："打老板娘是他指使的，当时我也很不解，问他为什么，他说你别管，有人想让她消失。打段律师我还有点解气，这个老太太和我无冤无仇，打一顿即可。我进来了，此人一定很紧张，为了防止暴露，害死我老舅。"

姚铁说："你这小子为什么不早说呢？我们还可以抓住那个人，保护你老舅。看来还是你害死你老舅的。他白喜欢你一场。"

鲍军立即泪流满面，大声地哭起来。

"好了好了，别猫哭老鼠了，你老舅还算做个风流鬼，他是纵欲过度，疲劳驾驶，导致车毁人亡。"

在检察院，段韬带着乔总工整理的苏秦的资料见季箐，季箐看后也惊叹不已："苏秦真是徐淮案里一个非常重要的人物。"

段韬补充说："苏秦为徐董事长研究开发数控中心提供国际上最前沿的科技资料，做出了卓越的贡献，徐董事长曾提出要给她技术咨询费，她坚持不收，她说只是为了报答老师的教育之恩才这么做的。苏秦要买房，首付要五百多万元，遇到资金困难，徐董事长得知后立即支援，开始时用公司资金支付，后来就用个人分的资金再支付，苏秦还出具借据，这是他们的私人债务往来，也是苏秦应得的。徐董事长并没有保存借据，但是苏秦一定有，我去让刘浩鹏找一下，也提供给你。"

季箐简洁地说："不用你去，在程序上我去找他核实更合法。"

段韬又说："还有徐董事长要求此事不要在法庭上提及，不要再玷污苏秦的名节。我也认为此事不宜公开，一方面，私人债务也算个人隐私；另一方面，从辩护角度看，我们律师一定会提出这笔钱是苏秦合理的劳动报酬，本应由公司支付，应该从徐董事长犯罪数额中扣除。这些还都是其次，更重要的是，苏秦死得不明不白，一旦此事公开，她就会背上畏罪自杀的骂名。这样我们怎么对得起一个默默无声为科学事业做出重大贡献的女性呢？"

说到这里，段韬不由得眼睛里饱含泪水，季箐也被他的情绪感染，非常认真地说："我会非常慎重考虑你的意见。"

就在这时，姚铁打电话给季箐说："你知道吗？杜老板出车祸死了。"

段韬也收到刘浩鹏的短信："天下大喜，杜富财死了。"

两人相望了一眼，对杜老板的意外之死大吃一惊，都表示不可思议。两人同时起身，季箐很干脆地说："走，去刑侦队。"

季箐坐上摩托车，轻轻抱着段韬的后腰，段韬飞速骑车奔去市公安局。

姚铁见到季箐和段韬非常沮丧，苦笑一声："技术科已得出了结论，杜老板属于酒后疲劳驾车，失去控制力，冲下河道淹死了，是个非典型交通事故。"他再介绍从交通队了解到的情况，说，"这个杜老板，晚上喝酒，夜里乱性，又去约会下一个，真是脑瓜系在风车上，找死啊。"

两人听完姚铁的介绍，一时无话，没法对杜富财的死亡原因提出异议。

段韬叹了口气说："他死得真是时候呀。"

季箐不甘心，追问道："他那个外甥鲍军的案件有没有突破？"

"全线攻破，他交代了，都是按照杜富财的指令行动的，报复你，是因为你一直在追查一个自杀的女人，管了不该管的事。殴打理发店的老板娘，杜富财也是受人之托下令的，但不知道委托人是谁，也不知道为什么。至于是帮哪个朋友的忙，他真的不知道，原本应当传讯杜富财核实，可偏偏在这节骨眼上，他发生车祸淹死了。你们说巧不巧？我倒不倒霉？那个凶手又悬在半空。段大律师现在可以充分发挥你的想象力，编出个更精彩的故事。"

段韬有点懊悔，说："我是管了不该管的事而挨打，理发店老板娘一定是看到不该看到的人而挨打，你赶快找到理发店的老板娘调查一下她看到了什么。"

"那还用你说，已经派人找到她，老板娘身体倒是硬朗了，可脑袋不灵了，只记得有人跳楼，其他什么也记不起来了。这是脑震荡留下的后遗症，非常无解。"

季箐眉头紧锁，说："你既然从鲍军的账上发现了杜富财，那么你也应该查一下杜富财的账上有什么情况，再查一下他公司的账，有没有异常。像他这样的名人受人之托，代价一定不小。一定是个不简单的人。"

姚铁点头说："这倒也是，我立马布置，反正这个大老板死了，也不再有干扰了。"

这时段韬的手机响了，是刘浩鹏打来的，段韬只能接，告诉他在刑侦队，刘浩鹏说："那正好，今晚，我安排个地方请姚警官也一起聚一下，好好喝酒庆祝一下杜老板死了。"

姚铁向他摇摇手，段韬只好说："一会儿再和你通电话。"挂了电话，突然，涛涛发来微信，说邵老师有急事找他，要他立马回所。

段韬向他们告辞，对季箐说："很想再送你一次，可邵老师有急事，要先走了。"

季箐笑笑说："仅此一次，太拉风了，再也不坐你的车了。"

四十八

段韬心急火燎地赶回事务所，涛涛拦住他说："你要小心点，邵律师正在发火。"段韬点点头谢过，径直走进邵普元办公室，定定神，然后嬉皮笑脸地说："邵老师，紧赶慢赶还是来晚了。"

邵普元头也不抬，说："你还知道我是你的老师，这两天都干了什么？"

段韬不敢坐下，直挺挺地站在那里："我去会见当事人徐淮确认退赃的数额，带着徐一凡和检察官交流如何退赃，都是按照您的指示办的呀。"

"你现在也学会了撒谎，耍滑头。你见完徐淮就去研究所见党委书记，又去海城集团介绍案情，你几斤几两，有这个资格？有这个权利吗？"

段韬只能轻声说："邵老师，告诉你，杜老板死了，海城集团就有机会重返自强科技，这也是徐淮董事长的愿……"

邵普元打断他的话说："老板死了，有老板娘，还有小孩，轮不到你操心嘛。不是告诫过你，不要参与企业事务，你不听，自说自话，上下串联，打着徐淮辩护律师的名义见这个见那个，自以为帮助企业解决矛盾，实际在添乱，影响很不好，已引起涉事企业的强烈不满，到律协投诉你。"

段韬有些急了，问："投诉我什么？"

"说你为被告人传递消息，向外人泄露案情。"

"我传达的都是与案件无关的事，也从未向外人泄露案情呀，这是无中生有。"

"律协已经受理，会长虽是我朋友，我也帮你打过招呼，但是律协还是要按照律师管理条例立案调查，你自己到律协纪律部说清楚，能过关算谢天谢地。从今日起不许再参与徐淮案件，也不要打着我助理的旗号到处忽悠，没有给我添彩，尽给我惹麻烦，我还要替你擦屁股，滚吧。"

段韬还想做些解释，但发现邵律师板着个脸已经准备出发，没空再理他，只能垂头丧气地回到自己的位子上。

邵老师叫上几位助理，跟他一起出发，连涛涛也被叫上了。涛涛临走前悄悄告诉段韬："我们去聚富集团，听说老板突然死了，老板娘请邵大律师立马介入处理后事。这可是个特大案件。"

段韬心里一乐，杜老板一死，给事务所带来收益，邵老师又接到一起社会关注的有影响力的大案，还能赚到一大笔律师费。他打开电脑，看到网上都是关于杜老板交通事故死亡的消息和各种评论。有的在议论会是哪位律师接下这起遗产高达数十亿的案件。

这时前台女秘书走来说："段律师，有位姓徐的当事人要见邵老师，邵律师不在，他们要见你。"段韬问："是一个人吗？""不是，还有一位男士陪同。"段韬心想那一定是徐一凡和詹姆士，他们肯定也是因杜老板之死而来。他跟着前台女秘书一起走进接待室。

徐一凡和詹姆士一改往日的愁容，脸上笑呵呵的，段韬手抚下巴说："看来都知道杜老板死了。"

徐一凡眉头一展说："我爸知道了一定喜笑颜开，一扫一身晦气呀。"

詹姆士望了女朋友一眼，说："大家扬眉吐气一回了。听说是他自己把车开进河里，被水淹死的，那真是天意呀。"

段韬认真地说："目前公安给出的结论是酒后疲劳驾驶。"

徐一凡轻快地说："你什么时候再见我父亲，一定要把这个好消息告诉他，还有个更好的消息，海城集团正式宣布投资自强科技，下周就要入驻自强科技了。乔总工他们欢呼雀跃，已经准备欢迎海城。"

詹姆士扬着声音说："真是祸不单行，好事成双呀。"

段韬笑道："我想网上这么热闹，杜老板身亡的消息一定会很快传到徐董事长耳朵里。海城重启投资自强科技项目是个特大喜讯，倒是应该告诉他的。他一定更加兴奋。比死个杜老板要高兴得多。"

詹姆士高兴地说："这么说徐董事长的愿望得以实现了，是重大好消息，应该尽快告诉他，让老人家好好快乐一下。正好有件事想和你商量一下，徐董事长的案件要移送法院，那么审判需要多长时间？"

段韬奇怪地看着詹姆士说："法定期限是一个半月到三个月的审判期。"

"在法院审判期，一凡主要任务就是退赃，如果海城集团投资自强科技，她父亲的股票也值钱了，退赃资金没有问题，她父亲的辩护工作主要是由你们律师完成，一凡没有多大事，我想带着一凡回一趟美国，一个月后或者等你的开庭消息，再回来参加她父亲的庭审，等待最终的判决。你看可以吗？"

段韬看了徐一凡一眼，徐一凡也看着他，似乎也在征询自己的意见。

徐一凡皱着眉说："我不想回去，我要等我父亲有了判决结果再走。"

詹姆士用央求的目光看着她说："一凡，你已经超假很长时间了，如果不是看我的面子，早就被公司除名了，一旦失去工作，你的绿卡申请就要黄了，回去续个假，或者再找份工作，绿卡还有希望，你在美国这么多年就是在等待那张绿卡呀。"

徐一凡无语，看着段韬。

詹姆士对段韬说："你也帮我做做一凡的工作，她在美国打拼也不容易，好不容易等到拿绿卡，总不能轻易错过。你说是吧？中国学生大多盼望着取得美国绿卡。她喜欢听你的意见。"

段韬有点尴尬，直挺挺地站在那儿，也不知怎么回答才好，想了想说："从时间上说，一凡回去一趟也不是不可以，在审判阶段，被告人家属也确实没有多少事要做。就是不知道海城入驻公司后，还需不需要一凡参加，如什么股改之类的事务，是否需要她代行父亲的表决权。"

詹姆士赶紧说："我们这次回去，还要见见我父母，他们提过无数次要我把一凡这个未来的儿媳妇带回家看看。"

段韬一听，乐了："怎么和我家父母一样，一见面就是问有没有女朋友，带回来看看，这倒是值得考虑的事。"

徐一凡立马说："你带我回家见父母开开心心，我呢？我家出了这么大的事，还没有了结，去见你父母不合时宜。我还没这个心情。"

詹姆士劝说："我父母做自己的事，不会论长道短的，他们见到你会把你当女儿喜欢，或许会觉得是个大惊喜。"

徐一凡倒是有点不好意思了，想了一下，说："段律师，你再见到我父亲时征求他的意见，请他定夺，我听他的。"

段韬赞道："好呀，没想到你生活在国外这么多年，还保留着中国的传统，婚姻大事听命于父母，那我就遵命，一定负责传递到位。"

詹姆士说："其实国外的孩子都很独立，早就忘了媒妁之言，父母之命，都是自己决定自己的事情。"

这时前台女秘书又走进来说："段律师，律协领导到了，支部书记请你去一下。"

段韬开玩笑地对他们俩说："律协领导找我，有什么好事呀？我去一下就回来。"

大约过了十分钟，段韬就折身返回，一脸怒气。

徐一凡关切地问："出了什么事，瞬间晴转阴啊？"

段韬火冒三丈："有人向律协举报，说我传递消息，泄露案情，要我停职检查，接受调查。"

詹姆士说："是什么小人在关键时候背后捅一刀？真是多此一举。段律师，如果这里混不下去，到美国来，在美国，律师和医生是最赚钱的。"

段韬笑道："那就算了，我的英语水平不行，字母拆开来都认识，并起来的，一个读不出来。你们先回吧，我赶紧去看守所，去见徐董事长。"

徐一凡说："不用那么着急的，明天去也可以的。"

詹姆士说："你很久没有去俱乐部了，今晚有个活动，我们一起吃个饭，一起欢庆一下。"

段韬说:"不行呀,现在事务所管委会人不齐,还做不了决定,下午或明天一旦做出决定按照律协意见执行停职检查,我只能上交律师证,那什么事都干不了了,看守所也进不去。"

詹姆士露出一丝后悔的表情,又立马换上笑容:"那段律师见徐董事长后,一定要来俱乐部参加活动。"

徐一凡说:"我在俱乐部等你,听你的消息。"

说话间,三人已经来到电梯间,直接到车库,段韬来到自己的座驾前,旁边停着詹姆士的宝马座驾,一辆饱经沧桑的老车,一辆意气风发的新车形成鲜明对比。段韬突然想起什么,说:"哎呀,我的手套没拿。"转身准备回去取。

徐一凡建议道:"詹姆士,把你的车给段律师骑,我们打车走。"

詹姆士二话没说,把车钥匙丢给他,又从包里拿出一副手套递给他,笑着说:"正好你也感受一下进口车的魅力,早一点换掉那辆老爷车。这车加速很快的,要当心点哟。"

段韬也没客气,跨上宝马发动起来,戴头盔,套上手套,向他们挥挥手,叫了一声:"嗨,感觉就是不一样。"一溜烟地驶出车库。

詹姆士突然想起什么,要想拦住段韬,但已经来不及了。

聚富集团小会议室。杜富财的夫人,一位大约四十岁的女性,一身简约时尚的黑衣着装,颇有风韵,面对龚维和邵律师,说:"你们知道我不是他的第一个女人,也不是最后一个女人,只是个有证的妻子,你们一个是他的好朋友,一个是他的律师,他死了,我是合法继承人,我需要你们的帮助,请你们给个意见,如何处理好善后事宜。"

龚维看着邵律师,示意他是律师,应该他说。

邵普元轻轻咳嗽了一声说："谢谢杜夫人的信任，杜老板去世后，产生两件大事，一是遗产处理，这属于私事；二是公司经营管理，这是公事。我作为杜老板聘请的法律顾问，主要是谈一下公司对运营管理的意见，我认为公司应该设立危机管理小组，负责公司的经营决策，处理对外事务。危机管理小组由您亲自领导，由公司副总、财务总监和律师参加。"

杜夫人点点头："设立危机管理机构，暂时接管公司管理权。你继续担任危机小组的法律顾问，把好法律关，那目前的主要工作是什么？"

邵律师说："维护现有项目的正常运营，暂停对外投资，梳理公司的债权债务，确定公司资产状况，重新规划，再图发展。"

龚维说："这么说，自强科技上市的项目也要停下来吗？这可是杜老板生前最大的心愿，也是公司再上一个台阶的最大的机会。"

邵律师说："在危机时刻，退一步海阔天空。"

杜夫人说："这件事富财和我说过，当时我就劝他，你是个搞房地产开发的，又没有科学文化常识，搞什么科技公司。他说，有人要与他合作，给钱支持他，等公司上市后，依然让他当董事长，那就是上市公司的老板，社会地位完全不一样的。我对他说商场上没有这么便宜的事，天上不会掉馅饼，再说以你的个性和暴脾气，不适合与别人合作。可他听不进去，最后把命搭进去。我同意邵律师的意见，取消自强科技项目，停止对外的所有投资，认认真真做好手上的几个项目。龚维，我对公司的管理层和股东都不熟悉，你来过家里几次，还比较了解，你能不能参加公司的危机小组工作？享受公司总经理的权利和待遇。"

龚维吃了一惊："请我加入聚富集团，这合适吗？"

邵律师说："我来的时候，已经听说海城集团正式启动重返自强科技的计划，我估计这是市政府的意见，海城集团入驻后，你的日子不会好过，加盟聚富集团倒是可以考虑的选择。"

杜夫人很有信心地说："龚总，你在国有企业工作了二十多年，积累了许多管理经验，我曾在国有企业做过，知道国有企业的管理制度最完整最严格，只是执行力差一点。我们这类企业执行力是很强的，但管理是粗放型的，由老板一人说了算，没有制度。我家老公没有文化，并不具备管理企业的能力，还是在冲冲杀杀的阶段，早晚也要被淘汰的，请你来公司，就是希望你把国有企业的一套制度带到公司，改造公司，让聚富集团未来真正成为现代企业。"

邵律师惊讶地看着自信的杜夫人，没有想到这位家庭主妇居然能想得这么深刻，抓住了公司的要害。

龚维也很激动地说："杜夫人，给我三天时间考虑，再给你一个答复。"

杜夫人说："好吧，我去开股东会，把邵律师的意见递交股东会讨论再做出决定。"

詹姆士带着徐一凡来到高尔夫球场，参观杜老板来过的那栋大别墅。徐一凡看了也很激动："没想到你还有这么大一栋房子呀。"

詹姆士笑着说："这是我父母前几年就买下的，一直空着。前两年借给老外居住。父母说，这次回去见过他们，如果我们坚持留在国内发展，就把别墅送给我们，让我们结婚用。我已赶走老外，找人重新装修，保证让你满意。"

徐一凡听了很兴奋，抱住詹姆士深深地吻了一下，然后跟着詹姆士上楼参观。

四十九

看守所里，徐淮走进律师会见室，看见段韬脸上笑嘻嘻的："段律师，看你喜形于色，一定有什么好事了？"

段韬说："当然了，先告诉你，我已出色完成第一项任务，你们党委书记很支持你，他已责令从其他公司调剂资金。通知律师力主调解，还钱。再有就是海城集团正式宣布重启投资自强科技项目，你的半个学生刘浩鹏功不可没呀。"

徐淮笑道："这确实是重大利好消息，自强科技有了强大的发展动力，乔总工他们可安心搞科研，我对正在攻关研发的项目有了新设想，再过两天就整理好，你带给他们，供他们参考。"

"徐董事长在里面也不消停呀，还在争分夺秒。"

徐淮说："人是闲着，可脑子闲不下来，看看闲书，有时会突发奇想，找到打通技术难点的方法。伟人说过'只争朝夕'，就是告诫我们不要虚度光阴。"

"徐董事长，还有件重大事件发生。"

"是不是杜老板死了的事？"

段韬一惊："你这么快就知道了？"

"我们这里也是小社会，每天都有新人进来，带来社会上流传的各种信息，当然都是八卦新闻。我并不相信是真消息，可他们说得有鼻子有眼的，杜老板的死是真的吗？"

"当然千真万确，我去过公安局，就在子夜，他自己驾车，冲进路边的河里，没爬出来，淹死的。"

徐淮并没有笑，而是沉思了一会儿说："这不由得让我想到苏秦的死。我觉得杜老板的死，并非好消息。"

"怎么会呢？根据我的判断，你把他踢出自强科技，击破他的发财梦，他策划了举报你的事，诱惑刘浩鹏，再起诉自强科技，目的就是拿下自强科技，重启上市。他也算经过大风大浪的人，却在阴沟里翻船。这正印证了一句俗话，'恶有恶报，不是不报，时候未到'，那是天意。"

"我们科学工作者研究未知世界，不是靠玄学，而是根据客观现象寻找内在联系。建立底层逻辑，从而解开事物的可能性。我曾和杜老板合作过，也交流过，他之所以成为房地产企业家、一代富豪，是因为遇到了房地产改革发展的大好时机，占据天时地利人和，在同等条件下，不是所有人都能成功，他却成功了。他算是有高智商的人，也做过一些好事。他的成功有他的合理性。我不与他合作，不仅是因为他没有文化，没有科学知识，不是个合格的投资科技企业的人，还有一个重要原因，我一直没有说。"

"另有原因？"

徐淮说："我不与他合作还有一个重要原因。有一次我参加全国行业会议，北京有一家与我们同类的自动化科技公司，论科研能力、研发实力，属于业内领先企业。可公司的董事长和首席专家没有来参会，我觉得很奇怪，于是一打听，才知道他们引入资本入股企业。原想加快企业和技术发展，没有想到这些投资人争权夺利，把企业搞得七零八落，首席专家被迫出走他乡。还有一家科研能力与我们相差无几的公司被外资收购兼并。在行业内有科研能力的公司已所剩无几，大都还是初创的小公司。我们自强科技，算是在全国专业领域技术能力较强的企业了，为此，我想自强科技不能再被资本搞垮，和更不能再被外资兼并。回来后我再和杜老板交流，发现他进步很快，能够说出一些专业行话，问过他是否有人在背后支持他，他只说有家基金提供资金援助。是什么基金他不明说，基金人也从未露面。我认为不能放到桌面上公开交流的，一定有阴谋，所以断然拒绝再与他合作。"

"那您认为这是什么势力在背后支持他？"

"我说不清楚，前些天你告诉我，害死苏秦的另有其人，此人至今无影无踪，说明那人有非凡的专业水平，一定不是杜老板所为，他没有这个水平。今天他不明不白地死了，我认为他们的死一定存在某种内在的关系。"

段韬大吃一惊："怎么可能，难道您能先知先觉？"

"科学工作者不是靠第六感判断事情发展的，他们的死也让我联想到，从我决定回国开始，就一直有国外机构来做我的工作，不断给我提供巨大的诱惑，包括很多人向往的绿卡，甚至是国籍。我知道他们认为我的研究成果，带回国发展数控技术，一定会破坏他的市场格局，损害他们的利益，所以要我为他们服务。其实我没有他们想象的那么重要。可老外的脑子是方的，不懂辩证法，思维固化，计算机科技是一次产业革命，能带动新兴产业的发展。数控技术拥有无限大的市场，足够容下各企业共同发展的空间，只有相互合作才能共赢。可他们只想垄断技术独霸市场，而且是一条路走到底，不达目的决不罢休，为此，千方百计算计我，打我的主意。"

段韬非常震惊，惊讶地说："您认为收购自强科技有可能是境外势力介入。所以您认为他们的死一定存在联系，也可能是一个人所为？"

"我不敢肯定，也不能排除。国际资本的流向都是为了占领市场，攫取超额利润，为了争取利益最大化，他们会不择手段的。"

段韬看着徐淮，每次见徐董事长都受益匪浅，很长知识。虽然他没有学过金融，不懂国际资本运作的原理，还不完全理解徐淮说的深奥道理。但徐董事长一席话犹如醍醐灌顶。他突然想起徐一凡交代的："徐董事长，正好有件事，一凡要我请教你，一凡的男朋友要她回美国见他父母，她很犹豫，想等你有了判决结果才肯走，她要请你做决定。"

徐淮一听，皱起眉头："她的男朋友还是那位美籍华裔吗？"

段韬点点头说："他叫詹姆士，在一家网红西餐厅当经理，还是摩托车骑手。我们很熟，他是个不错的帅哥。我和一凡在他店里吃过饭，那里的牛排味道很好。"

"我看过他的照片，没有见过面，虽说长得还不错，但我的感觉很不好，可男大当婚，女大当嫁，也是自然法则，她的婚事由她自己定夺。你告诉他，女儿的血脉里流淌着父亲的血液，我相信她会像父亲一样，做出正确抉择。"

徐淮想了一会儿，又叹了口气："可我总担心，她到美国后会遇到什么。嗨，女儿是父亲的心肝宝贝，交给一个陌生的男人真是不舍得呀。"

这时狱警走进来说："段律师，你的会见可以结束了，检察官要提审他。"

段韬起身说:"徐董事长,我保证传达到。"

徐淮望着他,不放心地又嘱咐一句:"你一定要保护我的一凡。"说完这才离开。

五十

段韬走出看守所，看看还不到下午三点，根据徐董事长的嘱咐，给徐一凡发了条短信："你父亲叮嘱，你的血脉里流淌着他的热血，相信你，会像父亲一样做出正确的抉择。"

不一会儿，他就收到徐一凡回信："有时间见面聊。"

他想起徐董事长分析害死苏秦的人可能也是害死杜老板的人。这可能吗？徐董事长这样严谨的专家也和我一样富有想象力，他一定是有自己的逻辑思维，他假设的条件都是真的，那判断一定有道理，只是我们还没有发现而已。段韬决定去杜老板的事故现场看看。

三号公路是省级公路，没有隔离带保护。六车道清一色的柏油路面也很平整，路两边是一排排枝叶茂密的树木，后面有条自然河道。段韬看到路边有一处蓝白隔离绳还没有撤掉，估计这就是出事地点。他把车停在树下，树与树之间相隔两辆车不到的距离。他摸摸树干，都是直径二三十厘米的香樟树。他心想，如果杜老板的车撞在树上就会被卡住，人最多是受重伤，不至于一命呜呼。看来他的驾车水平也太好了，直接穿越到两棵树之间。段韬走到河边，向河里丢了一块石子，河道不深，即便是小车冲下去，也就是汽车进水，人也能从后窗爬出来。这里曾经发生过多次小车坠河的事故，可大部分驾驶员和乘客都能获救。再一看，他发现河边有块景观石，是为了防止路人落水设置的。也许就是这块石头给他造成了致命一击，他估计杜老板驾车冲入河道时正好撞在这块石头上，翻身下水，人被撞晕，无力砸窗开门进行自救，最后被河水淹没。

他再来到路边，大白天有许多车辆来回穿梭。他想杜老板是半夜行驶，应该走右边中间道路正常行驶，可他为什么突然转向？段韬实在不明白，他给姚铁打个电话说："我在杜老板的事故现场，想去交通队看看事故的资料。"

姚铁说："是否有新发现，或者突发奇想，又编出什么离奇的故事？"

段韬笑道："不是你让我开动脑筋，发挥想象力的吗？"

姚铁答应陪他一起去。

就在这时，前面来了一行车队，从第一辆车上走下一身黑色着装、表情严肃的女人，后面车上陆续下来一些男人，从最后的面包车上下来的是一些和尚，他们一行人来到河边，和尚开始念经。段韬估计是杜夫人带着亲朋好友来为杜老板超度亡灵。

他发现邵老师也在人群中，好在自己戴着头盔没有被发现，如果被他发现会很尴尬的，赶紧离开。

段韬来到交警队。姚铁还没有到。王队看见段韬说："你不就是那个专打交通事故案件的律师吗？"

段韬也想起来："是王警官啊。那次美籍华人的飙车案，多亏你的同情和理解呀，谢谢。"

王队说："怎么，你又对杜老板的交通事故感兴趣了？是否接到他家的遗产纠纷案了？那可是亿万富翁，比起交通事故可是赚大钱的。"

段韬笑道："我是个专打交通事故案件的小律师，这么大的案件怎么能轮到我？不过，我的老师接到了，已经开始工作了。我和姚探长一起处理一起与杜老板有关的案件，想再了解一下事故有没有人为的可能。"

王队笑笑："律师总是戴着有色眼镜看公安，总想挑些毛病。不过上次你配合得不错，今天我也配合一下。"他带着段韬一起看杜老板开的卡宴车，介绍说，"这车外观完好无损，没有被外来力量撞击的痕迹。"再打开车门给他看，"里面的零部件也没有被人破坏的痕迹，技术部门的鉴定结论是意外事故。"

他们再回到办公室，姚铁也匆匆赶到，王队重新回放现场照片，现场和他看到的一样。姚铁说："我也去过现场两回。这杜老板车技也太好了。居然能从两棵树中间穿过。就两辆车的空隙，正常穿越也不容易的，如果偏一点撞在树上，还有救。"

王队长说："真正致命的就是那块景观石，车子冲进小河之前，撞上这块石头，车子翻身下水，如果没有这块石头，只是冲进河里，完全可以自救爬出来的。"

段韬说："河水不深，有车路过，看见了，帮他一把，他也有救，可惜没有如果，一切就是那么巧合。有时候人遇到意外，永远无法说明缘由，俗话说，'人倒霉时，喝凉水也会被噎死'。也许他就是这个命。"

王队说："这个杜老板已享尽荣华富贵，妻妾成群，最后还是个风流鬼，也足矣。人的福分伴随生命都是有限的，如果前半生享尽，后半生就会受苦受难。老话说，要惜福呀。我们把结论告知家属，家属也只能接受。"

段韬说:"怪不得,我来的时候,看到杜夫人带着和尚们去念经超度,最后送他一程,也真是用心良苦呀。"

王队长开始收拾东西准备下班:"家属都接受了,你这位律师还有什么问题吗?"

段韬说:"我还有个问题,当晚那么宽敞的道路,车也不多,他为什么突然转向呢?"

王队长说:"这也是很多人的最大疑惑,其中也包括家属,大家都不理解。因为他们都没有遇到过交通事故,我和交通事故打了近二十年的交道,处理过各种各样千奇百怪的交通事故。杜老板车上的行车记录仪,被水浸泡过已经无法正常播放,经过技术部门修复,勉强可以播放一部分,视频显示,当时他正常行驶在右侧中间道路上,还抽过烟。前面突然出现一道强烈的白光,整个屏幕瞬间变成了白色,紧接着就是转向车辆冲入河道的场面。"

段韬惊讶说:"这道白光是什么?"

王队长喝口水说:"没有经历过吧?我告诉你,这是对面来车打出的远光灯。虽然多次提示,在会车时不要打远光灯,可总有人要亮起大灯照路。那条路上确实有几盏路灯不亮了,路面灰暗。来车亮灯也很正常。可对杜老板来说就是灾难,他本来就很疲劳,再遇到对面突然亮起的大灯,瞬间两眼发黑,想躲闪到一边,又没有踩到刹车,冲出路面,发生坠河事件。这种交通事故,虽不多见,但每年都会发生的。"

"那是一辆什么车?"

"从灯光的角度分析,不是跑车,就是摩托车,虽说这是诱发因素,但对面车辆正常行驶,各走各的道路,没有违章,也就没办法追究责任。"

段韬很惊讶："可能是摩托车？"

"这条郊区公路，半夜里常有一些摩托车出来炸街，白天不能开，骑手们只能半夜出动。好了，我该解释的也都解释完毕了，过了下班时刻，我可没地方留你吃饭呀，不像市局有个很大的食堂，吃了还能带，福利好呀。"

段韬和姚铁谢过王队长，离开交警队。姚铁问："怎么样，有什么想法？我看就是杜老板阳寿已尽，命该如此。"

"我倒是想起，我也经常参加俱乐部的炸街活动，是玩得很嗨，可最近没有听说他们玩过呀。"

"今晚没有大事，一起踢球，娱乐一下，也换换脑子。"

段韬说："不行，我今晚约好了要去参加俱乐部烧烤晚会。"

"是你那个摩托车俱乐部？你是否还想去查查线索？那可要当心点哟。"这时姚铁的手机响了，姚铁听完后，人一下子兴奋起来，他说，"是个好消息，当地县公安局来电话说理发店的老板娘已恢复部分记忆，要我赶快去一趟。你就等我的好消息吧。"说完开着警车走了。

段韬想起在俱乐部参加过一次炸街，就在半夜，一辆辆摩托，疾驶而去，又一起亮起大灯将道路照得雪白，玩得非常嗨，却吓得对面来车赶紧躲避，会不会是那天晚上他们又去炸街了？

正想着，涛涛发来微信，要他立即赶回事务所。

段韬回到事务所，支部书记向他宣布管委会决定，停职检查等待处理，要他上交律师证。

段韬不服，脸一红申辩道："我还有徐淮的案件没有办完。"

支部书记说："邵律师已经同意更换助手，派其他律师参加。"

"我不接受。"

支部书记说："那你自己和邵律师说，先把律师证交上来让事务所保管一下。"

段韬含着眼泪上交律师证，回到工位上发呆。这时，涛涛走过来安慰他："段律师别难过，一会儿邵老师回来，再和他说说，你是他学生，他一定会帮助你的。他在管委会上还是能发声的。"

段韬点点头："我会等的。"他真是想不明白，这举报人想干什么。

这时徐一凡发来短信，请他早点到，有事请教。

五十一

　　段韬想起邵老师在参加杜家的活动，还不知道什么时候回来，干脆明天再说，他到车库骑上宝马摩托赶去俱乐部，参加烧烤晚会。

　　从内环高架拐上郊区公路，天色已黑，他突然发现有两辆摩托跟在他后面要追上他，他开始有点紧张，不知何人，再从后视镜里看到一胖一瘦，有点熟悉。他想：那是要和我玩车技呀，正是有气没地方撒，那就试一试。郊外公路，限速180，倒是可以和他们玩一把的。他开始加大油门全速前进，那两辆摩托也不含糊，加大油门紧追不舍。

　　突然，天空乌云密布，像一张巨大的网紧紧笼罩着大地，要下雨，天色越来越黑。后车打出耀眼的聚光灯照射着他，防止他失踪，迎面而来的小车紧急避让闪到路边，好在后面没有跟车，才避免一场车祸。

　　段韬赶紧放慢速度，两辆车也迅速跟上，停在他身旁，各自打开头盔，段韬一看，果然是俱乐部的梁路和桂老弟，笑道："怎么是你们俩？把我吓一跳，还以为遇到打劫的。"

　　梁路说："段律师，是你呀！我还以为是詹姆士呢。上次炸街，输给他，不服气呀，想和他再比试一下，没有想到是你。"

桂老弟说："段律师，什么时候换新车了？"

段韬笑道："我是把詹姆士的宝马借来玩一玩，果然是好车，速度奇快。硬是没有让你们追上哟。"

段韬问："你们前两天又去炸街了，在哪条公路上？"

梁路说："就在三号公路上，六车道，夜里没有车，跑得爽极了。"段韬一下就明白了，没有吱声。

桂老弟问："段律师，詹姆士这辆宝马是卖给你，还是送给你的？"

梁路说："宝马已经被詹姆士淘汰了，前两天他又搞了一辆哈雷，还要拉风，有钱人就是不一样啊！"

桂老弟说："段律师也去参加烧烤晚会的。今晚是詹姆士出资举办烧烤活动，他说下周就要带徐一凡去夏威夷度假，还要去拉斯维加斯举办婚礼。"

梁路笑道："你别听他吹牛，他怎么舍得走呀？要知道那个叫小玉的车模盯得很紧的，他只是让女友正式亮相一下，打消人家的幻想。可是今晚的晚会，说不定会引来那名摩登女郎，那就有好戏看了。"

段韬说："还有这出好戏呀？走，去看看。哎，你们刚才打灯照我，是否远光灯都改造过？"

梁路骄傲地说："那当然，现在白天不能玩，只能半夜炸街。换个灯泡照得更远更亮，跑得更快呀！当然，我们这些车都比不上哈雷，什么时候再和我们一起炸街？你开宝马与詹姆士的哈雷比试比试。"

桂老弟催促说："时间不早了，赶快走吧，再晚了什么好吃的都没有了。"说完两人一前一后地离去。段韬也跟上。

他们三个来到俱乐部，俱乐部的广场上已有不少会员，已经围着烤炉开始烧烤。梁路和桂老弟赶紧挤过去。

段韬看见詹姆士和徐一凡在一起，詹姆士穿着一身白色西装，徐一凡穿着深蓝色晚礼服，很般配，也很醒目。段韬走上前与他们打招呼说："一凡，今晚好漂亮呀，詹姆士也很帅气，真是一对金童玉女哟。"

徐一凡被段韬一夸，不好意思地说："段律师，很少听见你赞美女人，别这样说。"

詹姆士带他找个角落坐下，递上一罐苏打水，急切地问："徐董事长对一凡的事，具体怎么说？"

徐一凡说："你把父亲的意见发给我，我似懂非懂，所以想见见你，我想知道父亲究竟是什么意思。"

段韬笑道："都说女儿是父亲一生一世的小情人，父亲希望女儿嫁个和他一样的男人，精心呵护，无私相爱，可这是不可能的。因为世上父亲只有一个。我曾参加过多场婚礼，父亲将女儿的手交给新郎时，一定是泪流满面，伤心不已。只有新郎的父亲看着儿子牵着新娘的手，是满心欢喜，家中添人进口呀。"

詹姆士说："我完全能理解老人家的心态，但他总该给个明确指示。"

"一凡的父亲是个大知识分子，不像我父母是大老粗，直截了当地说 YES 还是 NO。一凡，徐董事长没有见过詹姆士，他怎么舍得把女儿交给一个陌生的男人？你父亲既想尊重你的选择，又不放心，这就是一个父亲矛盾的心态。"

詹姆士说："老外的孩子都很独立，自己拿主意，做自己的事。

你父亲让你自己决定，这是完全正确的。"

段韬笑道："我妈她很唠叨，没有什么文化，总是在说为你好，为你着想，希望我听她的，虽然很朴素，还是有点私心。徐董事长是个大专家，很有文化，他的尊重是最无私的爱。我想詹姆士也是一样，也是有文化的人，对你的爱应该是无私的，也一定会尊重你的选择，绝不强人所难，詹姆士，我说得对不对呀？"

徐一凡陷入深思，端起咖啡轻轻地喝了一口。

詹姆士说："那是一定的，一凡，我尊重你的决定。"这时，桂老弟走来叫詹姆士，请他去安排晚会具体的事，詹姆士离开他俩。

徐一凡想了一会儿说："我父亲从来都是尊重他人的抉择。他说我的血脉中流淌着他的血液，太有哲理了。可女孩嫁人是第二次投胎，很现实的，很具体，能否嫁个好丈夫是女人一生难解的课题。"

段韬很直白地说："难道你还没有想好要嫁给他？"

"他今天带我去看房子，那是一栋别墅，说是他父母买下的，如果见过他的父母，想结婚，这别墅就给我们做婚房。"

"那他是在精心准备，房子都安排好了，足见他爱你是很深的哟。"

徐一凡叹口气说："其实我们认识也就两年多，不久后他被派到中国工作就分开了，他父母是做什么的，他在美国做什么，我都不清楚。这次父亲出事，我赶回来才和他一起生活。在父亲的事情上，他出了不少力，花了不少钱。可是作为丈夫不能只给物质，还需要精神互惠。"

段韬说："我不知道你们家的情况，也不知道你和詹姆士发生过什么，你父亲说你的血脉里流淌着他的血液，我想他一定有道理，你父亲是一位值得崇敬的爱国科学家。他表达的是一种祈盼，也有一丝担忧，留给你思考的空间。不着急，你还有时间，再想一想。父亲没有选择，丈夫是可以挑选的。"

这时，桂老弟陪着詹姆士走过来说："晚会就要开始了，美丽的一凡姑娘露个脸，预热一下。"詹姆士上前拉着徐一凡的手，扶她站起来。

恰在这时段韬手机响起，他忙按掉，可还是响个不停。段韬看了他们一眼只能说："不好意思，是邵律师打来的。"他转身对手机小声说，"邵老师。"接着又点头说："我知道，立马赶回来。"然后他对他们说，"邵老师说，他们连夜开会，讨论我被投诉的事，要我赶回所，到管委会上做个解释。不好意思，为了自己的饭碗，必须赶回去申辩。对不起，就是晚会参加不了了，你们俩有什么决定，尽快告诉我。一凡，保持联络。"

徐一凡点点头："你就说，我不同意更换律师，否则就连邵律师也一起换了。"

詹姆士硬气地说："去什么去呀，怕什么，我这里有案件让你做，保证你吃饱喝好。"

段韬说："还是詹姆士够义气，有你撑腰，我还怕什么？谢谢。你能不能先透露一下今晚要宣布什么消息？"

詹姆士看了徐一凡一眼，笑道："暂时保密。要不就留下来。"

这时梁路和一些会员走过来对詹姆士说："你们还瞎聊什么，再不过去吃一点，好吃的全没有了，现在人都差不多到齐了，你不是还有什么事要宣布吗？"

桂老弟说："良辰未到，八点十八分才能宣布，着什么急呀？

先去吃点东西。"说完拉着他们下场去。

段韬说:"还要等良辰吉时呀,那我可等不及了,我再用一下你的宝马车,时间早我再回来,如果晚了,明天你到事务所来取,或者我送到西餐厅去。"

詹姆士大方地说:"拿去吧,你喜欢就送给你了。"

段韬走到门口,骑着车辆离开。詹姆士看着段韬消失的背影,不由得猛地拍了一下自己的后脑勺说:"不好,要坏事。"

梁路说:"坏事?是不是那个车模也来呀?我去帮你挡驾。"

詹姆士一脚踢开他:"瞎扯什么,去你的。"

五十二

段韬骑上宝马车离开俱乐部。他其实并不是回事务所，刚才是刘浩鹏的电话，催他早点到，有人一定要见他。他直奔约定的茶楼。

段韬来到茶楼急匆匆地闯进包房，没有想到是季箐，她身旁还坐着一个陌生男人。他惊讶地说："季箐，没想到是你在等我呀，有点大惊喜呀！"

季箐笑了笑，并介绍说："这位是安全局的孔先生，也是刘浩鹏的老同学。"

段韬向孔先生扫了两眼："你大概就是帮他收集信息的老同学吧？难怪你的信息这么准，专业干这行的。刘浩鹏呢？"

孔先生说："他去宠物店接丑丑，一会儿就过来。你就是段律师吧？"

季箐说："我和孔先生一起去见徐淮，正好你正在会见他，不好意思，抢了你的工作。"

段韬不解地问："怎么，安全局也插手徐董事长的案件？"

孔先生笑着说："还不是被你拉下水的，我和刘浩鹏夫妇都是中学同学，知道苏秦自杀很同情他，想帮他渡过难关。后来听说你从一条失踪的小狗身上发现他老婆自杀不是意外而是人为，凶手另有其人，引起我们的关注。浩鹏告诉我，杜富财在收购自强科技失败后，采取了一些卑劣手段，请我帮忙查找李雅的下落。我帮他查了一下，提供了一些线索。你很聪明，不仅找到李雅，还把她转移到安全的地方，你这个动作让我们对聚富集团收购自强科技的行为很感兴趣，调查后发现这是一家以房地产开发为主的企业，公司资金非常短缺，这个杜老板也没有什么文化，属于科盲，怎么会收购与房地产无关的科技公司呢？这很反常。一查才发现，有家海外基金给他几千万美金，全力支持他的收购行动，而这家基金公司背后是国际著名的数控产业集团，已在世界各地收购多家类似技术公司。"

段韬说："果然有海外资本参与收购呀，徐董事长预判很准。不过在商言商，股权投资是一种国际资本运作方式，属于合理合法的经营行为。"

孔先生说："是的，如果项目收购成功，那是资本的胜利、商业上的一个经典案例，可他们遇到的恰恰是具有国际视野而又很敏感的专家。徐董事长意识到有外来资本介入，果断拒绝与杜富财的合作，选择与国企海城集团合作，从而打破他们的市场布局。而这位杜老板已尝到资本甜头岂能放弃，一定会不择手段扫清障碍，重返自强科技。原本的一些手段只是商战上的流氓行径，不能算犯罪行为。可你从小狗身上发现的那个神秘人，警方至今未发现踪迹，足以说明这个人反侦察能力很强，作案手段非常睿智。当你向检察官提供了苏秦整理的科技信息摘要后，我们开始怀疑苏秦的死可能与这家基金公司有关。杜富财在收购失败后，就把徐董事长送进监狱。基金公司了解到为徐董事长提供科技信息的是苏秦，所以要除掉苏秦，掐断信息来源。这样，徐董事长无论被判几年，出来后都不可能再追上他们的科技发展步伐。今天我和季检察官一起提审徐董事长，得到证实，这家海外公司就是邀请徐董事长加入的数控企业。所以我们判断这已不是一件普通刑事案件，而是科技间谍案，我们必须介入。"

季篝说："你提供的苏秦的资料非常重要，刘浩鹏也找到了当时的借据，讲清买房借款的过程，现在我能够理解被告人的诉求。可惜的是，如果早点交代这些事实，也许不会发生苏秦的悲剧。"

段韬叹口气说："理科生的弱点就是自命清高，有时也会误事。"

孔先生很认真地问段韬："段律师，向你打听一个人，他的中文名叫郭金贵，英文名 James，外人习惯叫他詹姆士，你熟悉吗？"

"当然熟悉，他最初是我的当事人，又是徐董事长女儿徐一凡的男朋友，也算半个当事人，我们经常见面聊天讨论案件，现在算是朋友吧。对了，他倒是美籍华裔，也算老外。"

孔先生耸了耸肩说："据我们了解，詹姆士是这家基金公司的外籍员工之一，被安排在夏纳西餐厅当经理。他初中时被父母从台湾送到美国读书。由于没有父母陪伴，放任自流，成为打架斗殴的浪荡公子，经常混迹健身房。因长得帅气被一个富婆包养，带他混入社交圈，后被招募进公司，接受专业训练。"

段韬说："看他浑身肌肉就知道是健身房练出来的，当个小白脸，围着石榴裙转转还可以的。除了骑摩托，没有什么真本事的，一个纨绔子弟骗骗小女人而已。"

"这家基金公司在海城集团正式宣布重启自强科技项目后，其主要成员都已撤离中国，只留下詹姆士处理一些善后事宜。截获的信息显示，他们对自强科技设计过 ABC 三套方案，具体内容不清楚，准备从杜富财身上找到突破口，发现线索，他应该掌握他们的一些线索。比如杜老板为什么安排其外甥袭击理发店老板娘，他一定是受人所托，委托人是谁？又有什么目的？你说过，你被打是因为管了不该管的事，老板娘被打是因为看到了不该看到的人。可没等我们上手，杜老板却在车祸中身亡。整个侦查工作陷入被动，只能把目标锁定他。"

段韬一惊："你也认为杜老板的交通事故可能不是意外，而是人为的？我也有预感，太多的巧合，反倒不合理。"

"的确，一些异常现象不得不引起怀疑，杜老板和小女人正在欢度春宵，深更半夜却被叫去赴会，那个电话没有留下任何号码，是从国外手机打进的。我分析应该是这家基金公司的人打给他的，他欠了人家的钱，不得不去。他上三号公路，可能要去高尔夫球场的别墅，那里是基金公司 CEO 办公和居住的地方。基金公司知道海城集团全面收购自强科技后，他们的计划彻底失败，对他们来说杜老板已一分不值，还有负面影响，也许会卸磨杀驴。现在公安给出意外事故的结论是最好的结果。如果真是人为，他们手段太巧妙了。当然我只是猜想，没有任何证据。没你那么有悟性，能因一条失踪的宠物狗发现凶手。"

这时刘浩鹏抱着丑丑走进来，看到他们交流得很好，就不用他再介绍了。段韬说："浩鹏，难怪你的同学神通广大，原来是专业队员啊。"丑丑看见段韬，一下子欢腾起来扑向他。段韬也好多天没有见到丑丑了，也想它，伸手去抱它。没有想到丑丑突然疯狂地吠叫，并做出扑咬之势，冲向段韬，态势颇有几分骇人。

刘浩鹏紧紧抱住它，安慰它："丑丑别这样，他是你的干爹，特别喜欢你，他还保护过你的，怎么就忘了？"

段韬因丑丑的一反常态愣住了，过了半分钟才缓过神儿来。他感到非常奇怪，丑丑被救回来后，对段韬非常友好，还一起生活过好几天，每次见到他，丑丑都摇头摆尾扑到怀里撒娇，今天丑丑的反常举动实在令人费解。

"可能是丑丑很久没见你了，把你当陌生人，没认出来。自从回家后，它对陌生人非常警惕。"刘浩鹏替丑丑打圆场。

段韬试着上前再次抱它，丑丑更激动了，疯狂地吠叫，身体剧烈地颤抖，段韬从它的眼神里看到的是一种恐惧。"丑丑好像是害怕，是恐惧。"段韬又上前一小步，丑丑叫得更大声，更凶狠。他退坐在位子上，丑丑两眼泪汪汪地盯着他，随时准备战斗。

段韬想：难道我身上有什么变化吗？没有啊。他突然想起今天是骑着詹姆士的车，戴着的是他的手套。难道是这个原因？他从背包里拿出手套，一边观察丑丑的反应，一边将手套放到离自己不远的空座位上。果然，丑丑的目光转移到手套上，他对刘浩鹏说："浩鹏，你放开丑丑。"刘浩鹏一松手，只见丑丑嗖的一下蹿过去，咬住手套狂叫。

段韬恍然大悟，说："难道丑丑嗅到伤害它的人的味道了？"

刘浩鹏激动地说："对的，狗对伤害过它的人的气味是忘不掉的，而且非常敏感。段律师，这副手套一定不是你的，是谁的？"

段韬被问住了，他的大脑一片混乱，不知道该如何回答。"你让我想想。"他慢慢地喝口茶，陷入深思。他很清楚手套是詹姆士的，难道他就是害死苏秦的凶手，就是那个神秘人？这不太可能呀，如果是真的，那我的错误就大了，是我透露警方在追查神秘人和杜富财的外甥被抓的消息。想到这里，他狠狠拍打自己的脑袋瓜。

孔先生很奇怪地看着段韬："这副手套一定不是你的，我看你骑着一辆宝马车来的，你下车后还左右看了一下，显然这辆车也不是你的。"

刘浩鹏肯定地说："他骑的是辆破旧的幸福摩托。"

段韬奇怪地看着孔先生："你观察得很仔细，也很专业，我开的确实是詹姆士的摩托，戴着他的手套。"他突然想到路上发生的事，说："今天见过徐董事长，他认为苏秦的死与杜老板的死可能存在内在联系，也可能是一人所为。我就去了杜老板的事故现场，又去了交警队，据王警官介绍，从车内记录仪上发现，杜老板开车时，曾被迎面来车的远光灯照射过，杜老板为了避让转向，因没有踩住刹车而直接冲入路边的小河，溺水身亡。我在去俱乐部的路上，遇到俱乐部的两位车手追我，天黑了，他们也亮起远光灯照我，他们说过为了拉风，对车灯进行了改造。几天前，他们半夜时在三号公路上炸过街。我怀疑，他在三号公路上守候等待时机，用大灯照射杜老板，引诱他出错。这个方式非常巧妙呀，拿捏得很准。"

孔先生说："段律师的分析有道理，这可是高智商犯罪，不留痕迹。"

段韬痛苦地说："如果那个神秘人真是詹姆士，我可犯大错了，许多细节都是我透露给他的。"

季箐上前为他倒茶说："律师大叔，别唉声叹气的，是你发现这个神秘人的线索，你是好样的，难怪姚铁说你是干公安刑侦的料。"

段韬一仰脖子喝尽茶水，却急切地说："詹姆士近日一定要带徐一凡回美国，他想跑路。"

孔先生说:"我们见到徐董事长,他分析他们让其女儿回美国,也许是要拿一凡作为要挟他的棋子,胁迫他去美国。这可能是他们的 C 方案。"

段韬放下茶盅站起来说:"父女血脉相连,灵犀相通,徐董事长的第六感一定是对的,怪不得徐董事长临走时要我保护一凡,我还没有理解。现在我明白了。一凡有危险,你们应当对詹姆士立即采取措施,把他控制起来。"

季箐说:"现在仅凭丑丑的嗅觉,只是一条线索,还不是证据,他又是美籍华人,在没有直接证据的情况下采取强制措施,领馆要抗议的,还有他的律师会提出一大堆意见的。"

孔先生说:"外事无小事,确实要非常慎重,能否对他采取措施,还要请示领导再做决定。"

段韬急切地说:"这也不行,那也要请示,我不能等,必须保护一凡。浩鹏,你带上丑丑和我一起去趟俱乐部,让丑丑见一下詹姆士,它一定能辨认出害它的人。詹姆士见到丑丑,也一定会大为震惊,做出反应的。"

孔先生看了一下手表说:"他还在俱乐部吗?"

"今晚俱乐部有场烧烤晚会,通常都要闹到零点,他一定还在的。"

"你去太危险,要知道他是个受过专业训练的人。"

段韬笑道:"我们打过交道,他就是个花拳绣腿的纨绔子弟,动点小脑筋还可以,面对面动真格的,还不吓得发抖。"

季箐说:"律师大叔,别小看人家。他是罪犯,是凶手,很危险的,那让姚铁陪你去。"

刘浩鹏说:"我不怕,我家丑丑也不怕,为了抓住杀害我老婆的凶手又何所畏惧？"

段韬说："季检察官，我们也要以牙还牙，引他出错，留下定罪的证据。这辆宝马留下作为证据，开我自己的老爷车去。"

季箐真的有点不舍，孔先生拦住他："立即通知姚警官做好应急准备。"

段韬回到小区，开着自己的摩托车，带上刘浩鹏和丑丑加大油门，直奔火神俱乐部。

俱乐部烧烤晚会还没结束，会员们吃得喝得也差不多了。桂老弟向大家摆摆手说："现在是二十点十八分，吉利时辰已到，俱乐部冠军骑手詹姆士先生向大家宣布一个重大喜讯，请出詹姆士先生。"

詹姆士牵着徐一凡的手向前走两步，下面响起热烈的掌声，詹姆士当众宣布："这位是我的女朋友，徐一凡小姐，我今晚正式向她求婚，请大家做个见证。"詹姆士送上订婚戒指，准备给一凡戴上。众人热烈鼓掌。

就在这时，一位露着双臂和半个胸部的性感女子冲上前，站在詹姆士面前，高声说道："詹姆士，我的呢？是不是要我向你求婚呀？"她就是车模小玉。

在这种喜庆的场合，开一个玩笑，调侃一下也很正常。大家一听，也跟着起哄："詹姆士，现在有两个女人，你选择谁啊？"

詹姆士毫不犹豫地一把推开车模："我当然选择我的一凡，怎么可能是她呢？"

大家齐声高喊："左拥右抱，称心如意呀。"

小玉却说："总有个先来后到吧，二选一也应该优先选择我吧？"她上前拥抱着詹姆士要吻他。

大家跟着喊："亲一个，亲一个。"

詹姆士再一把推开她，轻声而有力地说："小玉，你闹够了吗？给我滚下去。"

小玉恼火地说："詹姆士，你这么快就喜新厌旧啊？昨晚还对我说，要带我去拉斯维加斯小白教堂举办婚礼，今晚有了新人，就忘得一干二净了。"

詹姆士一惊，挥手要打小玉。可没有想到自己的脸上被一凡狠狠打了一巴掌。

徐一凡一脸愤怒，开始以为是闹喜事，开个玩笑，没有想到这个女孩很认真，她马上收起笑容，当听到她说出詹姆士也曾对自己做过的承诺，终于忍不住了，挥手就扇了詹姆士一巴掌，这也是她一生中第一次打人，然后她就挤出人群跑了。

詹姆士吓了一跳，赶紧去追徐一凡。人们开始纷纷指责车模小玉开玩笑开得太过分了。

五十三

　　段韬赶到俱乐部时，炉火已熄灭，烧烤晚会结束了。桌子上只剩下残羹剩菜，有人喝得酩酊大醉地躺在一边，只有梁路和桂老弟在帮服务员收拾餐桌清理垃圾。

　　梁路见到段韬匆匆进来，说："你才来呀？晚会都已结束了。"

　　段韬说："今晚这么早就结束，詹姆士和一凡他们人呢？"

　　梁路笑道："那个车模果然出现了，一个男人两个女人，今晚上演了一场惊心动魄、热闹非凡的大戏。可惜呀，你没看到。现在主角都走了，还能不结束吗？最可怜的还是一凡，多好的女孩，这个詹姆士一边和一凡谈情说爱，一边和车模上床戏耍。一凡终于忍无可忍，打完詹姆士就跑了。詹姆士当然要追上去。"

　　段韬一愣，骂道："臭小子是该狠狠教训一顿。"又一想，出现这个意外事件，倒也解决了一凡的纠结，她肯定下决心不跟他走了，赶紧问，"那他们去哪儿了？"

　　梁路说："倒是不清楚，一凡跑得很快，詹姆士追得急，我跟着追了一会儿，不见他们人影，就回来了，那个车模也走了，主角都走了，晚会自然散了。他们俩应该回家了。可詹姆士住在哪里，谁也不知道，我给詹姆士打个电话问问他。"

段韬也给一凡打电话，两个电话都处在关机状态。梁路说："估计两个人已吵得不可开交，别出什么事吧。"

段韬一下子紧张起来，这时丑丑朝着一个方向吼叫。刘海鹏说，丑丑似乎嗅到詹姆士的气味，跟着它一定能够找到的。

丑丑循着气味追去，段韬和刘浩鹏驾着车跟着丑丑，一路追到了高尔夫球场。

一幢白色雅致的别墅里，詹姆士连哄带骗把徐一凡带进来。詹姆士反复解释车模的事情都是假的，再三表白是爱她的，还信誓旦旦地说："只要今晚一起飞回美国，见了我父母，这幢大别墅就是我们的婚房了。"他还把机票和护照放在徐一凡的面前，徐一凡把头一扭，根本不为所动，坚决不听，坚定地说："你放我回去。"说着就往外走。

詹姆士狠狠地打自己的后脑勺，和她玩玩的车模小玉没有想到会在关键时刻出现，彻底打乱了自己的计划，原来设计得很好，用房子和求婚的方式打动徐一凡和他一起乘坐美联航班机飞回美国。妈的，真是图一时快乐，坏了大事，妈的，一着不慎，满盘皆输。他知道再也劝不动一凡和他一起走了，他收起笑容露出凶相对一凡说："一凡，告诉你，今晚你必须跟我回美国。"

徐一凡一惊："为什么？"

詹姆士严肃地说："没有为什么，我在执行任务，必须带你回去。"

徐一凡大吃一惊地看着詹姆士，似乎又都明白了："这么说，你从开始找我就是有目的的，你一直在骗我。"

詹姆士点点头："都是为了你父亲。不过，你还是很可爱的。"

徐一凡恨恨地说："你这个大骗子！"说着就往外冲。

詹姆士飞身一把抱住他，徐一凡奋力反抗，拼死挣扎。

别墅管家跑过来帮助詹姆士控制住徐一凡。詹姆士气急败坏地对他说："先把她关到小房间，我请示一下老板。"

管家把徐一凡捆绑起来再封上嘴，防止她大喊大叫，然后关进小房间。

詹姆士立即用卫星电话请示他的上级，那人说："现在带徐一凡乘坐飞机离开是不可能了。"

"该怎么办？"

电话里传来阴沉的声音："你已不能正常出关，你负责把徐一凡送到云南德宏，那里会有人接应你的。立即出发。"

詹姆士刚放下电话，就听见门外有狗叫声，而且很熟悉，他吓一跳，透过窗户看见段韬。

段韬和刘浩鹏跟着丑丑进入高尔夫球场，找到白色豪华别墅。他们慢慢走进院子靠近别墅。

詹姆士指示管家立即送走一凡，这里由他对付。

段韬发现别墅的大门虚掩着，灯光非常昏暗，他在犹豫是否要进去，就在这时一辆豪华房车开了出去。段韬决定进去，轻轻推开大门，大厅里亮着壁灯，他看见地上有个手提包，他想起徐一凡从包里取钱的动作，这是徐一凡的手提包，他大声呼叫"一凡"，没有人应答。

突然，大门外传来摩托车的轰鸣声，一辆哈雷冲出别墅。丑丑也冲出去，段韬大叫一声："那是詹姆士。"他跟出去跨上摩托车，"浩鹏，你看着别墅，别让人进去，再通知姚警官，我去追詹姆士。"段韬开始加速追赶哈雷。

夜里，三号公路上车流量不大，哈雷并没有全速冲刺，好像在等段韬。段韬快追上去了，哈雷才加点速度，始终保持一段若即若离的距离，显然詹姆士是在引诱段韬，他要留给房车更多的时间送走一凡。他似乎也在嘲笑段韬开的是一辆破车，怎么能追上哈雷？段韬驾着幸福摩托始终追不上哈雷。

姚铁和季箐他们已经来到交通指挥中心，通过监控画面注视着两辆车的追逐情况，姚铁突然感觉不对劲，开始呼叫段韬："有没有发现一凡？"段韬耳机里听到姚铁的呼叫，这才想起还有更重要的任务，开始放慢速度。他说："我在别墅发现徐一凡丢弃的手提包，却没找到人，我上当了。在我们找到别墅时，有辆房车开出去了，赶快查那辆房车。"他准备转向去追房车。姚铁喊道："当心，哈雷向你冲过来了。"果然，哈雷向他冲过来，他赶紧避让，哈雷从他身旁擦过，擦到他的大腿，打落手机连线。詹姆士还向他招招手。段韬忍住疼痛，稳住车子。这也激起了他的满腔怒火，立即加大油门追上去。哈雷一溜烟地消失在黑色中，段韬铆足了劲去追击。

姚铁把监控的大屏幕调回到高尔夫球场附近的画面，果然发现有一辆房车驶出高尔夫球场，朝西南方向飞驰。姚铁喊道："就是它，邢警队出动，拦截房车。"再向段韬喊道，"发现房车，已去追击。"可没有反应。姚铁再返回到公路上的画面，两辆摩托信号都已消失了。姚铁再呼叫段韬，一直无人接听。

哈雷拐进乡间小路，段韬也跟上去，两辆现代化摩托在田野上狂奔。

段韬大声喊道："詹姆士，前已封堵，后有追兵，你跑不了的。"段韬不知道詹姆士能不能听到。詹姆士回了一个中指，继续加速。段韬热血上涌，拐到另一条田埂绕过去，挡住他的去路。

詹姆士发现段韬迎面过来，他立即掉头，可田埂过于狭窄，詹姆士只能行驶到一块较为宽敞的平地，来个漂移掉头。就在这时，段韬已经赶到，直接撞击哈雷。两人一起跳下摩托，各自摘下头盔，面对面地看着对方。

段韬说："詹姆士，你是赛车手，开的又是哈雷，老爷车是追不过的，只能耍点小手段撞坏它，你就跑不了了。"

詹姆士说："我以为你开着我的宝马车，还可以比试一下的。"

段韬说："你的宝马车是证物，已经封存，我劝你还是自首吧。"

詹姆士说："我知道最大的失误，就是被你骗走宝马车，找到证据。段律师，我有多次机会可以除掉你，可你曾帮过我，也算是朋友，有点下不了手，可今天你把我逼到这个程度，我知道你不会放过我，我也不能留下你。"说着，挥起拳头就打过去。

段韬一边退防一边说："我劝你别来硬的，就你那几块肌肉骗骗小女人还可以，不够我打的。"詹姆士一连几个组合拳打过来，段韬发现他确实有两下子，高声说："我动真格的了。"随后他便要起查家拳还击。一个是西方拳击，一个是中国功夫，两人打得难解难分。

段韬的高声呼喊，在空旷的田野传得很远，宠物乐园的秋羽正在看电视，听到外面的呼喊，就带着看家护院的德国狼犬出来看看热闹，远远地看见两个人在打架，以为是当地农民吵架。

段韬和詹姆士两人打得不分伯仲，都已鼻青眼肿，鲜血直流，筋疲力尽地倒在稻田里。

段韬喘了口气，感叹地说："詹姆士，你的错误不是让我开走你的宝马，而是从你掐死小狗开始的，你神不知鬼不觉地溜进苏秦家，用杀害小狗的方式威胁苏秦，你看到苏秦自杀，带走小狗抛到小河里，以为小狗死了，大功告成。可惜被我发现，还找到了它。丑丑的嗅觉告诉我，你就是杀害苏秦的凶手。你还要在错误的道路上越走越远吗？赶紧回头还来得及。"

詹姆士愣了一下说："段律师，你真聪明，我曾想发展你加入我们团队，你已经帮过我很大的忙。是你告诉我，通过小狗发现害死苏秦的另有其人，我只能去处理掉看见我的那个理发店老板娘。你透露杜老板的外甥已被抓获，我也只能再处理掉杜老板，你实际已经入伙了，按照你们法律的说法你是胁从犯，怎么样？反正你也丢了职业，再进一步跟我一起去自由国度。如果你真的喜欢一凡，我也可以让给你。"

段韬连讥带讽地说："你倒是很大方呀，既然你不再喜欢她，为什么又要带走一凡呢？"

詹姆士气哼哼地说："我们的任务就是兼并自强科技，不行，就除掉徐淮，可是被你打破原有的计划，只能带走他的女儿，等他出狱后也不会留下来，回到女儿身边颐养天年。"

段韬笑笑："你没有见过徐董事长，你根本不了解他，所以你们的计划一定会破产的。也不是我有多么聪明，而是你说过的，中国警方很厉害，你根本就不可能完成任务，还要拉我入伙，倒有点痴人说梦。"

詹姆士恶狠狠地说："我已杀过人，也可以除掉你，杜老板派人打你，我们还狠狠教训过他。可你不入伙，也只能除掉以绝后患。"说完，他突然拔出一把亮闪闪的尖刀刺向段韬。

段韬动作灵活地迅速躲闪。可詹姆士的刀法很厉害，迅雷不及掩耳，十来个回合下来，段韬受过伤的腿再次受伤，体力渐渐不支。詹姆士的尖刀直逼他的胸口，就在千钧一发之际，丑丑扑上来咬住他的手臂，丑丑身后还跟着一条身体强壮的黑背犬，扑过来死死咬住詹姆士的大腿。

段韬一愣，回头一看是秋羽站在田边，看着他们，笑着说："这个人从残害动物开始，最终是要被动物制伏的。这就是佛学中讲的因果有报。"

詹姆士被两条狗紧紧咬住，知道无法摆脱，再看到田野四面警灯闪烁，知道大势已去，无处可跑。詹姆士长叹一口气："我只能一条死路走到底。"他还要挣扎，刺向段韬。

段韬冷静地说："詹姆士，你应当记得，一凡给你看过徐董事长的嘱咐，女儿的血脉里流淌着父亲的血液，你尽管拥有外籍身份，可你的血脉里依然流淌着中国人的血。虽已误入歧途，一步一步陷入深渊，但我还认你这个朋友，可以帮你。你害人也各有各的客观原因，也许不属于直接故意杀人。如果你能投案自首，悔过自新，再有重大立功表现，一定有重新做人的机会。"

詹姆士一听，停止了挣扎，缓缓放下尖刀，喃喃地说："段律师，你能做我的辩护律师吗？"

段韬终于长长松了口气，他知道詹姆士认输了。他答道："我好像说过的，第二次委托是要全价收费，不打折的。你的案件我接了。"

这时姚铁等警察都赶过来，段韬高声喊道："你们别过来，詹姆士要投案自首。"他有点支持不住，秋羽上前扶着段韬，帮他擦掉血迹，两人一起把詹姆士送到姚铁面前。段韬说："姚探长，詹姆士是自愿投案自首的。"

姚铁拿出手铐准备给詹姆士戴上，想了想，又放下，笑笑说："你既然是投案自首，就不用戴手铐了，请上车吧。"姚铁带走了詹姆士。

这时，徐一凡从姚铁身后冲上前想抱住段韬，哪里想到丑丑抢先一步扑在他的怀里。

尾　声

看守所里，季箐依然神情严肃地向徐淮宣布一项决定："被告人徐淮因私分国有资产已构成犯罪，鉴于你认罪认罚，又退清全部赃款，可以减轻处罚。鉴于你还有科技任务要完成，可以发挥更重要的作用，检察院认为没有必要再对你继续羁押。我代表检察院，宣布对你变更强制措施，予以取保候审。"

徐淮瞬间热泪盈眶，露出微笑。

"你的保人徐一凡和乔总工在外面等你。"

季箐陪着身形消瘦的徐淮走出看守所，徐一凡、段韬及乔总工等人在门口迎接他。徐一凡冲上前，叫了声"爸爸"，然后紧紧拥抱父亲，洒下一串串泪珠。